Corpse Chronograph

骸《むくろ》ノ時計

阿泉来堂

産業編集センター

骸《むくろ》ノ時計

contents

汝等ここに入るもの一切の望みを捨てよ

――ダンテ『神曲』より

悪夢の深淵

すべてを終えたと思った瞬間、男はその場に膝をつき、がっくりとうなだれた。

その身体を、心を満たすのは、強烈なまでの達成感と、わずかながらの喪失感。

気が遠くなるほどの時間、抱き続けた憎しみの矛先を向けていた者を失い、生きる意味さえ見失ってしまった人間が抱く、寂寞《せきばく》とした感情だった。

だが、これでいい。

これでようやく、願いが叶う。

男は立ち上がり、妻の眠るベッドの脇で、手にしたものをそっと差し出した。

生命維持装置に繋《つな》がれ、それがなくては肉体を維持できなくなった妻。全身を白い包帯で巻かれ、皮膚の役割を果たすそれがなければ体温を維持できず、生き続けられない妻。

すでに三年以上目を覚ますことなく、抜け殻のように眠り続ける妻。

男は彼女が戻ってきてくれることを信じ、声をかけ続けた。だが、ある時にそれが叶わぬ願いであることを知った彼は、諦めの気持ちを抱くと共に、それまで願いをかけ続け、祈り続けた神とは全く別のものに、新たな願いをかけることにした。

そして、いくつかの犠牲の後に、その願いは果たされようとしている。

男が手にしていたのは時計だった。

ちょうど手のひらほどの大きさの古びた懐中時計。くすんだ金色で覆われた蓋の部分には、この世のものとは思えぬ異形の存在――大口を開けた髑髏《どくろ》が、冒涜的な様子で描かれ、後頭部の辺りから広がった複数の触手のような物体が、時計の上蓋の縁を覆うように絡みついている。そして、口内から飛び出した杭のような突起が、その鋭い切っ先に鈍色《にびいろ》の光を宿していた。

「……今こそ、願いを叶える時だ」

男は誰にともなく言った。彼と妻以外には誰もいないはずの部屋。そのいたるところに点在する凝《こご》った暗闇に向けて、男は更に続ける。

「奴らの血を吸った今こそ……」

男の懇願するような声に呼応して、懐中時計が怪しい光を放つ。次の瞬間には手を触れてもいないのに時計の上蓋が開き、文字のない盤の上で、小さな線虫のような四本の針が、回転する方向も、その速さもばらばらに回り始め、そして――

「窓が……開く……」

男がそう口にした瞬間、鼻先に異様な臭気が漂った。

どこからともなく漏れ出した光――赤とも蒼ともつかぬ異様な光が、室内を照らしていく。

まばゆさに目を細めた男の前で、それまでは何の反応も見せることのなかった妻の身体に変化が起きた。彫像のように身動きすることなく横たわるばかりだったその身体がゆっくりと起き上がり、包帯の隙間から覗く両目が開いていく。

やがて顔を軽く持ち上げ、虚空にある何かを凝視するかのようにかっと目を見開いた妻が、「ああ……」とか「うう……」などと意味不明な呻き声を上げつつ、助けを求めるように両腕をさまよわせた。

男は歓喜に打ち震え、妻に手を伸ばす。互いの指先が触れ、やがてそれらが絡み合った時、妻は男の存在に気が付いた様子で首を傾けた。白濁した虹彩が、ぴたりと男を捉える。

「本当に、君なんだな……やっと目を覚まして……あっ！」

男の声に反応を示し、かくん、と首を下に傾けた妻が、何の前触れもなく口を大きく開き、唾液の糸を引く歯を剥《む》き出して男の左手首に噛みついた。

男は驚愕に声を上げ、空いている方の手で妻の顔を掴み、押しのけようとする。しかし、妻は男の左腕にしがみつくようにして、熱い血が迸《ほとばし》る手首へと更に歯を食い込ませてくる。

三年以上眠り続けた人間が発揮するとは思えぬほどの凄まじい力で押さえ込まれ、逃れることもできぬまま、男は更に悲鳴を上げた。

「やめろ、放せ！　私がわからないのか……うあぁぁ！」

悲痛に叫びながら訴えかけても、妻は反応を示す代わりに、黄色く濁った歯をぐいぐいと食い込ませ、あっという間に皮膚を破り、肉を分断し、神経と筋組織を噛み切って骨へと到達する。ゴリゴリと骨を削るような感触と共に襲いくる壮絶な痛みによって、男は白目を剥いて痙攣し始めた。

それでもやまぬ圧倒的な苦痛にあえぎながら、男は容赦なく手首に食らいついてくる妻の頭を掴み、なけなしの力を込めて振りほどこうとする。だが抵抗すればするほど妻は激しく食らいつくばかりで、その喉元からは、まるで獰猛な獣のような唸り声が響いていた。

痛みに悶え、助けを求めようと顔を上げた時、男の視界に『それ』が映り込んだ。

「お前……！」

絶えることなくその身を苛《さいな》む激痛を束の間忘れて、男はその存在を睨《にら》みつける。

部屋の隅にわずかに残された闇に溶け込むようにして佇むそれが、不明瞭な色をした光の中に一歩踏み出した。

「どういうことだ。必要なものは……差し出した……のに……」

恨み言のように絞り出した声を、『それ』はじっと黙して聞いていた。

だがその沈黙の中に、己を蔑むような妙な微笑が交じっている気がして、男は更なる怒りに顔を紅潮させた。腕に食らいついた妻の口から零れ落ちた大量の血が、見る間にベッドを赤黒く染めていく。

「答えろ！　なぜこんな……」

——足りない。

地の底から響くような重々しい声が、男の頭蓋を揺さぶった。耳からではなく、直接脳内に響くその声は、奇怪な虫が体中を這い回るかのような寒気を伴って男をいたぶる。

——足りない。

「足りない……だと……」

突如として告げられた予想外の言葉に、男は世界が足元から崩れ落ちるような衝撃を受け、わずかな時間、骨の髄まで響く痛みを忘れて愕然とした。

求められたことはやった。連中の命は確かに奴の手の中に収まったはず。それなのに、どうして……？

——代償を……。

男の困惑をよそに、さも当然のように告げられたその言葉に、はっとする。

「まさか、最初からそのつもりだったのか。あんたの狙いは、はじめから私を……？」

返事はない。だが、その沈黙こそ、紛れもない肯定の証だった。

復讐ついでに差し出されたありあわせの代償では、願いを聞き入れるには足りなかったというのか……。

いや、違う。数の問題ではない。奴との取引で重視されるのは、願いをかけた者がどれだけのものを差し出すか。その一点に尽きるのだろう。

すべて見抜かれていた。男は『それ』を利用し、一切手を汚すことなく復讐を果たしたうえで自らの願いを叶えようとした。だが、そのような浅はかな計算が、まかり通る相手ではなかったということか。

「話が違う。前はそんなこと言ってなかっ……うあああ！　やめろぉ！」

バリバリと、信じられないような音を立てて、妻が首を右に左にと激しく揺さぶった。骨がきしむような感触がふっと途切れると同時に、妻の首がかくんと後方へとのけぞる。顔を覆う包帯は口元を中心に真っ赤に染まり、上下の歯の間からは得体の知れない物体がぶら下がっていた。

それが食いちぎられた腕の一部であることに気づいた瞬間、男は激しいめまいを感じ、その場にしりもちをついた。

心臓の鼓動と同じ周期で、傷口から血が噴水のように溢《あふ》れ出すのを愕然として見つめながら、男は恐怖にその身を震え上がらせた。

——代償を……。

はっとして顔を上げると、『それ』は男のすぐ目の前に立っていた。じっとこちらを見下ろす空っぽの眼窩《がんか》には、どす黒く蠢《うごめ》く闇が凝っている。

「ない……これ以上差し出せる命なんて……」

ぎこちなくかぶりを振る男を嘲るように、同じ動作を返した『それ』は、わずかに首を巡らせてベッドの上に視線を移す。

食いちぎった腕の破片を貪《むさぼ》る妻の傍らにある、蓋の開いた時計に。

——支払え……。

そうか。そういうことなのかと、男は今更ながらに『それ』の真意に気が付く。何を求め、何を手に入れるために男の前に現れたのか、その真の目的を。

正しいやり方なんてなかった。奴を呼び出すために、この時計を手にしたこと自体が、大きな過ちだった。

男は己の愚かさを、浅はかさを心底から呪った。その一方で、言い知れぬ魔力に突き動かされるようにして、男の右腕がベッドの上に転がった時計を拾い上げる。

「嫌だ……やめろ……」

意思とは無関係に指が動き、髑髏の口から突き出した鋭い突起の先端に、親指の腹をあてがう。冷たく、鋭い感触が皮膚を押した。

視線を持ち上げると、腕の一部を食い尽くし、るるる、と喉を鳴らしながらベッドの上で四つん這いになる妻の姿があった。その傍らに立ち、表情のない顔で男を見下ろす闇よりも暗い影。地獄からの使者が、男を急かすようにうなずいて見せた。

「やめてくれ……」

嘆く声は、聞き入れられることはなかった。必死の懇願も虚しく、男は正体不明の強い衝動に突き動かされて親指に力を込める。ぷつ、と皮膚が破れ、流れ出した血が杭のような突起を伝い落ちて、髑髏の顔を赤く染めていく。

瞬き一つの間に、時計は男の血を吸い上げた。怪しい光を眼窩の奥に輝かせた髑髏の顔が、神をも冒涜するような残忍な笑みを浮かべたのは、果たして男の見間違いだったろうか。

——時が来たら、迎えに……。

契約の完了を告げる声が、血と錆と硫黄の臭気をともなって、男を押し包んでいった。

騎士の誤算

1

声をかけられたのは、いつものように大学の構内を歩いていた時だった。

振り返ると、長い並木道を二人連れの女性が小走りにやってくる。

「やっと見つけた。ねえ和多田《わただ》くん。今忙しい？」

周囲を行き交う大勢の学生たちの目も気にせず、大きく手を振りながら近づいてきて、慣れ慣れしい口調で言ったのは、白岩未歩《しらいわみほ》という名の女子学生で、確か経済学部の三年生だったはずだ。

その隣で、申し訳なさそうに視線を伏せながら、もじもじと両手の指を絡ませているもう一人の女子学生は西田《にしだ》かなみ。未歩と同じ学部の三年生で、よく二人で一緒にいるのを見かけるが、話をしたことはない。

「何か用？」

僕の問いかけに対し、未歩は「ちょっとお願いがあって」と前置きしてから、周囲を窺うようにきょろきょろと視線をさまよわせた。それから、口の横に手を当てて声を潜め、

「この子――かなみがさ、元カレにしつこく付きまとわれちゃってるみたいなんだよね」

「元カレ……？」

ぼんやりと繰り返しながら、かなみの方を見ると、彼女は目が合うなりすぐに視線をそらし、もじもじと自分の手をもみ込む。

「別れ話がこじれたとか、そういう話？」

未歩に視線を戻して問いかけると、彼女は折れそうなくらいに首をひねり、難しそうな顔で唸った。

「そう言っちゃうと、なんだか安っぽくなっちゃうねえ。まあ事情は色々あるんだけど、端的に言うと浮気をした彼氏がかなみに別れを切り出されて、それが納得いかなくて付きまとっているって感じかな。もうすっごく執念深くて、毎日のようにかなみのアパートの前で待ち伏せしてたりするから、すごく困ってるんだ」

気色悪いものでも見たような顔で言いながら、未歩はさっと僕の方に身を寄せ、再び小声で語りかけてくる。

「だからさ、ここはひとつ、いたいけな少女を助けると思って協力してくれない？」

「協力って、僕に何をしろと？」

正直、彼女たちとは友人というわけではなく、ただの顔なじみといった程度の関係だ。親しい話をする仲でもないし、ましてや恋愛の悩みを話し合うような間柄でもない。そんな僕に対し、ずいぶんと急な申し出である。

「決まってるじゃない。彼氏のふりでも何でもいいから、かなみを守ってあげてほしいの」

驚いて目を瞬《しばたた》いた僕を、未歩はどこか含みのある表情で見つめ、それからにんまりと笑みを浮かべた。

「ちょっと、未歩。いきなりそんなことお願いしたら迷惑だよ」

さすがに黙っていられないといった様子で声を上げたかなみのその顔には、不安と困惑の同居する複雑な表情が浮かんでいた。

「何言ってんの。あたしだって四六時中あんたのそばにはいられないし、いざって時、錦谷《にしきや》くんを撃退することなんて、女のあたしには絶対に無理なんだよ」

「それはそうだけど……」

「だったら、誰かの助けを借りるしかないでしょ。それとも、あの浮気男を許すの？　このまま、なし崩し的に浮気をなかったことにされてもいいの？」

それは嫌だ。と強く口にして、かなみはぷるぷるとかぶりを振った。ポニーテールの黒髪が揺れ、桃の香りがするシャンプーの匂いがここまで漂ってきそうである。

意識せずとも、僕の目は彼女の顔を、髪を、そしてその細くしなやかな手足の細かな動きを追っていた。そこに存在していることがまるで奇跡であるかのような彼女の一挙手一投足を、ほんの一瞬たりとも見逃すまいとするかのように。

「でも、見ず知らずの人に迷惑をかけるわけにもいかないし……」

「大丈夫。和多田くんってすごくいい人なんだよ。ほらあたし、サークルの新歓パーティで酔っぱらって気分が悪くなって、かなみを置いて一人で帰ったことあったでしょ？」

「うん、あったね」

「そのせいで、一人になったかなみが錦谷くんと意気投合しちゃって、二人は付き合うことになったんだよね。つまりもとをただせば、かなみが陥っているこの問題はあたしのせいってことになるのか……」

「いや、ちょっと待ってよ。それはいくら何でも考えすぎ」

かなみが慌ててフォローにまわると、未歩は自己嫌悪のスパイラルから引き戻された様子で咳払いをする。それから、さっと手を掲げて僕を示し、

「とにかく、帰る途中に駅前で転んで、バッグの中身をぜーんぶぶちまけて、通行人に指さ

されて笑われていたあたしに、親切を装ったエロオヤジが近づいてきたの。すごくしつこくて、嫌だって言ってるのに無理やりタクシーに乗せられそうになったんだけど、そこを偶然通りかかって助けてくれたのがこの和多田くんだったってわけ。彼、とってもいい人だから、かなみのこともきっと助けてくれるはずだよ。ね、そうでしょ？」

「そうでしょって……」

決めつけるような口調で言われ、僕はすっかり困り果ててしまった。

「いくらなんでも、恋人のふりっていうのは無理がないかな？」

「どうして？　和多田くん、お金はなさそうだけど、そこそこいい顔してるし、しゅっと痩せてて背も高いじゃん」

当然のように言う未歩の、男性を品定めする際の優先順位を垣間見た気がして、僕はつい苦笑する。悪い気はしないけれど、やはり僕とかなみが恋人同士という設定は無理があるよなと、内心で呟いた。

「だったら、用心棒はどう？　こう見えても和多田くん、交通事故の現場から人を助けたことがあるんだよ。確かニュースにもなったんだよね？」

「いや、それはずっと前の話で……」

「前でも何でも、人を助けたのは事実でしょ。事故現場に飛び込んでいって誰かの命を救うなんてすごいことだよ。そういうのって、誰にでもできることじゃあないよねぇ？」

咄嗟に謙遜したものの、未歩はまるで聞く耳を持たない。まるで自分自身の武勇伝を語るかのように誇らしげに言いながら、かなみに同意を求める。

かなみは少々、驚いたように言葉を失っていたが、未歩の話の内容を頭の中で咀嚼《そしゃく》するように何度かうなずいてから、「すごいと思う」と同意した。

「だったら、このヒーローにボディガードをお願いしようよ。かなみが無事に家に帰れるように、送り届けてくれるだけでいいからさ」

それならいいでしょ、と強く訴えかけてくる未歩の熱量に押され、僕はつい「そういうことなら」と受け入れてしまった。

「じゃあ、さっそく今日からよろしくね。あたしはサークルに顔出さなきゃだから一緒には行けないけど、かなみは午後四時には終わると思うから」

「ちょっと、未歩……」

不安そうに未歩の服の袖を掴むかなみの肩を優しく叩いて安心させると、未歩は半ば強引に、かなみの身体をくるりと回転させ、僕と向き合わせた。

「ほらほら、かなみからもちゃんとお願いしてよ。お礼はそうだなぁ……。かなみが手料理をふるまうってことで」

「そんな、困るよ私……料理なんて……」

おろおろと首を横に振るかなみの腕を強引に引いて、未歩はやってきた時と同じように大きく手を振った。そうして颯爽と去っていく未歩を追いかけつつ、ふと立ち止まってこちらを振り返ったかなみが、申し訳なさそうに会釈する。

その時の彼女の、少しだけはにかむような笑顔がとにかく可愛くて、僕の心臓は大きく脈打った。

去ってゆく彼女の背中を今すぐ追いかけたいという衝動に必死に抗いながら、僕は鋼《はがね》の意思でもってその場にとどまった。

目の前を通り過ぎていく多くの学生たちを横目に、網膜に焼きついた彼女の姿を何度も思い起こしては、頬が緩みそうになるのをぐっとこらえる。

何を隠そう、僕はずっと前から――彼女がこの大学に入学し、初めて姿を目にしたその日から、恋に落ちていたのだった。


その日の帰り道から、かなみを自宅マンションまで送り届けるミッションを受けた僕は、正門を出たところで彼女がやってくるのを待った。

そわそわと落ち着かない気分で何度も時計を確認し、約束の午後四時を十分ほど過ぎた頃に並木道を歩いてくる彼女の姿を見た時は、その場で飛び上がりたくなるほどの高揚感を覚え、武者震いのように身体が震えた。

「お待たせしました。あの、今日はありがとうございます」

「いや、大丈夫だよ。さ、さあ、行こうか……」

できる限り自然な風を装って、僕は彼女を促し歩き出す。少し声が上ずってしまった気がするが、バレなかっただろうか。

大学を出て長く緩やかな坂道を下り、駅へと向かう。大学は高台に位置していて、駅に向かって歩いていると、傾き始めた太陽が赤く照らす町を一望できる。

坂を下り、交通量の多い国道を横断して古い一軒家ばかりが密集した住宅街を抜けると、やがて買い物客や下校途中の生徒でにぎわう商店街に差し掛かった。そこでは毎朝、隣町の漁港から運ばれてくる新鮮な魚介類が店頭に並ぶ魚屋などを筆頭に、人口減少や少子高齢化といった社会問題にも負けずひたむきに営業を続ける店が軒を連ねていた。

また、通りを挟んだ向かいには、町の観光名所である運河通りがあり、付近には地酒を販売する酒造や北海道発で全国展開している有名スイーツショップをはじめとする飲食店も多い。また、昔からこの町ではガラス工芸が盛んで、カップルや子供連れなどがこぞってやってきては、色とりどりの工芸品に目を輝かせていた。

そんな、デートスポットとしても有名な通りを、かなみと同じ歩幅で肩を並べて歩く。それだけのことが、僕にとってはまるで夢のような時間だった。

ちら、と横目に窺うと、かなみはどことなく気後れしたような様子で少しだけ顔をうつむけている。ほんのりと紅をさしたような頬には、かすかに笑みが浮かんでいた。そんな横顔を盗み見ることが、とても悪いことのように思えてしまい、僕は慌てて視線をそらした。それと同時に、自分の頬が緩んでいないかが気になって、つい不自然に自分の顔をべたべたと触ってしまう。

「あの……」

ふいに声をかけられ、僕は飛び上がりそうになるのをこらえながら返事をした。

再び視線をかなみに向けると、やや上目がちにこちらを見上げる大きな瞳と目が合う。心なしかうるんでいるようなそのまなざしをまともに浴びるだけで、骨抜きにされた身体が火を灯したロウソクのようにどろどろと溶けてしまいそうだった。

どうにか正気を保ちながら「どうしたの?」と応じると、かなみは遠慮がちに切り出した。

「何か、お話しませんか。ずっと黙って歩いているのも、なんだか息苦しいですし」

「ああ、うん。そうだよね。ごめんごめん……」

取り繕うように言いながら、僕は頭の中で、どんな話題を振るべきかを思案する。

こういう時、まずは大学のこと――講義やサークルなんかの話題を振るべきか、それとも友人関係の話をするべきだろうか。しかし、錦谷渉《わたる》というかなみの元カレは同じ大学に在籍しているため、下手に話を振って彼のことに話が至ってしまったら、楽しい空気が台無しになってしまう。ではアルバイトのことはどうだ。彼女は週に二度、駅前の居酒屋でアルバイトをしている。そのことを知って、僕は何度か飲みに行ったこともあるのだが、仕事熱心で余計なことに気をまわさない彼女は、僕の存在になど気づくことはなかった。もちろん、その時はまだこうして彼女と打ち解けてはいなかったわけだし、仕方のないことではある。

ただ遠くから見つめるだけの日々。それでも僕は幸せだった。寝ても覚めても、常に彼女のことだけを考え続けてきた。

そう、今でも忘れることはない。初めて挨拶を交わしたあの日から、僕は彼女に夢中なのだ。他の多くの学生が僕になど見向きもせず、ろくに挨拶を返してくれもしないなかで、彼女だけは、いつだって目を見て微笑みかけてくれた。そういう心遣いが自然と身についているのはきっと、彼女が心優しく、他人への思いやりに溢れる人間だからだろう。

美人であることを鼻にかけず、誰に対しても飾らない凛とした人柄。彼女のそういうところが、僕は……。

「――あの、大丈夫ですか？」

「あ、え、あ……うん、大丈夫だよ。大丈夫。ははは……」

少々、怪訝そうな彼女に問われ、つい無様に取り乱してしまった。年上の男らしく、かっこいいところを見せたいと思っていたのに、これでは台無しだ。

とにかく、今は何か話題を……。そう思い、最近、学生たちの間で流行っているという、アイドルグループのバラエティ番組の話でもしようとしたのだが、その時ふいに、かなみが憂いを帯びたような、物悲しい表情をして地面に視線を落としていることに気が付く。

「西田さんこそ、どうかしたの？　なんだか、つらそうに見えるけど」

くだらない世間話をすべて意識の外に放り投げ、僕は問いかけた。できる限り優しく、彼女に寄り添うような喋り方を心がけて。

「いいえ、そんなことはないんです。ただ、やっぱり迷惑だったかなって」

「迷惑って、僕が？」

自分を指さし、僕は問いかけた。かなみは恐る恐るといった具合に僕を見て、おずおずとうなずく。

「いきなりこんなことお願いしてしまって。和多田くん――あ、ごめんなさい！」

かなみは口元に手をやり、驚いた様子で目を丸くした。自分の発言に驚くその姿は、たまらなく可愛い。

「未歩がそう呼んでいたからつい……馴れ馴れしかったですよね」

「別に構わないよ。呼びやすいように呼んでくれればそれで」

「そう、ですか……。じゃあ、和多田くんで……あ、私の方もかなみで大丈夫です」

言いながら、かなみは照れくさそうにはにかんだ。僕は僕で、彼女が僕の名前をくん付けで呼んでくれることに、なんとも言えぬくすぐったさを覚える。

「オッケー。それじゃあかなみちゃんって呼ばせてもらうよ」

まるで、付き合いたてのカップルが、お互いの呼び方を確認し合うかのような状況に、またしても頬が緩んだ。

その後僕たちは、いくつかの世間話をした。大半はたわいもない話で、好きな音楽とか、心に残った映画とか、ハマっている漫画などという、取るに足らないような話題ばかりだったが、そのうちかなみの卒業後の進路の話になり、彼女がマスコミ関係に進みたいと思っていることや、もう少しで内定がもらえそうだという話もしてくれた。そして、話題は大学の友人のことに至り、別れた恋人との関係に自然と話が進んでいく。

「最初はとても優しい人だったんです。学部は違うけどサークルが同じで、同学年なのにとっても大人に見えて。話も合うし、なんかいいなぁって」

「それで付き合うことにしたの？」

「はい。でも、付き合い始めてから、やたらと私の交友関係を気にするようになったんです。男友達の連絡先は消せとか、俺と一緒じゃない飲み会には行くなとか。私、もともと男友達は少ない方だから、そういうのはまだ大丈夫だったんですけど、そのうちアルバイト先にやってきて、私が先輩や店長と話しているのをじっと監視するようになりました。そして、距離が近いとか相手に媚びてるなんて言って……」

「殴られたの？」

僕の質問に、かなみは弱々しくかぶりを振った。

「そこまではされてません。でも、スマホは二回壊されました。そのたびに新しい連絡先を伝えるのも億劫になってしまって、連絡先は家族と本当に仲のいい友人だけになっちゃいました」

まんまと、彼氏の望み通りになったということらしい。

好きな相手を独占したいという気持ちは理解できるが、そこまでする必要があるのかと、疑問を感じずにはいられない。なんとも身勝手な男である。

「別れた理由は、彼の浮気だったんだよね？」

「そうです。私が風邪をひいて行けなかった飲み会で親しくなった子らしいんですけど……」

体調不良で寝込んでいる彼女の見舞いにも来ることなく、その男は別の女性の家に上がり込み、情事にふけっていたのだという。

そのことを教えてくれたのは未歩だったそうだ。

「相手の名前は聞いてないし、知りたくもないんです。ただ、裏切られたってことがとにかくショックで」

「それで彼と話し合って別れた?」

かなみはかぶりを振った。その拍子に、ポニーテールの毛先がふわりと揺れる。

「話をするのも嫌だったから、一方的にメッセージを送ってブロックしちゃいました。大学でも顔を合わさないようにして、電話も拒否していたら、毎日のように家の前で私が帰るのを待つようになって、そのうち、脅迫……みたいなメッセージがSNSに書き込まれて……」

あとは、未歩に聞いた通りの展開だという。

なるほど、やはりかなみは一方的な被害者であるらしい。その錦谷という男はかなり頭の悪い、そして下半身もだらしがない、ろくでなしであるようだ。

「それだけじゃないんです。なんだかここ最近は、ずっと誰かに見られているような感じがするっていうか……」

「あとをつけられているってこと？」

かなみは曖昧に首をひねる。

「思い過ごしかもしれないんですけど、たとえばスーパーで買い物をしていて、視線を感じて振り返ると、誰かが棚の陰にさっと隠れる感じがするというか……」

ただの神経過敏だったらいいんですけどと、無理に笑って見せる横顔が痛々しかった。

「他には？」

「これも気のせいかもしれませんけど、家に帰ると、何となく違和感があるんです。空気がおかしいっていうか、ちょっとした物の置き場所が違っている気がすることがあって、気のせいかなって思うんですけど、さっきまで誰かが部屋にいたみたいに、残り香があるっていうのかな……」

心底不安を抱えた様子で、かなみは押し黙ってしまう。まるで、思い出すことすら恐ろしいとでも言いたげに。

彼女が抱いている違和感は、決して勘違いなどではない。理屈ではなく、彼女は本能で身の危険を察知し、自らに警告を発しているのだ。

そのことを確信する一方で、僕は耐えがたい怒りともどかしさを感じていた。

かなみにこんな悲しい思いをさせるような男は、二度と彼女に近づくべきじゃない。誰かが――いや、僕が彼女を守ってやらないと。

わずかに視線を伏せ、小さな肩を縮めて、こみ上げる悲しみを必死にこらえようとしているかなみを横目で見ながら、僕は自らを奮い立たせた。

「あの、訊いてもいいですか？」

ふいに問いかけてきたかなみの声に、僕は物思いから立ち返る。彼女の方を見ると、どこか気まずそうな、窺うような視線と目が合った。

「何かな？」

「未歩が言っていた、交通事故の現場から人を助けたって話なんですけど……」

「ああ、あれは別に自慢するほどの話でもないよ」

「でも、興味あるんです。教えてもらえませんか？」

小さい子供のように、そのつぶらな目を輝かせてこちらを見上げてくるかなみに押され、僕は、少し照れくさいような、けれど誇らしくもある過去の出来事を振り返る。

「三年前くらいかな。高原のリゾート地にあるホテルで警備員のアルバイトをしていたんだ。そこに向かう途中、事故でガードレールを突き破って斜面から落ちた車を見つけた。辺りはガソリンくさくて、危ないと思った時に爆発音がして、車が炎上したんだ」

「怖い……」

かなみは口元に手をやって、驚いたようにその目を見開く。

「うん、燃え上がる火が生き物みたいにのたくって、車を飲み込もうとしていた。慌てて車を降りて様子を見ていたら、運転手らしき人が車に駆け込んでいくのが見えたんだ。その人は車内から奥さんを連れ出そうとしていたみたいなんだけど、フロントガラスを突き破った太い枝がシートを圧迫して、奥さんのシートベルトが外れなかった」

その時の光景を思い返し、僕は思わず下唇を強く噛み締めた。

「僕は慌てて斜面を駆け下りて、車から男の人を引っぱり出そうとした。その人は僕の言うことなんて耳に入っていないみたいで、必死に抵抗していたけど、服のあちこちが燃えていて危険な状態だった。奥さんの方は、すでに炎に巻かれていて助からないと思った。だから僕は、その人だけでもと思って力ずくで連れ出したんだ」

あの時、肌に感じた熱気、暴れる男性を必死に連れ出し、倒れ込んだ雪の上で火を消した。自分の服にも火がついていて、結構な火傷を負ったことに気づいたのは、しばらく経ってからだった。

「それで、どうなったんですか？」

「その後すぐに、通りかかったリゾートホテルのシャトルバスに乗り合わせていた地元の消防団の人たちが救助してくれた。おかげで救急車が駆けつけた時、取り残された奥さんの方も無事に救出されたんだ」

その件はニュースで報道され、僕はインタビューなんかも受けて、人命を救った勇敢なヒーローとしてそれなりに騒がれた。すぐに世間には忘れられていったけれど、その結果として、神様は僕にご褒美をくれた。それが、かなみとの出会いだ。

「すごい。本当にヒーローみたいですね」

口元で両手を合わせて感心するかなみの反応に気をよくして、僕は持ち上げた右腕の肘の辺りを指で示す。

「おかげで、今でも消えない火傷の跡が残ったけどね。でも、後悔はしていない。あの夫婦が、災難に負けず幸せに生きていてくれれば、それでいいんだ」

「そうですね。きっと二人とも、和多田くんに感謝していると思います」

かなみはそう言って、優しく微笑んだ。彼女のそんな顔が見られたことに、僕は胸が熱くなる。あの出来事は今でも夢に見る。本当は怖くてどうしようもなかった。燃え上がる車のなかにいる男の人を連れ出そうとして身体を突っ込んだ時、口の中を焼き尽くすような熱と、真っ黒な煙に包まれて、僕も死ぬかもしれない、馬鹿なことをしたと本気で思った。でもあの時のことがあったから、僕は今こうしてかなみと並んで歩いていられるのだ。それだけで、勇気を出した甲斐はあった。

その後商店街を抜け、再び住宅街に入ってから十分ほど歩くと、かなみの住むアパートが見えてきた。

白を基調とした外壁と赤い屋根のモダンな外観をした建物を、レンガ調の塀で囲ったおしゃれなアパートで、築年数はそこそこだが、数年前にフルリノベーションされており、住み心地は快適そうである。

「ここで大丈夫です。ありがとうございました」

建物の前で立ち止まり、かなみは深々と御辞儀をした。

そんな風にかしこまられると、僕としても恐縮してしまう。

「今日はいないみたいだね」

気を取り直すようにして周囲を見回すも、怪しい人影はどこにも認められなかった。

「はい、もしかしたら、和多田くんがいたから逃げちゃったのかもしれません」

「あはは、そうかな」

だとしたら、ここまで彼女を送り届けた甲斐があるというものだ。

「よかったら、明日の帰りも送るよ。いや、明日と言わず毎日でも……」

最後まで言い終える前に、かなみが僕ではなく、その背後に視線を向けて表情を固めているのに気づき、僕は言葉をさまよわせた。

振り返ってみると、路地の先に違法駐車された車から降りてきた一人の若い男の姿があった。整髪料で固めた髪に浅黒い肌。やたらと開いた胸元には金のネックレスが光り、わずかながらタトゥーが覗いている。夕暮れ時だというのに、黒いレンズのサングラスをかけたその男は、近づいてくるなり問答無用で僕を突き飛ばした。

「ちょっと渉、乱暴しないで」

「うるせえな。何だよこいつ。まさか新しい男だなんていうんじゃねえだろうな」

「違うよ。この人はただ……」

どうやらこの男が噂の元カレであるらしい。誤解されぬよう訂正しようとするかなみの話も聞かず、錦谷渉は巻き舌で喚《わめ》き散らし始めた。勝手に男を作るなとか、この家に入れていいのは俺だけだとか、まだ別れていないだとか、身勝手な発言を繰り返す男の声が、夕間暮れの住宅街に響く。通りを歩く人の姿はないが、いくつかの家のカーテンが揺れ、外の様子を窺う住人の顔が覗いていた。

「おい、ちょっとあんた」

彼女に対してだけではなく、近所の住人たちにとっても迷惑な存在であるこの男に、僕は向かせる。

耐えがたい苛立ちを覚え、勢いよく立ち上がった。そして錦谷の肩を掴み、強引にこちらを

「勝手なことを言ってこれ以上彼女を困らせるのは――」

語気を強めて錦谷に注意を促そうとした時、突然目の前で火花が散った。訳もわからず、視界があっという間に黒く塗りつぶされたかと思うと、僕は地面に倒れ込んでいた。

白目を剥いて意識を失いそうになるのを必死にこらえて顔を上げると、鼻がツーンとして、口元が濡れていた。殴られたのだと気づいたのは、少し経ってからのことだった。

遅れてやってきた痛みに呻き、流れ落ちる鼻血を手で押さえながら、反対の手で涙の滲む目を擦る。

「なんだよ。何か俺に言いたいことでもあんのか?」

「い、いや……僕はただ……うぐっ」

言い訳じみた言葉を発しかけた時、錦谷の革靴の先端がめり込んだ。みぞおちを蹴り上げられ、僕は身をよじるようにして激しくせき込む。

こんな風に、他人から暴力を振るわれたのは初めての経験で、どうしたらいいのかわからなかった。続けざまに肩や背中を蹴りつけられ、僕は頭を抱えてうずくまる。

錦谷はひとしきり僕の身体を蹴りつけ、唾を吐いて「雑魚《ざこ》が。いい気になるな」と罵《ののし》っ

た。

「和多田くん……いや、ちょっと、やめてよ」

「うるせえな。さっさと来いよ。ちゃんと話し合うんだよ。人をストーカー扱いしやがって。ふざけんな」

「いや、放して……！」

声の調子から、彼女が車の方に引っ張っていかれるのがわかる。

立ち上がって錦谷を止めなくては。

彼女を救わなくては。

そう思うのに、痛みや恐怖のせいで立ち上がることができない。

「わかった。乗るから乱暴はやめて」

「そうか。最初からそう言えばいいんだよ。腹減ったろ？　何か食いに行こうぜ」

やがて、下品なエンジン音を響かせ、かなみを乗せた男の車が走り去っていく。

その頃になってようやく顔を上げることができた僕は、薄暮時の闇の中に浮かび上がる車のテールランプを、為《な》すすべもなく見送った。

2

かなみが乗せられた車が走り去ってから、どれくらいの時間、僕はその通りに立ち尽くしていただろう。気づけばとっぷりと陽は落ちて、辺りには皮膚を刺すような冷たい夜気が満ち満ちていた。

いつまでもかなみの家の前ででくの坊のように立っているわけにもいかず、僕は陽の落ちた住宅街をとぼとぼと引き返し、商店街へと差し掛かった。

先ほどとは一転して、すでにシャッターの下りている店の多い商店街では、部活帰りと思しき学生がおしゃべりに興じていたり、スピーカーで音楽を鳴らしながら、ダンスに興じる若者の集団がいたり、そうかと思えば、犬を連れた散歩中のお婆さんが店先のベンチでコロッケをほおばっていたりという、平和で穏やかな日常の一コマが垣間見られた。

それらの人々を横目に、僕は顔をうつむけるようにして、可能な限り存在感を無くしながら歩いていた。楽しそうに声を上げる他人の顔を見るだけで、今はとてつもない罪悪感と自己嫌悪に囚われそうになる。

こんな体たらくでボディガードとは、聞いて呆れるというものだ。ほんの数時間前までは、確かに彼女を守ることに全力を費やすつもりだったし、この身を犠牲にしてでも彼女の身の安全を確保しなくてはならないという使命に燃えていた。

どんな危険からも身を挺《てい》して彼女を守るヒーローに――いや、騎士《ナイト》になってやると、本気で思っていた。ところが蓋を開けてみると、強面《こわもて》の錦谷にすごまれて何も言えず、手も足も出ないままにぶちのめされてしまった。情けなさを通り越し、これではあまりにもみじめでならない。

強引に車に乗せられ、連れ去られてしまったかなみをすぐに追いかけるか、そうでなければ警察に通報するべきかと悩んだが、彼女は最終的に、自分で錦谷についていくという判断をしたのだ。そこに割り込んでどうこうすることは、僕にはできなかった。

そもそも、最初から僕なんかにボディガードなんて無理だったのだ。

昔から、スポーツの類はからっきしだったし、体格だって、一般的な男性の背丈ではあるものの、特別鍛えているわけではない。体力だってないし、だからといってジムに通う金もない。そんな、ないない尽くしの僕なんかが、誰かを救うヒーローになりたいだなんて、土台無理な話だったのだ。

未歩に話を持ち掛けられた時、いい格好をしようとせずに断ればよかった。そうすれば、こんな思いをせずに済んだのに。

きっと今頃、かなみは無様にやられた僕にがっかりして、軽蔑していることだろう。もしかすると、かっこよく僕をのして彼女を奪い去っていった錦谷に男らしさを感じ、よりを戻そうとすらしているかもしれない。

そうだ。そうに決まっている。つまり僕は引き立て役。刺身のつまと同じだ。最初から、彼らの間に入り込む余地なんてなかったんだ。

僕のような意気地なしは、今まで通り彼女を遠くからそっと見つめていればいいんだ……。

「おいコラぁ！　聞いてんのかよおっさん！」

商店街の終わりに差し掛かり、繁華街へと至る通りの路地に、怒号が響き渡った。ラーメン屋と思しき建物の裏手に位置するせいか、油汚れでアスファルトが黒く変色し、残飯を狙う野良猫が何匹もたむろして、油の凝縮された匂いがぷんぷん漂う薄汚いその路地裏で、数人のスーツ姿の男たちが何やら喚いている。

暗がりに目を凝らしてみると、一人の男を四人のスーツ姿の男たちが取り囲んで足蹴にしているのがわかる。

「ちょ、ちょっと……！」

咄嗟に声を出し、路地の方へと駆け寄ろうとした僕は、しかしすぐに足を止めた。

脳裏をよぎったのは、かなみのアパートの前で男に殴られた時の痛みと衝撃、そして、まるで太刀打ちできなかったことのみじめさだった。

スーツ姿の男たちはすっかり頭に血が上っているのか、僕の存在に気づく様子はなく、蹴りつけていた男がうずくまったまま動かなくなったのを確認すると、耳をふさぎたくなるような汚い言葉を吐き捨てて、路地の奥へと消えていった。

「あの、大丈夫ですか？」

駆け寄って声を掛けると、地面に倒れてのびていた男は苦しそうに呻きながら、その場に仰向けになった。白髪の交じった豊かな髪。着ているスーツは上等だが、無精ひげが伸びっぱなしで、少し酒臭かった。

ほんの一瞬、どこかで見たような顔であるように感じたが、それがいつ、どこでだったかが思い出せない。ただの思い過ごしか、この辺りですれ違ったことがあるかだろうと納得しつつ、男の容態を窺う。

「しっかりしてください。怪我は？」

「うぅ……いてててて……」

男は肩の辺りを押さえながら苦痛に顔をしかめた。痛みのせいで立ち上がることができないらしい。

「立てますか。ほら、手を貸します」

「悪いね……。あんた、優しい人だな」

「いや、そんな……」

肩を貸して立ち上がらせた男性に笑いかけられ、僕は苦笑いした。酒臭いにおいを発散する男はこっぴどく殴られた様子で、瞼《まぶた》の上や頬の辺りが赤く腫れていた。脇腹を押さえたり、歩こうとすると痛みが走るらしく片足をかばってひょこひょこしたりする仕草も、ひどく痛々しい。

その姿を前に、押しとどめていた罪悪感が身体の内側から噴出した。

「すみませんでした……」

「何言ってるんだ。どうしてあんたが謝る？」

男は不思議そうに眉を寄せ、それから怪訝な顔をして僕をまじまじと見た。

「僕は、あなたが襲われていると知りながら、助けに入ることをためらってしまったんです。すぐに助けなきゃいけないのに、怖くてそれができなかった」

すみません、と声を上げてもう一度頭を下げる。ジワリと涙が滲み、鼻の先を伝って滴《したた》った。

男は「そうか……」と呟くと、改めて僕の顔をじっと見つめている。単にビビッて助けに入らなかったのを軽蔑しているのか、それとも何か事情があるにせよ、目の前で人が殴られているのを止めもせず傍観していたことに対し、怒りを抱いているのか。暗がりのせいもあって、男の表情は読み取れなかった。

だが次の瞬間、男はこちらの不安などよそに、突然声を上げて笑い出した。

「ふふ、ははは……。そんなに深刻になることはないさ。あんな奴ら大したことはない。その気になれば、あっという間に血祭りに上げられる」

「血祭りって……そんな物騒な」

再び苦笑して言うと、男はむっとした様子で顔をしかめ、どろりと据わった目で僕を睨みつけた。

「冗談だと思ってるのか？　俺は本気で言ってるんだ。そりゃあさっきは無様にやられちまったが、それは俺が手加減してやったからさ。でなきゃあ今頃、あいつらは全員無事でいるはずがないんだ」

この男、やはり酔っ払っているのだろうか。おおかた、酔った勢いで気が大きくなり、大した理由もなくあの四人に絡んでいき、度が過ぎたせいで制裁を受けたといったところかもしれない。あんな風に、四対一で一方的に叩きのめされてもなお懲りていないところを見ると、かなりの酒癖の悪さであることがわかる。

そう思った途端、僕は急に冷めた気分になった。哀れな被害者であるはずのこの男が、どうしようもなく迷惑で人騒がせな人物に思えてくる。そんな彼に対し同情と罪悪感を勝手に抱いたことで、訳のわからない後ろめたさを覚え、謝罪までしてしまった。詳しい事情も知らず、彼が殴られているという部分だけを見て判断してしまった自分の浅はかさに、嫌気が差す。

あるいはその落胆は、かなみの一件があったはずなのに、こんな所でもヒーローになろうとした自分に対してだろうか。

いずれにせよ、これ以上かかわるのはやめておこう。そう判断し、「それじゃあ僕はこれで」と言い残してその場を離れようとしたが、ふいに伸びた男の手が、僕の二の腕を掴んだ。

「ちょっと待てよ。冗談なんかじゃないんだぜ。俺にはこれがある。こいつさえあれば、どんな奴だって恐れる必要はない。むかつく奴だって、モノにしたい女だって思いのままさ。求めさえすれば、世界だって手に入れることができる」

「世界……？」

思わず問い返す。

「そうだ。世界だ。世界っていうのはつまり、ええと……」

説明に困った様子で、男は中空を見上げる。それからすぐに、詳しく説明することを諦めた様子で、「とにかく、いろんな世界だ」などと意味不明な結論を述べた。

「俺の言っていること、嘘だと思うか？　口から出まかせを言うただの酔っ払いだと思ってるんだろ？」

「いや……そんなことは……」

男は何かに憑《つ》かれたような熱っぽいまなざしで、至近距離から僕を凝視する。ねばりつくような声色に気圧され、なんとも言えずにいると、男は「よし、わかった」と急に納得し、上着の内ポケットから何かを取り出した。

「これ、持っていけ」

目の前に突き出されたのは、古びた金の懐中時計だった。通常のものよりも少し大きめで、男の手のひらほどのサイズのそれは、真鍮製と思しきくすんだ輝きを放ち、表面にはやたらと生々しい髑髏が何事か叫んでいるようなデザインが施されていた。その大きく開いた口元からは、先の尖った杭のようなものが突き出している。

「いりませんよ。急に何なんですか」

「まあそう遠慮するなって。いいから持っていけ。きっと、あんたの役に立つ」

「どうして僕が……そんな……」

首を左右に振って拒否しても、男はしつこく食い下がり、不気味な造形をした金の時計を僕の方にぐいぐいと押しつけてきた。

「ヒーローに、なりたいんだろ？」

男がひどく冷ややかな声で言った。思わず息を呑み、男を見返す。僕の考えを見透かすような発言をした男は、訳知り顔で更にずい、と時計を突き出してきた。できれば触れたくないと思わせるいびつなデザインの時計が、ぶらぶらと目の前で揺れるたび、言い知れぬ不快感が腹の底から湧き上がってくる。

何か重大な局面に接しているかのような、強い焦りが僕を急かしてやまなかった。

「ほぅら、時計だってあんたを気に入っているようだよ。よく見てみな。さっきまでと輝きがこんなに違う」

「そんなわけ……」

言いかけた時、路地を抜けた大通りの方から不意に数人の笑い声がして、僕は反射的に振り返った。悪いことなど何もしていない。人助けのためにここにいるのに、後ろめたいような、誰にも見られたくないような、奇妙な背徳感に襲われる。

「とにかく、そんな時計僕はいらな……」

気を取り直し、視線を前に戻した時、僕はあまりの驚きに言葉を失った。

今の今まで、そこにいたはずの男の姿が、忽然と消え失せていたのだ。

えっと声を上げ、キツネにつままれたような気分で周囲を見回す。だが、路地裏には隠れられるような場所はないし、前方に見える大きな通りに出るには、百メートル以上ある。僕が後ろを振り返っていたのはものの数秒だ。あの男が僕に気づかれることなく、通りの方まで駆けていけるほどの俊足であるようにも思えない。

「どうなってるんだ……」

くるくると馬鹿みたいにその場で回転しながら、路地裏のそこここに視線を向け、耳を澄ませて気配を探る。四人に取り囲まれ、満身創痍だったはずの男は、やはり跡形もなく消え去っていた。そう受け止めるしかないのだと判断した矢先、僕は右手にズシリとした重みを感じた。見下ろすと、そこには、ついさっき男が手にしていた懐中時計が握らされていた。

「なんで……！」

思わず呟くと同時に、親指の先に鋭い痛みが走った。

時計の蓋から突き出した杭のようなものの先端に親指を引っ掛けてしまったらしい。流れ出した血が、杭を伝って髑髏の口元へと流れ落ちていく。思いのほか深く切ってしまったようで、流れ出る血の量は多く、どくどくと脈打つ傷口から、真っ赤な血があふれては、時計の表面を赤く染めていく。

何か拭く物はないかともう片方の手でポケットを探ろうとした時、僕は見た。蓋に流れ落ちた僕の血が、まるでスポンジの上に垂らしたみたいに音もなく時計の中に吸い込まれていくのを。

思わず息を呑み、時計から手を放して後ずさる。時計は鈍い音を立てて地面に落ちると、薄汚れたアスファルトの上で、遠くの街灯の光を受け鈍い光を放った。すでにその表面からは、僕の流した血の跡すらも無くなっている。

全くもって訳がわからない。男が消えたことも、まるで時計が意思を持ったかのように僕の手の中に収まっていたことも驚きだったが、それ以上に、時計が血を吸い上げるだなんて……。

馬鹿な。あり得ない。そう内心で繰り返す一方で、とても事実とは思えぬような馬鹿げたものを確かにこの目で見てしまったのだという、強烈な違和感が僕を苛んでいた。

だが、混乱する僕を嘲るように、今度は耳慣れぬ機械音のようなものが、どこからともなく響いてきた。

カチカチ……あるいはチクタクと、金属同士がこすれ合うような奇妙な音。

おそらくは時計の針と思しき音が、いくつも重なって響いてくる。しかも異様に大きく、まるで耳元で——いや、頭の中で直接響いているかのような大音量でだ。

「なんだよこれ。どうなってるんだよ！」

怪我をしていることも忘れ、両手で耳をふさぎながら、僕は誰にともなく叫んだ。そうすれば誰かがこの音を止めてくれるとでも思ったのだろう。自分の浅はかさがつくづく嫌になったが、今はその可能性にすがるほかなかった。

結果として、音は止まらなかった。チクタクチクタクと、けたたましいほどに時を刻んでいく音に交じり、ぎりぎりと歯車を回転させるような音がし始め、そして次の瞬間、時計の蓋が勢いよく開いた。

奇妙なことに、その時計の文字盤には数字がなかった。白い無地の文字盤の上を、くねくねした四本の針が回転している。針の回転する速度はそれぞれバラバラで、その方向にも統一性がなかった。一本は右回り、一本は左回り、そしてあとの二本は右と左を行ったり来たりしている。

もはや時計の役割を果たしていない奇妙なその物体に、ぽっと白い光が灯る。その光はやがて僕の周囲を取り囲むように建物と建物の間や地面の隙間、崩れた塀の向こうからも立ち上り、やがて燃え盛る炎のような赤い光となって辺りを照らした。

光源がどこにあるのかがわからない、それが本当に光であるのかすらも曖昧な眩《まばゆ》さの中で目を細めていた僕が、やがて捉えたのは一つの影だった。

いつからそこにいたのか、どうやって現れたのかもわからない人影が、数メートル先に立っている。不思議なことにその影は、緋色の光に照らされていながらも、全体に黒い靄《もや》がかかっているように曖昧なシルエットをしていた。

「……誰だ？」

問いかける僕の声に反応してか、その影は、ゆらりと前に踏み出し、近づいてくる。それにつれて、徐々に明瞭になるその人物の姿。

全体が黒く見えていたのは、外套《がいとう》のようなものを羽織っていたからであるらしい。両手を持ち上げ、ゆっくりとフードを外したその人物の顔を見た瞬間、僕は我が目を疑った。

その人物には、顔がなかった。

いや、正確に言えば顔はある。ただ、皮膚や筋組織、鼻や眼球などの生体組織が失われた、ぬらぬらと照り光る頭蓋骨が、むき出しの歯を食いしばるような表情で佇んでいる。空っぽの眼窩の奥には、どういうわけか白くきらめく怪しい光が宿り、きょろきょろと何かを探すように右へ左へと忙しなく動く。

赤く濡れ光るその顔には、骨の皮膚とでも言うべきか、筋張った膜のようなものが張っており、そのせいで全体が赤黒い血のような色をしている。血膿《ちうみ》のような液体で濡れ光るその頭蓋は、後頭部の辺りが失われ、中に収められている脳と思しき肉塊が一部露出していた。更にそこから突き出た無数の植物の蔓《つる》のような管が幾重にも伸び、一本一本が不気味に脈打っていた。

「ひ、ひいいぃぃぃ！」

およそこの世のものとは思えぬ奇怪な怪物――『血塗《まみ》れの髑髏人間』を前にして、僕は気の抜けたような悲鳴を上げた。すぐに逃げ出そうとするも、身体は言うことを聞かず、膝から力が抜けてその場にしりもちをつく。

座り込み、口を半開きにさせた僕を不思議そうに見下ろしながら、その骸骨は距離を狭めてくる。そして上体をかがめ、至近距離から僕を覗き込んだ。

髑髏の口から、白く澱《よど》んだ空気が吐き出される。鼻先をくすぐる腐り切った肉を蒸発させたようなそのにおいに、僕はたまらず嘔吐した。

涙に滲む視界の中、地面に手をついた僕の手が、ぬるりとした感触を得た。はっとして目を凝らすと、さっきまで黒いアスファルトだったはずの地面は、赤ともピンクともつかぬ色をした、ぬめりのあるものに変化しており、少し体重をかけただけで、ぐいぐいと沈み込んでいきそうだった。気づけば辺り一帯が、人間の内臓を敷き詰めたような、薄気味の悪い地面に変化している。

「な、何だよコレ！」

ずるりと手を引き抜いて、再びしりもちをついた僕は、誰にともなく叫んだ。自分でも悲痛に感じられるその声に応えたのは、背後に立ち、変わらぬ姿勢でじっと僕を見下ろしていた髑髏人間だった。

——願いを……。

どこからともなく声がした。その声は辺りの空気を震動させたのではなく、僕の頭の中に直接響き渡るような奇妙なものだった。

「願いって……どういう意味だよ。お前はいったい……」

訳もわからず問い返そうとした時、そばの建物の塀がぬるりと蠢き、見る見るうちに膨らんで、見知らぬ人間の顔が浮かんだ。両の瞼を閉じられないようにホチキスのような金具で留められ、唇を切り取られたグロテスクな顔が、二つ三つと数を増していき、あっという間に壁全体を覆いつくす。そのいずれもが、濁ったまなざしで僕を見つめ、助けを求めるとも呪詛《じゅそ》の言葉ともつかぬ声を一斉に発した。

「ひいぃぃ！　やめろ……やめてくれ……！」

——願いを言え。

「願いって、何のことだよぉ！」

喚きながら、手近にあったものを掴み上げ、髑髏人間に投げつけようとする。だがその掴んだ物体が、地面からむしり取った腎臓であることに気づき、慌てて手放した。床に落ちた腎臓は、うねうねと自らその身をよじらせて内臓の隙間にもぐり込んでいく。

気づかぬうちに質の悪い悪夢に囚われてしまったかのような名状しがたい恐怖にさらされ、僕は心の底から震え上がった。

死人の血と腐った果汁を混ぜ合わせたような、黒い粘液がべったりと付着した手を乱暴に服で拭いながら、半ばパニックに陥った僕は、すがるような気分で髑髏人間を見上げる。

「僕に……どうしろっていうんだ……あんたはいったい……」

矢継ぎ早の質問に、髑髏人間はしばらくの間無言で佇んでいたが、やがて溜息をつくように軽く肩を落とし、

——願いを言え。

またしても同じ言葉を繰り返した。それはひどくかすれてくぐもった複数の声が、同時に発しているかのような怖気《おぞけ》を誘うおぞましい響きとなって、僕の頭蓋を内側から叩く。愚かで浅ましい人間をあざ笑うかのようなそれらの声から逃れようと、必死に両耳をふさいでみるけれど、頭の中に残響する声は遮ることができなかった。

生々しく蠕動《ぜんどう》する無数の管を束ねた、人工的とも生物的とも言える中途半端な喉を上下さ

せながら、『髑髏』は二メートル以上はゆうにあるその体躯を揺らすようにして、僕ににじり寄ってくる。

こいつがいったい何者なのか、何のために現れたのか、何が目的なのかについてはさっぱりわからない。ただ、むやみやたらと喚いたり、逃げ出そうとしたりするよりも、頭に響く声に耳を傾け、要求に応えるべきだという考えが、得体の知れない脅威に迫られた僕の頭を支配していた。

——願いを、叶えてやる。

「願い……？　そんなもの、僕は……」

即座に否定しようとしたその先の言葉は、しかし喉の奥で引っ掛かったまま、声になることはなかった。

嘘をつくな。願いならあるはずだと、もう一人の自分が耳元で囁く。

「……本当に、叶えてくれるのか？」

気づけばそう、問いかけていた。

半信半疑の問いに対し、髑髏は恐ろしく人間じみた動きで、重々しく首を縦に振った。

——代償を、支払え。

「代償……？　それってまさか……」

僕の言わんとしていることを察したのか、髑髏は再び、そしてさっきよりもずっと確かな動きで首を縦に振る。

悪魔が人間に取引を求め、代償として持っていくものなど一つしかない。命だ。こいつは、僕の命と引き換えに願いを叶えると言っている。つまり願いを叶えたら最後、僕の命はたちまちこの怪物の手によって刈り取られてしまうということだ。

これ以上ないほど理不尽な要求を迫られていることにようやく気づき、僕はひどく狼狽した。だがその時、脳内に響いたのは、錦谷に連れ去られる間際にかなみが発した、悲痛な声だった。

彼女のために生きると決めた。彼女を守るためなら、こんな命なんて惜しくはない。そんなことを本気で思った。一度は揺らぎかけたその決意を、もう一度固めるチャンスが今、目の前に転がっているとしたら?

僕一人の力ではどうにもならないことも、この怪物の力を借りればどうにかなるかもしれない。錦谷のようなクズから彼女を守ることだって容易《たやす》いのではないか。彼女のために生きられるのだとしたら、僕は自分の命なんてどうでもいい。彼女を守り、そしてこの命が尽きる時まで一緒にいられるのだとしたら……。

「彼女に――かなみちゃんに近づこうとする男を排除してほしい。僕以外の誰にも触れられることがないように、彼女を守りたいんだ」

気づけばそう、口にしていた。そしてそこに、僕だけが彼女を守る騎士《ナイト》になるという、決意を込めた言葉を心の中で付け足す。

髑髏はしばし凍り付いたように固まったまま微動だにしなかった。もしかして、聞こえていないのかと不安になりかけた頃、表情などあるはずのない髑髏の顔面――いや口元に、かすかな笑みが浮かんだ気がした。

そして異形の悪魔は告げる。

――願いは聞き入れた。

髑髏の声が、僕の頭の中に反響し、その呪われた声が何度も繰り返される。鼻から手を突っ込み、脳味噌を掻き回されているような激しいめまいと不快感に襲われ、僕は頭を抱え込むようにして悶えた。

周囲に満ちた赤い光がより勢いを増し、そして、目を開けていられないほどに眩くきらめいた直後、一瞬で掻き消えた。そして光が失せた後には、内臓を敷き詰めたような地面も、無数の顔が浮かぶ壁も元どおりになっていて、血と硫黄の入り混じったような悪臭も消え去っており、どこにも髑髏の姿はなかった。

「どう、なって……」

誰にともなく呟いた声は虚空に吸い込まれていき、夜の静寂へと消える。

唯一、路地の地面に投げ出された懐中時計の存在だけが、つい今しがたの出来事が夢ではないことを教えてくれていた。

きりきりと、ゼンマイが回るような音を立てて、懐中時計の上蓋がゆっくりと閉じていく。

やがて完全に蓋が閉じられ、不思議と針の動く音も聞こえなくなった後にも、僕はその表面に施された髑髏のモチーフを、いつまでも見つめていた。

3

それから数日が過ぎた。

あの日以来、かなみとは顔を合わせていない。いや、正確には、合わせなくて済むよう、彼女を避けていた。いつも彼女を見かける正門前でも、昼時の食堂でも、講義を終えた学生たちが帰路に就く並木道でも、かなみに姿を見つからぬよう、まるで逃亡者のように僕は執拗に己の存在をひた隠し、彼女との距離を保っていた。

一方で僕は、そんな自分の行動が何の意味もない、無駄な行為であることを、よく理解してもいた。どんなに彼女を避け、自分の殻に閉じこもっても、起きてしまったことからは逃れられない。

それはある種の抜けない棘となって僕の身体に突き刺さり、折に触れて眉をひそめたくなるような痛みを絶えず与え続ける。その痛みによって僕は、自分の犯した失敗を後悔し、無力さを痛感し、消え入りたくなるような屈辱を味わい続けるのだ。

せっかく会話ができる程度には距離が縮まったというのに、このままでは距離が開く一方である。今は良くても、これが一週間、ひと月、三か月、そして半年と続いていくかと思うと、無性に頭を掻きむしりたくなった。

この、どこにも向けようのないもどかしさや怒りが、体内で熟成され、爆発してしまうのを避けるためには、悩みの元と向き合う必要がある。つまりは、かなみと直接顔を合わせ、この間のことを謝罪するべきなのだが、それが簡単にできるほど、僕は無神経な人間ではないのだ。

そんなこんなで結局、二週間ほどが過ぎたある日の夕暮れ時。帰宅しようとして正門を出た僕を、覚えのある声が呼び止めた。

「ああ、いたいた。おーい和多田くーん」

振り返った僕は、そのままの体勢で凍り付く。そこには、陽気に笑いながら手を振る未歩と、その隣でうつむきがちに佇むかなみがいた。

「あ、あの……かなみちゃ……えっと……」

あわあわと取り乱し、思うように言葉が出てこない僕に対し、未歩はやれやれとでも言いたげに大仰な溜息をついてから、

「ちょっと付き合ってよ。相談したいことがあるの」

有無を言わせぬ口調で言った。

無理に断ることもできず、素直に応じた僕は二人に連れられるがままに商店街の一角にある喫茶店に入った。

全国チェーンで展開しているその喫茶店には、僕たちの他に地元の高校生や、若い男女のカップル、年配の女性グループなど、そこそこの数のお客が入っていた。できるだけ周りと距離を取りたいという未歩の希望を考慮し、僕たちは店の一番奥にある四人掛けの席に陣取る。昼を抜いてしまったせいで空腹だったが、話があるという二人の前でがっつくわけにもいかず、メロンフロートを注文した。かなみと未歩はアイスコーヒーと紅茶を注文し、それぞれの飲み物が揃ったところで、未歩が話を切り出した。

「早速だけど和多田くん、この前はボディガード失敗したんだって？」

単刀直入に言われ、僕は言い訳もできず、素直に首を縦に振った。ちら、とかなみの方を見ると、彼女は困ったような顔をしてうつむくばかりで、僕の方を見ようとはしなかった。怒っているのか、それとも、呆れているのか。面と向かって問いただすこともできぬまま、申し訳なさから消えてしまいたくなる。

「もう、そんな暗い顔しないでよ。別にかなみは和多田くんのこと怒ってないよ」

そんな僕の心中などよそに、未歩は妙に軽い口調で、何でもないことのように言った。

「え、本当に？」

「本当だよ。ねえかなみ？」

「うん、もちろん」

水を向けられ、かなみはおずおずとうなずいて見せた。思いがけぬ返答に、僕の胸は大きく高鳴った。

「よかった……ああ、よかった……」

思わずそうこぼしながら、背もたれにぐったりと身を預ける。

その反応がやや大げさでおかしかったらしく、未歩とかなみが顔を見合わせて苦笑した。

「なによ。もしかして説教でもされると思ったの？　ないない。かなみはね、そう簡単に人を憎んだり怒ったりしない子なの」

ねー、と未歩は飼い犬を愛でるような手つきで、かなみの頭を優しく撫でる。

「でも、僕はあの錦谷っていう男を止めることもできなくて……」

「あの後は、町をぐるっとドライブしただけですぐに帰りました。降ろしてくれなきゃ警察に通報するって言ったら、その時はどうにか引き下がってくれて……」

「そう、なんだ……」

安心していいのかどうか判断に困る返答だったが、彼女が危険な目に遭わなかったのなら、それで良しとするべきだろう。

乱暴を働かれなかったと聞いて、僕自身も救われた気分になった。あの時から感じていた、この世の終わりのような罪悪感も、少しは緩和されることだろう。

しかし、完全に安心していいわけでもない。話を聞く限り、錦谷との関係に進展があったようにも思えない。となると、まだストーカー行為は続いているのだろうか。

そのことを聞こうとした僕を先回りする形で、未歩は重々しい表情を見せた。

「実はね、話っていうのはやっぱりその錦谷のことなの」

「まだ、あの男に付きまとわれているの？」

「それだけならいいんだけど……」

未歩はどこか歯切れの悪い口調で言い、かなみと目配せをする。

かなみの方も、困り果て、今にも泣き出しそうな表情で唇を噛み締めていた。

いったい、何が起きたというのだろうか。ただならぬ雰囲気に気圧され、僕はごくりと喉を鳴らし、未歩の説明に耳を傾ける。

「錦谷の迷惑行為は、むしろエスカレートしてるかも。ほら、見て」

自身のスマホを取り出し、軽く操作した未歩が画面を僕に示す。表示されていたのは、未歩がかなみと一緒に写っている写真を投稿したもので、一緒に食事した時の様子が簡単につづられていた。

そのコメント欄を追ってみると、錦谷のものと思しき『ワタル@レミつんガチ勢』という、僕にはちょっと意味のわからないアカウント名が表示されている。だがそれ以上に、コメントの内容が強く目を引いた。そこでは言葉にするのもためらうような下劣な発言を繰り返し、かなみのことを名指しでけなしていた。

「こんなメッセージが他にもたくさん。かなみが呟いてなくても、あたしや他の仲のいい友達の投稿にまで飛んでいって、こういう発言を繰り返してるみたいなんだよね」

それだけじゃないんだよと、未歩は鼻息を荒くして、かなみの方を向いた。彼女はおずおずと、不安いっぱいの顔でうなずくと、

「郵便受けに殴り書きの手紙が入ってて、未歩がうちに泊まった時のことや、友達と数人で

鍋パした時のことなんかが、すごく細かく書かれていて……」

参加したメンバーはもちろん、その時に飲んでいた酎ハイの銘柄まで記されていたのだという。

更に驚いたことに、便箋の数か所には赤いシミが点々とついており、封筒の中を覗いてみると、彼のものと思しき生爪が数個、ぽろぽろと零れ落ちてきたのだという。

「私もう怖くて……やめてって言いたくて連絡を取ろうとしても、こっちからかけた電話には出てくれないんです。いつも一方的で、自分勝手で……」

思い出すのもおぞましいとでも言いたげに、かなみは両手で顔を覆って肩を震わせた。

そんな彼女に寄り添うようにして、未歩が優しく背中をさする。

「そんなことまでするなんて……」

ただの嫌がらせにしては度が過ぎている。ここまでくると、もはや何が目的なのかもわからないレベルだ。彼女を怖がらせることで、自分の元に戻ってくるとでも考えているのだろうか。

言葉を失うほどの卑劣な行いに、僕は嫌悪感をあらわにして顔をしかめた。

「でしょ？　最悪だよね。だから、あたしも放っておけなくて、頼りになりそうな友達に片っ端から声をかけてさ、ボディガードを頼むことにしたの」

「ボディガード……」

繰り返した僕の顔を上目遣いに見て、未歩は少々、ばつが悪そうに愛想笑いを浮かべる。

「そうなの。ほら、和多田くん、錦谷にやっつけられちゃったでしょ？　だから別の人に頼んだ方がいいかな、と思ってさ。とりあえず、運動部の人とか、格闘技やってる人とか、なるべく強そうな人を選んで頼んでみたのね」

なるほど、貧弱で簡単に返り討ちにされた僕は、お払い箱だったというわけか。

しかし、ならばどうしてまた僕に話をしに来たのだろう。当然とも言えるその疑問は、次の未歩の言葉によって解消する。

「これで安心、と思っていたら、そのボディガードたちが次々に襲われて病院送りにされちゃったの」

「襲われた？」

思わず声が上ずった。店内に響いた物騒な発言のせいか、周囲の目が僕たちに集まる。

それを気にするように、未歩は声を落として先を続けた。

「最初は経営学部の山崎《やまざき》くん。次が文学部の大西《おおにし》君。そして最後は、臨床スポーツ学部で柔道部エースの桂木《かつらぎ》先輩。その全員が、かなみを家に送り届けた帰り道で襲われて、みんな大怪我。山崎君と大西君は両手足を杭のようなもので刺されて血まみれの状態で発見された。

でも特にひどかったのは桂木先輩でね、同じように両手足を何かで刺し貫かれて、頭蓋骨は粉砕骨折、片方の目が潰されちゃった上に、右腕の肘から下が何かに噛みちぎられて、皮一枚でぶら下がっている状態だったんだって。とにかくひどい状態で、今も集中治療室で意識不明だそうよ」

「ちょ、ちょっと待った。噛みちぎられたって……それ、どういうこと？」

思わず声を上げると、未歩はこっちが知りたいとばかりにかぶりを振った。

「それがわからないんだってば。警察の人が言うには、凶暴な獣に襲われた可能性もある。野犬か何かじゃないかってことだけど、どこの世界に身長一九〇センチの柔道部エースの頭蓋骨を砕いて、手首を噛みちぎろうとする野犬がいるっていうの？　どう考えたっておかしいよね？」

「確かに、そうだけど……」

うなずきながら、僕は言い知れぬ不穏な気分に陥っていた。最初の二人についてはともかく、いくら錦谷でも、そこまで凶悪な犯行に及ぶものだろうかという率直な疑問を抱く。

確かにあの男は僕よりも背が高く体格もよかったが、未歩の言う通り、柔道部の巨漢を相手に立ち回れるとは思えない。見掛け倒しの体格の良さがあっても、本格的に武道をたしなんでいる者を相手に、一方的に痛めつけるなんてことは不可能じゃないだろうか。

それに、いくら何でもそこまで相手を痛めつける必要があったのか。そこまで大怪我を負わされた被害者が警察に被害届を出せば、傷害罪――いや殺人未遂で逮捕されたっておかしくないのにだ。

未歩の話に、僕はたとえようのない妙な感覚を抱きはしたものの、その正体がわからず、悶々とした気分に陥っていた。

「きっとこれも、錦谷の仕業だよ。あいつは、かなみに近づく男の人が気に入らなくて、手当たり次第に襲ってるんだと思う。ほら、彼って悪いお友達が多いみたいだし、一対一が無理でも、大勢で暴行を加えたら、いくら格闘技やってたって勝ち目がないじゃない？」

「腕を食いちぎられたのは？」

「あいつの乗ってる車見たでしょ？　錦谷の実家はかなり裕福な資産家だから、ドーベルマンとかそういう、大きくて凶暴な犬の一匹や二匹、普通に飼ってるはずだよ」

とにかく、と未歩はもどかしそうにテーブルを叩く。論理だてて考えるよりも、勢いで話を進めたいという感情が態度に表れていた。ずいぶんとめちゃくちゃな推理を披露しているが、未歩は終始真剣な顔で、冗談を言っている様子はない。

確かに彼女の言う通り、かなみ自身に被害がないとなると、錦谷は彼女に近づく人間を狙って襲っていると考えるのが自然だろう。ストーカー行為を働いていることからも、彼が彼女に依存し、執着しているのは明白だ。僕を殴りつけて追い払ったはずなのに、別の男が現れたことでその怒りが更に増大した結果、このような事態に発展してしまったのかもしれない。

――ん？　ちょっと待てよ……。

ふと、何かが引っ掛かった。

『彼女に近づく人間を狙って……』

似たようなフレーズを、僕は数日前に口にしていた。そう、あの悪夢とも地獄ともつかぬ異様な光景に変化した路地裏で、髑髏の化け物に対して。

――まさか……。

悪い予感が胸に広がり、ぞわぞわとした感覚が背筋を駆け上っていく。

もし、あの出来事が夢でも幻でもないとするならば、かなみの身の回りに起きている出来事は錦谷ではなく、僕の願いを叶えようとする髑髏の仕業だと言えるのではないだろうか。

――そんなはず、ないよな。

そう断じようとする意思とは裏腹に、悪い予感はどんどん膨れ上がっていった。

そもそも、かなみの周りに群がる男子など、これまでにも大勢いたはずだ。花よりも可憐で美しく、誰に対しても分け隔てなく接してくれる優しい彼女に憧れ、恋心を抱く男などごまんといる。

僕を含め、そういう男がストーカー被害に遭っているかなみを助けてやりたいと思うのは当然のことだ。だが、ボディガードに選ばれた者が獣に襲われたような大怪我を負うなんて、そんな都合のいいことが、そうそう起こるわけはない。

——まさか、本当にあの怪物が……？

言い知れぬ不安に苛まれ、一人息を呑む僕をよそに、未歩はかしこまった様子で上目遣いに見つめると、

「それでね、おかしな噂が広まるのも嫌だから、あまり周りの友達には大っぴらに頼めなくなっちゃったんだよね。だから、もう一回、和多田くんにかなみのボディガードをしてもらえないかと思って」

悪びれもせずにそんなことを提案してきた。

だがそれも仕方がないことなのだろう。これ以上周囲の人間に頼んで、かなみ自身に妙な噂が立つのも困る。その点、僕になら頼めるという心理も理解できる。

「お願いよ。もう和多田くんにしか頼めないの。ほら、もし必要だったらバイト代とか払うし」

「そんなものいらないよ」

ゆるゆるとかぶりを振った僕に、未歩は「それじゃあ……」と上目遣いの期待を込めたまなざしを送ってくる。すぐ隣で僕たちの会話を見守っていたかなみも、すがるような目をして僕を見つめていた。

そのかなみの表情に、僕は一度は失いかけた強い信念めいた感情を思い出す。彼女を守れるのは自分だけだという、確固たる自信に裏打ちされた強固な意志が、今、身体中に満ち満ちていた。

それに、もし桂木先輩たちが大怪我を負った原因が、僕のかけた願いのせいだとしたら、髑髏を呼び出して願いをかけた張本人である僕は他の人間と違い、不慮の事故に見舞われることなどないはずだ。他の人間には無理でも、僕ならばかなみのそばで、騎士《ナイト》としてずっと彼女を守ることができる。ストーカー行為を働いているのが錦谷であったとしても、もっと別の何者かであったとしてもだ。

「僕でよければやるよ」

未歩とかなみは手を取り合い、飛び上がらんばかりに喜び合う。

かなみはその目にうっすらと涙を浮かべ、今にも泣き出しそうな顔をしていた。不可解な出来事が続き、恐怖と怯えに支配されていたのだろう。

だが、もうその必要はない。

――これからは、僕がずっと一緒だから。

ありがとうと繰り返し、何度も頭を下げるかなみに対し、僕は心の中でそう呟きながら、優しく微笑みかけた。

かくして僕は、かなみのボディガードという地位を取り戻し、彼女を守る騎士《ナイト》の座に返り咲いた。

その日以来、学校の行き帰りはもちろんのこと、授業の合間やサークル活動の最中にも彼女の様子を窺えるよう、できる限りのことをすることにした。

彼女の専攻している講義にそっと紛れ込み、授業中もそばに控え、昼食時には食堂で未歩と三人で食事をした。サークル活動にも顔を出し、彼女に害をなそうとする人間がいないかを見極めようと目を光らせたし、アルバイト終わりには店の前まで彼女を迎えに行き、確実に自宅まで送り届けた。

かなみは最初こそ戸惑ったり遠慮したりして「そこまでしなくていい」と言っていた。僕と一緒にいるところを大勢の友人らに見られることに恥ずかしさを覚えていたのかもしれない。

それについては、僕も同じ気持ちではあった。僕のような男が、彼女の友人や同級生らに囲まれて同じ空間にいるのは、正直言って場違いに思えたし、気後れもした。けれど、そんなことを気にしていたら、肝心な時に彼女を守ることができない。

実際、僕がそばで守り続けているにもかかわらず、ＳＮＳ上では、錦谷と思しき人物の不穏なメッセージ攻撃が続いていた。

かなみが管理会社にかけあって自宅の鍵を交換してもらったことにより、留守中に自宅に忍び込まれる心配はなくなったが、夜中に目を覚ますと暗がりの中から誰かに見られている気がすることもあると言い、精神的なストレスはむしろ増加している傾向にあった。

そういった心労もあるのだろう。かなみは日に日に顔色が悪くなり、体重も少しずつ落ちていったようだった。頬がこけ、白くきめ細やかだった肌は荒れて、目の下には濃いクマができた。

僕はというと、そんな彼女を支えるために、より身を粉にしてボディガードを務めた。

一週間が過ぎ、二週間が過ぎても、以前のように錦谷が僕やかなみの前に現れることはなかったが、相変わらずＳＮＳのメッセージは届くらしく、中にはかなみを強く脅すような内容も含まれていた。警察に通報することも考え、そういったメッセージは消さずにスクリーンショットを撮って保存するよう助言した。

かなみはそうした数々の弊害に負けることなく、周囲と足並みを合わせて就職活動に取り組み、その合間にアルバイトをこなし、サークル活動にも精を出した。こんな状況でも自分のするべきことに熱意を傾け、一生懸命取り組もうとする彼女のことを、僕は誇りに思った。彼女を守るためにできることは何でもしようと改めて心に誓い、彼女の騎士《ナイト》として、より情熱を注ぐ決意を固めた。

そうして僕がボディガードに返り咲いてから十日ほどが経過した頃、一向にSNS上での粘着行為をやめようとしない錦谷の存在に、僕は次第に違和感を覚え始めていた。

そもそも、僕が髑髏に願ったのは、彼女に近づく男を排除してほしいというものだった。それは物理的に近づくという意味だけではない。たとえ距離が開いていたとしても、彼女に執着し、ストーカー行為を繰り返しているのだとしたら、柔道部の先輩のように、錦谷の身にも『髑髏による制裁』が加えられてしかるべきではないのか。

そう考えると、すでに錦谷が髑髏によって何らかの危害を加えられている可能性は大いにあった。そのことを確かめたい気持ちから、僕は自宅であの懐中時計に向かって呼びかけてみることにした。あれこれ悩んでいるよりも、もう一度髑髏と話ができれば、疑問は解消すると思ったからだ。

しかし、どれだけ呼びかけてみても、前回のように髑髏が現れることもなければ、何かしらのメッセージめいたものが届くということもなかった。

時計に耳を澄ましてみても針が動く音は聞こえず、どこをどういじくり回しても、強引にあけようとしてみても、蓋はがっちりと固定されていて開く気配すらなかった。

あの夜の出来事や髑髏の存在が現実のものであったという認識は時間と共に薄れ始め、何もかもが僕の妄想だったのではないかという不安が頻繁《ひんぱん》に脳裏をよぎる。そして、そんな風に考えれば考えるほど、髑髏が僕にとって都合の悪い人間を撃退してくれるなどという、妄想めいた希望もまた、徐々に薄れていくのだった。

一向に姿を現さない錦谷も実はぴんぴんしていて、SNS上でかなみの行動を監視しつつ、彼女に接近するタイミングを今か今かと待ち構えているのではないかという不吉な想像に苛まれ、僕は暗澹たる気分に陥った。

錦谷のことさえ解決できれば、かなみを悩ませる問題はなくなる。そうすればきっと、以前のように笑顔が戻り、また明るいかなみに戻ってくれるはずだ。そのためにも、なんとしても錦谷にストーカー行為をやめさせなければならない。夢か現《うつつ》かも知れぬ虚構めいた怪物に願いをかけるのではなく、僕自身の手でどうにかしなくてはならないのだ。

彼女の安全と安心を最優先に考え、できる限り彼女との時間を優先させて見守り続ける。それが、僕が彼女にしてやれる最大の、そして唯一の愛情の証であると信じて疑わず、彼女の騎士《ナイト》となる決意を新たに固めた。

ところがそんな矢先、ある問題が起きた。

数週間前に、かなみが内定をもらっていた企業に匿名の通報が入った。その内容はというと、ＳＮＳ上で見られるのと同じような根も葉もない誹謗中傷ばかりだったのだが、一つだけ他とは異なるものがあった。それは、かなみが以前交際していた錦谷を殺害したという、目を疑うような内容だった。

もちろん、企業側はそんな悪戯《いたずら》を信じはしなかったが、一応、警察に届け出ることにした。そして警察が事実確認のために錦谷の自宅を訪ねたところ、彼がもうひと月近く帰宅していないことが明らかになり、その後すぐに、大学にほど近い河川敷沿いの雑木林の中から錦谷の遺体が発見された。

錦谷の遺体はすでに死後三週間以上が経過し腐敗が進んでいた。野犬に食われでもしたのか顔面の損傷が特にひどかったらしく、葬儀の際は親族さえも顔を見られなかったそうだ。

警察は殺人事件の重要参考人としてかなみに任意同行を求め、更に彼女のアパートを調べたところ、室内から亡くなった錦谷のものと思われるスマホが発見された。

これにより、かなみへの疑いは強まったが、数時間に及ぶ事情聴取の結果、彼女が犯人であるという確固たる証拠はあがらなかった。錦谷からの付きまといや待ち伏せといった被害に遭っていたこと、それらの被害を近所の交番に何度か相談していたことも考慮され、すぐに犯人扱いされることはなかった。だが、彼女に対する疑いが晴れたわけではない。

確かに錦谷のスマホの履歴には、かなみに対する恫喝的なメッセージや、誹謗中傷をSNSに書き込んだ形跡が見られた。だが、そこには錦谷が死亡した後にも書き込まれていたものが多く含まれていたのだ。

これは錦谷の遺体発見時期を遅らせるために、犯人が行った工作であると見られた。かなみは身の潔白を訴え、偽装工作をしたのも自分ではないと主張したが、彼女の自宅アパートからスマホが発見されてしまった以上、それを行っていたのがかなみであるという警察の見解は、そう簡単に覆ることはないだろう。

警察から疑いの目を向けられることに加え、事態を重く見た企業から内定取り消しの通知を受け取ったことで、かなみはすっかり憔悴してしまい、食欲を失って、ただでさえやせ細っていた身体は更に細くやつれていった。

この件について、大学内にはあっという間に噂が広まり、渦中のかなみに近づこうとする人間はほとんどいなくなった。錦谷の件で親身になって心配してくれた多くの友人たちも、かなみに殺人の容疑がかけられつつあることを知った途端、蜘蛛の子を散らすように離れていったし、あれほどちやほやしていたサークルの連中にしても、しばらくは休んでいた方がいいなどと御託を並べ、体よく厄介払いをする始末だ。

かなみはそのことに強く心を痛めた。周囲が自分を殺人犯だと決めつけ、化け物扱いをして敬遠しているのではないかと思い込み、どんどん自分の殻に閉じこもっていった。

一方、僕はというと、かなみの無実を証明することはもちろん、殺人犯扱いされ周囲に白い目で見られている彼女を元気づけることすらできない無力な自分に対し、耐えがたい苛立ちを覚えていた。

彼女を守る騎士《ナイト》でありながら、彼女を支えることすらできていない。己の存在意義さえ問いたくなるような体たらくに、自分が情けなくなった。

錦谷を殺したのはかなみじゃない。彼はおそらく、僕の願いを受け入れた髑髏によって殺害されたのだ。

一度は鳴りを潜めたその考えを、僕は再び強く信じるようになっていた。それが直接的な行為だったのか、それとも呪いのようにじわじわと死に追いやる行為だったのかは定かではないが、少なくともかなみが手を下していないことは間違いないはずだった。にもかかわらず、彼女が殺人の疑いをかけられ、こんなに苦しんでいるなんて、どう考えても理不尽だ。

こんなはずじゃなかった。僕の願い方が悪く、彼女を苦しめることになってしまったのではないかと、僕はここでも自分を責めた。

おぞましい形相の髑髏が彫金された懐中時計を手に取り、何度も呼びかけるようにして髑髏との再会を願った。けれど時計は僕の願いを聞き入れようとはしてくれず、結局髑髏が僕の前に現れることはなかった。

錦谷の死がマスコミなどで報道され、町の人々に認知されればされるほど、かなみの存在は注目を集めた。もちろん、これまでのようにいい意味で注目されているのではない。可愛い顔をして恋人を殺した。ボディガードなどと言って男子学生を侍《はべ》らせていた。SNSに上がっている誹謗中傷も、もしかしたら自作自演なのではないか。そんな心無い噂が飛び交い、誰もがその真偽不明なスキャンダルを楽しんでいるようだった。

だがそれでも、かなみは大学に通い、ゼミや講義に出席し続けた。すでに卒業に必要な単位はあらかた取得済みであったようだが、内定が取り消しにされてしまったため、新たな進路を見つけ出さなくてはならず、就職を諦め進学する方向に舵を切ろうと考えている様子だった。そうやって健気に前を見続ける彼女の姿を見ていると、僕はどうしようもなく胸が苦しくなる。あらぬ噂を立てられ、心無いことを言われても、周りに白い目で見られても、自分の人生を諦めることなく進もうとするかなみはかっこよかった。

だが、強く、そして毅然とした態度を取り続けていたかなみにも、ついに限界が訪れた。

ある日の夕方、講義を終えた学生たちが各々、講堂を後にしていくなかで、かなみだけは席を立とうとしなかった。

講義が終わるのとほとんど同時に机に突っ伏し、そのまま微動だにせず、未歩が話しかけてもうんともすんとも言わない。

いつも講義中は後ろでそっと見守っている僕も、さすがに心配になって、話しかけてみたのだけれど、やはり何の反応も示そうとはしなかった。

そんな状態がしばらく続き、気づけば講堂には僕とかなみと未歩の三人だけとなってしまった。

人気《ひとけ》のないがらんとした講堂は、靴の底が床を擦る音ですらも大きく聞こえる。

「ねえ、かなみ。いったいどうしちゃったの？　具合でも悪いの？」

「……もういや」

ややくぐもった声で、かなみはそれだけ言うと、以前よりずっと細く、小さくなった肩を震わせ、嗚咽を漏らし始めた。

「なにもかも、嫌になっちゃった……」

「ちょっと待って、何言ってるのよ。錦谷が死んじゃったのは確かにびっくりだけど、でもほら、これでもうＳＮＳにおかしなこと書き込まれることもなくなるでしょ」

「そんなはずないじゃない！」

突然、がばりと顔を上げたかなみは悲痛な表情で声を荒らげ、堰《せき》を切ったように喋り出した。

「渉が死んだのはもう何週間も前なのよ。その後も、ＳＮＳの誹謗中傷はずっと投稿され続けていた。誰かが渉のスマホを使ってなりすましていたのよ。私じゃない誰かがね」

「もちろん、かなみがやったんじゃないってことくらいわかってるよ」

ね、と視線で同意を促され、僕は素直に首を縦に振った。

それでもかなみは納得がいかないのか、まるで世界中が自分を陥れようとしているとでも言いたげに、悲愴な表情をあらわにしている。

そんな彼女を見ていられないとばかりに、今度は未歩がまくしたてるように言った。

「きっと、錦谷の知り合いか、トラブル起こしていた相手がやったに決まってるって。あいつがかなみにしつこく迫ってたことは誰もが知ってることだし、痴情のもつれってことにして、罪を擦りつけようとしてるんだよ。実際、殺人事件が起きた時って、彼女とか奥さんが一番に疑われるって、テレビで見たことあるし」

「そうかな……？」

不安げにその瞳を揺らし、問いかけてくるかなみに、未歩は力強く何度もうなずいた。

「そうだよ。錦谷の周りにはもともと、ろくでもない奴が大勢いたじゃない？　そいつらがきっと、あたしや周りの子の投稿にかなみの悪口書き込んで偽装工作したんだよ。でも、結局死体が見つかっちゃったから、慌ててかなみの部屋に忍び込んで、マットレスの下に錦谷のスマホを隠したんでしょ。そんな場所にあったら、かなみにもそう簡単には見つけられないと思ってさ」

「うん……」

かなみは小さく、消え入りそうな声で応じた。

実際、未歩の言うことはとても説得力があったし、僕自身、そういった可能性はあると思っていた。だからこそ、彼女の発言はするすると耳に入り込んでくる。そのせいで、未歩が重要なミスを犯してしまったことに気づくのが、数テンポ遅れてしまった。

「……ちょっと待った。今、なんて？」

「え、何が？」

割り込むようにして問いかけた僕の声に、未歩は半笑いで問い返した。何のことを問われているのか、まるで見当がつかないとでも言いたげに。

「どこにスマホが隠してあったって？」

「いや、だから、マットレスの下……」

さっきと同じ説明をしようとする未歩の声が、しりすぼみに消えていく。

まっすぐに僕を見据えていた彼女の目に、不安の色が急速に広がっていくのが、確かに感じられた。

「どうして、未歩がそれを知っているの？」

次に問いかけたのは、かなみだった。彼女もまた僕と同じ違和感に気が付いていたらしい。先ほど、わずかに浮かべた戸惑いの色が、今ははっきりとした疑惑に変わり、まっすぐに未歩へと注がれていた。

「ちょっと、何？　二人ともどうしたっていうの？　それはかなみから聞いたからで……」

「私、スマホが隠されていた場所までは言ってないよ。警察もそこまでは発表してないはず」

そう言って、かなみは問いかけるような目を僕に向けた。彼女の言う通り、マスコミの報道では、『以前交際していた女性の自宅からスマートフォンが見つかり……』という説明はあったが、マットレスの下などという細かい描写はされていない。

沈みゆく太陽の光が、講堂に落ちた影を深めていく。それに伴って、僕たち三人を包む空気がゆっくりと、しかし着実に重くなっていった。このまま、永遠に沈黙が続くのではないかと、半ば危機感にも似た感覚が胸中にじわりと広がっていく。

誰かが問わなくてはならない。その誰かという役目をかなみに押しつけるのは、あまりにも酷だ。そう判断し、僕は意を決して告げた。

「未歩ちゃん、君が犯人だったんだね」

え、と凍り付いたように表情を固めた未歩が、かすれた声を出す。

「なに、言ってんの？　笑えないいんだけど。ていうか、犯人って何の？」

「かなみちゃんへのストーカー行為だよ。錦谷のスマホを使って彼女におかしなメッセージを送っていたのも、SNSに書き込んだのも、全部君の仕業だったんだろ」

「ちょ、ちょっと待ってよ。なんで私がそんなことするのよ。理由がないじゃない」

「理由……」

わずかに言いよどんで、僕は口元を強く引き結んだ。

「確かに、理由はわからない。でも、君がやったとしか思えないいんだ」

「ちょっと待ってよ。当てずっぽうで人を犯人扱いするつもり？」

信じられない、と心外そうに言って、未歩はその表情に険をあらわした。

「いいや、当てずっぽうじゃないよ。かなみちゃんは少し前に部屋の鍵を替えたばかりだし、それを知っているのは僕と君だけだ。錦谷の関係者が合鍵を作って侵入するのはまず不可能だ。だから必然的に、そういう人物が犯人だという君の説は成立しない。罪を着せるにしても、スマホが自宅にあったというだけじゃあ、証拠としても弱いだろうしね」

「待って。ちょっと待ってったら。ねえ、二人であたしのことからかってる？　こういうの、ホント笑えないから」

　未歩は強引に笑い飛ばそうとするが、その顔に浮かぶ笑みは不自然に引きつるばかりで、図星を指され、動揺しているであろうことは明白だった。

「もういいでしょ。ほら、あたしたちこれから課題のレポートやらなきゃいけないのよ。和多田くんと違って、忙しい学生の身分だからさ。ねえかなみ？」

　突き放すような口調で言われ、僕はわずかにたじろいだ。問いかけられたかなみはというと、素直に応じようとせず、ただただ困惑を深めた様子で未歩を凝視していた。

「かなみ……」

　その疑惑を隠そうともしないまなざしを向けられたことにショックを受けたのか、未歩がさっきとは別種の戸惑いをあらわにして、一歩だけ後ずさった。

「違うの……そうじゃなくて……」

「未歩、嘘だよね？　ねえ、違うって言ってよ……」

　何事か弁解しようとする未歩の言葉にかぶせるようにして、かなみが問う。かろうじて質問の形を取ってはいるものの、それはもはやただの確認作業でしかなかった。嘘でもいいから否定してほしいという哀れな願望が、かなみの悲愴な表情にありありと浮かんでいた。

それから、二人は無言で見つめ合う。重々しい空気に支配された永遠にも思えるような長い時間。未歩は水中で空気を求めているかのように口を開閉させることを繰り返した後で、やがて諦めたように肩を落とし、深く溜息をついた。

「……あーあ、バレちゃったか」

その一言を吐き出すのと同時に、未歩の纏う空気が一変する。

弁解を諦めた……というより投げ出したような態度で首を左右に傾け、コリコリと鳴らしながら、未歩はひどくくたびれた様子で苦笑した。

「うまく騙せると思ったのになぁ。まったく、やってくれたよね和多田くん。ただのウスノロのボンクラでいてくれればよかったのに、余計なことしてくれちゃってさ」

愕然とするかなみをよそに、未歩は僕を睨みつけ、忌々し気な言葉を遠慮なく向けてくる。自らの悪事を隠すつもりがないどころか、悪びれてすらいない彼女の言動を前に、僕は背筋が寒くなった。

「どうして？　なんで未歩が……？　私たち、友達だよね？」

「当然じゃない。あたしはあなたの一番の親友。それは揺るぎない事実でしょ？」

あっけらかんとした調子で、未歩はそう言ってのけた。それが当然のことであるかのように、なんのためらいもなく。

「じゃあなんで……」

「だぁって、面白かったんだもん」

未歩は突然語気を強め、かなみの言葉を掻き消すように言い放つ。

薄く細められたその目がふいに、陶然とした光を宿した。

「あたしは最初っから、あんなクズ男やめておけって言ったんだよ。なのにかなみは言うことを聞かないで付き合い始めちゃってさ。案の定、裏切られて毎日のように泣いてた。そのくせ別れた後も『忘れられない』とか『根はいいひと』なんてのたまってる。そういう世間知らずで恋に恋する中学生女子みたいなところが、どうしようもなく可愛くて、たまらなかったんだよねぇ」

ぐにゃり、と。未歩の顔にいびつな笑みが浮かぶ。目は三日月の形に歪み、口の端が耳まで裂けたような奇怪な笑顔――およそまともではない、一線を越えてしまった人間が浮かべるおぞましい笑みだった。その異様さに、はたで見ている僕ですらも言葉を失っていた。その悪意をまともに向けられているかなみはきっと、僕とは比べ物にならないほどの恐怖を味わっていることだろう。

「気づいたらあたしは、かなみの虜《とりこ》になってた。あなたのそういう姿が見たくてたまらなくて、だから錦谷と取引したんだよ。言うことを聞いてくれたら、あたしを一晩好きにしていいってね」

未歩は自分の肩を抱くようにして、ぶるる、と身震いして見せた。身体の芯から迸る快楽的な刺激にその身をゆだね、噛み締めているかのように。

「嘘……それじゃあ、渉が浮気してた相手って……」

「そう、あたし。鼻明かされたでしょ？　あいつ、疑いもせず誘いに乗ってきたよ。ヤリ終わった後も、かなみには言わないでくれとか、バレない限りは関係続けようとか言って、勝手に盛り上がってた。ねえかなみ、まさかこんな近くに自分の男を寝取った女がいるなんて、思わなかったでしょ？　裏切られて泣きじゃくるあなたの背中を撫でていたあたしこそが、あんたが最も恨むべき相手だったなんて、夢にも思わなかったよねぇ？」

けらけらと、さも愉快そうに笑う。悪意に満ち満ちた笑い声が講堂にこだまする。

かなみは今にも卒倒しそうな様子で顔を真っ青にして、言葉を失っている。彼女が抱える衝撃と落胆、そして悲しみといった感情を想像し、僕は胸が締めつけられる思いがした。

「どうしてそんなことを……君は、いったい何がしたいんだ」

黙って見ていることができず、かなみの代わりに未歩を問い詰める。

すると未歩は、すっと笑いを引っ込め、怪訝そうに眉根を寄せた。

「何がしたいかって？　だから、さっきから言ってるじゃない。かなみの苦しむ姿が見たいの。悲しむ姿が見たいの。あたしはそういうところでしか、エクスタシーを感じられないのよ。ずっと乾いていたこの心に火をつけてくれたのが、他でもないかなみなの。かなみだけが、あたしに喜びをくれる。身体中が痺れるような、とびきりの快感をね。あんたみたいな奴をボディガードにしたのだって、かなみを守ってほしかったからじゃない。板挟みにされて苦しむ姿が見たかったからよ」

「ど、どういう意味だ……？」

思わず問いかけ、息を呑む僕に対し、未歩は嘲るような表情を浮かべて鼻を鳴らす。

「ふふ、今更すっとぼける必要なんてないよ。あんたがずっと前からかなみにご執心なのはわかってた。ストーカーに悩んでるから助けてほしいって言えば、男気を出して守ろうとしてくれるってこともわかってた。見た目はそうでもないけど、仕事柄、悪いやつをやっつけることに憧れているのかなっていう勝手な予想もあったけどね。でも実際、あんたは錦谷に立ち向かっていった。それくらい、この子のために真剣になってくれた」

「当然だ。錦谷にストーカーされて、彼女が苦しんでいたのは事実だ」

「そうだよ。あんたがやられちゃった後に、他の人にボディガードを頼んだのも、そうすればまたあんたがやる気を出すと思ったから。またかなみのそばに戻ってくると思ったから。そしたら、都合よくその人たちがいなくなってくれて、またあんたに頼むことができた。まるで、何かに導かれているみたいにね」

したり顔の未歩が、おもむろに人差し指をくわえ、蛇のように笑う。

「あんたの必死さには、ホントにドン引きしたよ。あたしの想像をはるかに超えた『ヒーローきどり』だよね。毎度毎度講義の場にやってきたり、昼休みに一緒に食堂でご飯食べたり、上に無理言って、毎日帰る時間をかなみに合わせたりしてさ。まともな大人とは思えない。見苦しいったらないよねホント。かなみのためなら、あんただって平気で人を殺せるんじゃない？」

「う、うるさい。僕はそんなこと……」

即座に否定しつつ、僕ははっとした。

「……まさか、錦谷を殺したのも君なのか」

その可能性に気づき、生唾を飲み下して未歩を見据える。血走った暴力的な光を放つ目から察するに、あり得ない話ではないと思った。

だが未歩は、ゆるゆるとかぶりを振ってそれを否定する。

「それは違うよ。そもそもあたしがあいつを殺す理由なんてある？　ちゃんとストーカー役をこなしてくれればよかったのに、これ以上かなみを苦しめられないとか言って紳士ぶっちゃってさ。確かに思い知らせてやろうと思って呼び出したけど、あたしが何かする前に誰かに殺されちゃってたんだよ。しかも、とびきりイカレた殺され方でね。警察は錦谷の遺体がひどく傷んでたのが、野犬か何かの仕業だと思ってるみたいだけど、そうじゃないよ。あたしが見つけた時、あいつは全身何かに食い荒らされたみたいにぐちゃぐちゃだった。鼻と上唇をまとめて食いちぎられて、空いた穴からは信じられないくらい血が飛び散ってた。きっとあいつ、生きたまま身体を食われて、苦しんで苦しんで死んでいったんだと思う。本当は写真でも撮って拡散したかったけど、生きていることにしておきたかったから、仕方なく埋めたんだよね」

もったいなかったなぁ、と呟くように独り言《ご》ちて、未歩は笑う。錦谷の遺体の様子を思い出すだけで愉快でたまらないとでも言いたげな、恍惚とした表情で。

――こいつ……楽しんでいるのか……？

怒りとも、嫌悪とも違う、強烈な不快感が音もなく押し寄せ、胸中に広がっていった。錦谷がどんなにクズ男だったとしても、人の死にざまをそんな風に笑顔で、嬉々として語ってしまう未歩の人間性が、とにかく不快でおぞましく、薄気味が悪かった。

「まあ、あたしとしては手間が省けてよかったけどね。大事な秘密をあいつの口から暴露されちゃう可能性もあったし、口封じができてラッキーって感じ。あんたの言う通り、そっから先は、あいつのスマホを使ってあたしがストーカー役を演じたってわけ」

悪いことなど何もしていないとでも言いたげに、未歩は肩をすくめた。

人が死んでいるのを目撃したというのに、通報もせずに遺体を隠し、持ち物を奪い去る行為は立派な犯罪だ。にもかかわらず、彼女はまるで罪の意識を感じている様子がない。

それどころか、取るに足りない些末な出来事であるかのように、平然とした態度で自分の行いを語っている。

——まともじゃない。

そもそもが、親友であるはずのかなみを追い詰め、苦しめることで悦びを感じていたという点からして、この女はおかしい。どうかしている。右腕の火傷の痕を無意識に、服の上から触りながら、僕はそう確信していた。

困っている人がいたら助けたいとか、大切な人を守りたいという、基本的な人間の感情が、この女には備わっていない。恨みや憎しみといった感情を抱いてすらいないからこそ、こんな風に、誰かを傷つけることにも何のためらいも感じないのだろう。

親友であるはずのかなみを傷つけ、苦しむ彼女の姿に快感を覚えるのも、他者への共感能力を著しく欠いていることの証明だ。

以前、何かの本で『代理ミュンヒハウゼン症候群』について語られているのを読んだことがある。自分の家族や立場の弱い人間をわざと傷つけ、周囲からの注目を浴びたいという欲求を抱いてしまう精神的な疾患の一種だが、未歩の場合はこれとは明らかに違う。代理ミュンヒハウゼン症候群は、大切な人を傷つける理由として、周囲からの承認欲求を満たしたいという前提があるのに対し、未歩は、単にかなみを傷つけ、苦しむ姿を見て快感を得ているのだ。それは心の病《やまい》なんかよりもずっと単純な、サディスティックな嗜好でしかない。そこに恋愛感情があるのかどうかは判断がつかないが、彼女はきっと、誰かが苦しむ姿を見ることでしか、快感を得ることができないタイプの人間なのだ。

ともすれば、最初からそれが目的でかなみに近づき、よき友人を装い、裏で手をまわして錦谷を操っていたのかもしれない。そう思わせるのに十分なほど、未歩のかなみに対する執着の度合いは尋常ではなかった。

未歩が、あるいはこの二人が、どこでどうボタンを掛け違ってしまったのか、僕には知る由もないし、知ろうとも思わない。それよりも今は、この危険な女から、どうやってかなみを守るか。そのことを考えなくては……。

そうやって思考を巡らせていると、まるで僕の頭の中を覗き見でもしたみたいに、未歩が「あれぇ?」とこちらをおちょくるような声を上げる。

「どうしちゃったのぉ?　あたしって気味が悪い?　ヤバい奴?　ふふふ、そうだよねぇ。そう思うよねぇ。わかってる。でも、これがあたし。どんなに外見を取り繕っても、本当の自分は隠せない。あたしはね、こういう形でしか人を愛せないの。だから、この先もかなみの苦しむ姿が見たい。つらいのに怒れなくて、悩んで、泣いて、自分の言いたいことはなに一つ言えなくて、追い詰められてどうにもならなくなってどんどんやつれていっちゃう弱々しいかなみをそばで見ていたいの。そのきれいな髪を撫でながら、あたしだけはあなたの味方だよって囁いて、それを馬鹿正直に信じ込んじゃうかなみを心の中で嘲っている時に、あたしは何よりも幸せを感じるんだから」

言い終えるのを待たず、未歩は大きな声で笑い出した。口を大きく開き、その身体を折りたたむようにして上下させ、普段の彼女とは違う、下卑た笑い声を辺りに響かせる。

その顔には、包み隠すことのできない欲望にまみれた女の本性が、ありありと浮かんでいた。

「ひどい……」

か細く、今にも消えてしまいそうな声で呟いて、かなみはその場に膝をついた。まるで抜け殻のように呆けた表情で、がっくりと肩を落とす。親友と信じていた女の裏切りを知り、絶望に打ちのめされた彼女の頭上に、未歩の高らかな哄笑が降りそそいでいた。

「ねえ、そんな顔しないでよかなみぃ。そんないい顔見せられちゃったら、あたし、またゾクゾクしちゃうじゃない」

甘く熟れたような瞳でかなみを見つめながら、未歩は高らかに嘲笑する。

「かなみちゃん……」

見ていられなくなり、早足でかなみの元へと歩み寄った僕は、座り込んだ彼女を立ち上がらせようと、手を差し伸べた。

だが——

「やめて、触らないで！」

突然、かなみが叫び声を上げ、差し伸べた僕の手を、まるで汚らわしいもののように振り払う。

「かなみ、ちゃん？」

手の甲に鋭い衝撃。それと同時に、向けられる唐突な敵意を宿した強い眼光。

「いい加減にして。ストーカーだとか、誹謗中傷だとか、そんなのどうでもいい。私が嫌なのはあなたのその態度だよ」

「ぼ、僕の……？」

なんで、と続けようとした僕を更に強く睨みつけ、かなみは激しい怒りに表情を歪ませた。その口から飛び出してくる言葉は冗談と笑い飛ばすことなど到底できないような、魂のこもったものばかりだった。それらがすべて、嘘偽りのない本音であることは疑いようがないほどに。

「どうして、そんなことを……」

「ずっと我慢してた。あなたが好意でやってくれているのがわかっていたから。でも、もう限界……。あなたのせいで、私はどんどん孤立して……みんなに変な目で見られて……もう限界なの！」

あまりに唐突に向けられたかなみの言葉。嫌悪感をあらわにして、真正面から叩きつけるように放たれたその一言一言に、僕の胸が音を立ててひび割れていく。

気づかなかった。気づけなかった。僕は、自分が彼女のために何をするかということに夢中になりすぎて、彼女の気持ちを察してあげることができなかったのか。

片時も離れずにそばにいてあげれば、かなみの寂しさを埋めてあげることができると思い込んでいた。まさか、彼女がこんな風に思っていたなんて……。

心臓が締めつけられるかのように痛んだ。彼女の悲しい顔を見るのが苦しいのか、それとも、彼女を思う自分の気持ちが、正しく伝わっていないことが苦しいのか。もはやどちらなのかすらわからない。

「ごめん……。でも、僕は君を傷つけるつもりなんてなかったんだ。君を危険から守るためにできることをしようと思って、とにかく一人にしないように、僕がそばにいなきゃいけないと思った。だから、他のことなんて気にせず君だけを見ていたかったんだ」

「だから、それがおかしいって言ってるの！」

鋭く断じるような、冷徹にすら感じられるような、かなみの声。

威圧感すらたたえた二つの目が、僕を射すくめていた。ほんの一瞬、未歩の方を見ると、彼女はさも愉快そうに口に手を当てて、おどけた表情を浮かべていた。

「おかしいだって？　どうしてそんな風に思うんだ。いったい何がおかしいっていうんだよ。僕は何も見返りを求めちゃいない。対価をもらおうとも思ってない。ただ、君をそばで見守っていられれば、それだけで——」

「あなたが私よりも十五も年上で、この大学の警備員だからよ！」

ついに、たまりにたまった鬱憤を晴らすかのように、かなみは声を荒らげた。

講堂に響き渡るようなその怒声によって訴えを掻き消され、僕は思わず息を呑む。

「同級生でもないし、友達でもない。ただの知り合い。ただの警備員。それなのに毎日、彼氏みたいに付きまとって、講義の時も昼休みも当然のように一緒で、バイト先にも毎日のようにやってくるなんて……」

そんなの絶対におかしい、と。かなみは迷いのない口調で言い切った。

「それは……確かに君の言う通りだよ。僕は学生じゃない。年だって君より上だ。でも、それもこれも君のために……君が安心して過ごせるように、僕は自分を犠牲にして……」

「それが迷惑だって言ってるの。確かにボディガードは頼んだかもしれない。でも、昼も夜もなく、毎日付け回されるのはもうたくさん」

「付け回すだなんて、そんな……」

突き放すような口調で冷たい言葉を浴びせられ、僕は足元が崩れるような感覚に襲われる。彼女を守っているつもりだった。そばで見守っていたかっただけなのに。そのために必要なことを、していただけなのに、そんな風に思われていたなんて、全く考えもしなかった。僕はただ、彼女のために良かれと思って、できることをすべてやろうとしただけなのに……。

「——気持ち悪いのよ」

普段とはまるで違う、煮えたぎる怒りを宿した暴力的な言葉が、ナイフのようにこの胸に突き刺さり、僕の心を容赦なく抉っていく。

「あなたが私を見る目がたまらなく嫌なの！　それに、ボディガードをしてくれた他の人はみんなひどい目に遭っているのに、あなたにだけ何も起きなかった。渉だって殺された。全部あなたの仕業だったんじゃないの？」

問いかけてくるかなみの顔に、引きつったような表情が浮かんでいる。たった今口にしたことが恐ろしくて、これまではっきりと僕を拒絶できなかったのだと、勇気を振り絞って訴えかけてくるようなまなざしだった。

「待って、それは誤解だ。僕は彼らに何もしていない。僕は……僕はただ……」

言いかけた言葉を呑み込んで、僕は固まってしまった。

本当のことを彼女に打ち明けたい。そうすれば、きっとこの誤解は解けるはずだと訴えかける心の中の自分に対し、呆れたような感情がふつふつと湧いてくる。

本当のこととは何か。髑髏の怪物に願いをかけたこと？　その怪物が邪魔な連中を痛めつけ排除してくれたこと？　そうなるきっかけとなったのはすべて、僕が彼女を独占するために、地獄からの使者を呼び出したからだということ？

愛する人を守る騎士《ナイト》になるため、悪魔に願いを叶えてもらった。そんなイカれた事実を本気で彼女に伝えるつもりなのかと、嘲るような声が脳内に響く。

「もうたくさん。二度と私に近づかないで！」

自らの髪の毛を掻きむしるようにして、かなみは叫んだ。感情を爆発させたような悲痛なその叫び声は、じっと黙したまま様子を窺っていた未歩に対し、さぞかし愉悦と倒錯的な興奮を与えたことだろう。

「待って、かなみちゃ……」

落ち着かせようとして再び手を伸ばそうとした僕を突き飛ばし、かなみは踵《きびす》を返して駆け出した。足をもつれさせ、階段で何度も転倒しそうになりながら、ドアに体当たりするような勢いで講堂を飛び出していった。

その背中を追いかけようとしたところで、「やめときなよ」と失笑気味に言う未歩に止められた。

「みっともないよ。それ以上はさ」

「僕が、みっともない……？」

「そうだよ。あんなにはっきりと拒絶されたんだから、潔く諦めたら？」

口調は穏やかながらも、その顔にはこらえ切れない嘲笑がありありと浮かんでいた。

「断る。僕は、彼女の騎士《ナイト》なんだ。いかがわしい気持ちでそばにいたいわけじゃない」

言うや否や、未歩は呆けたような顔をして、それから腹を抱えて笑い出した。

「信じらんない。冗談でしょお？」

目に涙を浮かべ、勘弁してよとばかりにかぶりを振りながら、未歩は珍しい生き物でも見るような目で僕を見据えた。

「そういうこと本気で言ってるなら、余計に気持ち悪いって。三十も半ばのおじさんが、あたしたちみたいな大学生にくん付けされて喜ぶだけじゃなく、ボディガードを口実に彼氏面をして、金魚の糞みたいに付きまとってくることがどんなに気色悪いか、いい年して想像もできないわけ？」

嫌悪感をあらわにして、未歩はその顔をしかめた。冷ややかに僕を射貫くその目は、明らかな軽蔑の色を宿している。

「ちょっと待ってくれよ。そもそも、君がボディガードをしてやってほしいって頼んできたんじゃあないか。それをなんで今更……」

「確かにあたしが頼んだけどさぁ、まさかあそこまでしつこくするとは思わないよ。最初に会った時から、ちょっとオタク臭いところあると思ったけど、まさか本気で『騎士《ナイト》』とか言っちゃうなんてイタすぎ。あー、おっかしい」

目に浮かんだ涙を白く細い指先でぬぐいながら、未歩はゆっくりと深呼吸するように息を整えた。

「もう十分だよ。かなみを追い込むのに貢献してくれたからさ、和多田くん——じゃなかった。和多田さんはここらへんで退場しちゃってくれる？」

「退場……」

言葉の意味を図りかね、困惑する僕をよそに、未歩はその白い指先でまっすぐこちらを指さし、愛想の欠片もない低いトーンの声で告げる。

「あんたはもうお払い箱。さっきも言ったようにさ、かなみにはあたしがいるからもういいの。むさくるしいオッサンはいい加減、用済み——」

その時だった。金属同士がこすれ合うような耳障りな音がどこからともなく響き、未歩の言葉を遮った。

それによって不自然に途切れた未歩の声。ほんの一瞬、僕たちの間を支配した奇妙な静寂の中で、僕の鼻は何かが焦げるような臭いと硫黄の入り混じった悪臭を嗅ぎ取った。

いやあああ、と。絹を裂くような金切り声が上がり、生ぬるい飛沫《しぶき》が僕の顔に飛び散った。次に目にしたのは、どこからともなく現れた鉄杭が未歩の手の甲を貫いて、講堂の床に深々と突き刺さる光景だった。

濃厚な血の臭いと先ほどの悪臭が入り混じり、胃の奥がせりあがるような不快感を覚える。

直径五センチほどはあろうかという太い鉄杭は赤熱し、床に縫いとめた未歩の手を焼いている。じゅうじゅうと炭火で肉を焼く時のような音と共に、たんぱく質が焼け焦げる異臭までもが鼻を衝く。その生々しさによってこみ上げる吐き気を、口に手を当てて必死にこらえながら、僕は後ずさった。

「なによこれぇ……やめ……抜いてよぉ……」

僕以上に困惑を極めたかすれ声で、未歩が嘆く。

彼女の身に何が起きたのか。そのことを疑問に感じたのはわずかな時間でしかなかった。周囲に漂う異臭。凍えそうな寒さと身を焼かれるような熱さを同時に味わっているかのような感覚。しゅるしゅると、巨大な蛇がよだれを垂らしながら迫ってくるかのような息遣い。

それらの異様な感覚には覚えがあった。

反射的に顔を上げ、周囲を見回すと、陽が落ちたわけでもないのに辺りはあっという間に暗くなり、講堂の中は深い闇に埋めつくされた。

未歩の手に突き刺さった鉄杭の赤々と燃え上がるような輝きだけが光源となり、想像を絶するような痛みに喘ぐ彼女の顔を浮かび上がらせる。

一瞬の静寂。そして次の瞬間には、ガチンと硬いものを穿《うが》つような音と、濡れた雑巾を叩きつけたような湿った音が同時に響く。

「いやあああああ！」

未歩の絶叫。一秒たりとも目を離していなかったはずなのに、未歩は、両手両足を新たな鉄杭に貫かれ、床に磔《はりつけ》にされていた。痛みと熱さ、そして驚きに目玉が飛び出しそうなほど目を見開き、小刻みに身体を痙攣させながら、彼女は何が起きたのかわからないといった様子で僕を見上げている。

唖然として彼女を見下ろしていた僕は、耳の後ろにしゅるしゅるという奇妙な息遣いを感じ、はじかれたように振り返った。その瞬間、視界に飛び込んできたのは、闇を更に黒く塗りつぶしたような外套と、暗闇の中で火を灯したように浮かび上がる赤黒いしゃれこうべだった。

「……やっぱり、あんただったのか」

僕の問いかけに対し、髑髏は何も答えようとはしない。ただじっと黙して、仄暗い眼窩の奥に怪しげな光をたたえ、無残にも床に縫いつけられた未歩の姿を見下ろしている。甘美で、かぐわしい人間の恐怖の味を、堪能するかのように。

――こいつ、笑っているのか……?

皮もなければ表情筋もない。むき出しの骨と、わずかに張りついた歯茎のような肉片と、きれいに並んだむき出しの歯があるだけの口元に、どういうわけか愚かで浅ましい人間を嘲るような笑みが浮かんでいる。そんな髑髏の表情に、僕はただただ戦慄した。赤黒い唾液のようなもので濡れ光る歯の一本一本が、妙に生物的であるように思え、より激しい気味の悪さに襲われる。

正視に堪えないそのおぞましい姿を、しかし僕は言葉を失ったまま見つめていた。少しでも目をそらしたら自分も未歩のような目に遭わされるのではないかという恐怖にからめとられ、身動きの一つもままならない。

「錦谷を殺したのも、僕以外のボディガードに危害を加えたのも、全部あんただったんだろ」

髑髏は答えない。それ自体を肯定の証として、ただひたすらに沈黙を貫いていた。

不意に訪れた静寂の中、僕は自分の抱いていた想像がすべて真実であったことを思い知らされた気がした。

「どうしてそんなことをしたんだ。あんなひどいやり方で痛めつけなくても……」

僕が語尾を濁してもごもごと口ごもった瞬間、髑髏はわずかに身じろぎして、首を軽く傾けた。すると、どこからともなくあの金属が擦れるような硬い音が響き、未歩が絶叫した。

「ああ、そんな……」

見ると、仰向けで磔にされた未歩の右肩の辺りに、焼けた鉄杭が新たに突き立てられていた。僕の見ている前で、その杭はひとりでにずぶずぶと未歩の身体に深く突き刺さり、講堂の床をゴリゴリと穿っていく。

未歩は白目を剥いて激しく吐血した。口の周りを赤く濡らしながら、やめて、たすけてとかすれた声で訴えかけている。

「やめろ！　もうやめてくれ。彼女が何をしたっていうんだ」

　空の眼窩が、じっと僕を見据えた。「何を馬鹿なことを」とでも言いたげに僕を凝視する髑髏の視線が、無数の針となって皮膚に突き刺さっているかのような感覚。

　――願いは聞き入れた。

　低くしゃがれたいくつもの声が、同じ言葉を同時に放つ。全身が粟立《あわだ》つようなその声が、僕の脳裏に響き渡った。それと同時に、とある思考が僕の中へと流れ込んでくる。わざわざ言葉にしなくても、髑髏の考えていることが伝わってきて、彼が言わんとしていることのすべてが、手に取るように理解できる。

　真っ先に流れ込んできたのは、目の前で講堂の床に磔にされ、痛みにあえぐ未歩についてだった。

　彼女がいなくなれば、かなみに付きまとう人間はいなくなる。そもそも僕は、かなみに好意を持つ異性のみを対象に、彼女に近づく人間を排除してほしいと願っていた。だが未歩がかなみに尋常ならぬ執着を燃やしていることがわかった今、たとえ同性であっても、排除の対象になると髑髏は判断した。肉体と共に魂を引き裂いてしまえば、未歩がかなみに近づくことは二度とない。

　髑髏はそうやって、僕のかけた願いを忠実に、かつねじくれた形で叶えようとしているのだ。

「やめろ。やめろ！　そんなこと、誰も望んでいない。僕はただかなみちゃんを守りたくて……」

髑髏はゆっくりと一往復だけ、首を左右に振った。再び、髑髏の思考が僕の脳味噌を侵食していく。「同じことだ」という嘲笑まじりの冷徹な声が、頭蓋の奥に突き刺さった。

髑髏に対してかけた願い。その上っ面が何であれ、僕が本心から求めていたことは、かなみを独占することだった。他の誰にも触れられぬように。あらゆる人間を彼女から遠ざけたいと願った。話をするのも、触れられるのも自分だけ。さながら籠の中の鳥のように、その存在を占有したい。

それは、彼女と出会ってすぐに僕が胸に抱いた、心からの願いであった。

毎日、正門の前で立哨《りっしょう》している時に交わす挨拶だけでは飽き足らず、留守中にかなみの家に忍び込むようになった。彼女の部屋がリノベーションを施された住みやすい部屋だと知っていたのも、使っているシャンプーが桃の香りがすることを知っていたのも、自宅に侵入し、彼女の生活をつぶさに観察していればこそだった。

ボディガードを務めるようになってからも、隙を見てかなみの部屋に侵入し、日記を盗み読みして、彼女が心の深いところでまだ錦谷のことを忘れられずにいることを知った僕は、本能的にその死を願った。ボディガードと称し、彼女に近づいてくる三人の男たちの排除をも願った。彼らがひどい目に遭ったのも、すべては僕の願いを遂行するためだった。

髑髏は忠実に僕の願いを実行した。手段を選ばず、かなみを僕だけのものにしたいという真なる願いを叶える手助けをしてくれた。

それなのに、結局彼女は僕を「気持ち悪い」と言って、離れていってしまった。

どれだけ願っても、彼女は僕に好意を抱きはしない。それは、最初からわかっていたことだった。それでも欲望に歯止めが利かず、願いを成就せんとする強烈な意志が髑髏を呼び出した。僕は悪魔に魂を売ってでも、かなみを手に入れようとした。

だから、この結果はすべて僕の責任だ。錦谷が死んだのも、三人の学生たちが重傷を負ったのも、今まさに、未歩が耐えがたい苦痛を味わわされ、命を刈り取られようとしていることも。

何もかも、僕の身勝手な願いのせいで起きた出来事だったのだ。

「わかった……認めるよ。僕が間違っていた。もう願いなんて取り下げる。だから、これ以上は……」

言いながら髑髏を見上げた時、僕は息を呑んだ。懺悔するように願いのキャンセルを申し出る僕のことなど見向きもせず、髑髏は未歩を凝視していた。眼窩の奥では、おぞましい二つの小さな光が、血のように真っ赤な光へと転じる。

その光を目にした瞬間、暗い闇の淵に突き落とされたような、底なしの絶望に押し包まれ、僕は叫んだ。

「やめろ……もうやめてくれ！」

懇願にも似た叫びに呼応するかのようなタイミングで、鼻を衝く異臭がより濃さを増す。そして、『地獄』が質量を伴って押し寄せてきた。

突然、足元にぐにゃりとした感触を覚えて見下ろすと、白かったはずの床は赤ともピンクともつかぬ生肉のような色に変化し、それ自体が意思を持っているかのように蠢き出す。そのことに驚き、数歩後ずさると、背中に柔らかい感触がした。

「うわっ！」

振り返った先にあったのは、講堂の机が腐り果てた人間の皮膚で覆われ、そこに無数のウジや死出虫《しでむし》、その他名前も知らないような毒虫の類が群がった光景だった。立ち上る強烈な腐臭に鼻が痛み、一時は治まった吐き気が更に湧き上がってくる。

「いや、やめて！　来ないで！　あああああ！」

ガラスを爪で引っ掻いたような絶叫に視線を向けると、未歩は生々しく蠢く臓物めいた床に、身体を飲み込まれつつあった。まるで意思を持ったかのようにうねうねとした肉の触手が彼女の身体に巻きつき、締めつけ、骨を砕いては、生木をへし折るような音を立てて折りたたんでいく。

自らが吐き出す血に溺れているかのように呻くばかりとなった未歩を、臓物めいた床はゆっくりと味わうように飲み込んでいった。その姿が完全に見えなくなった後にも、魂を引き裂かれる苦しみを体現したような悲鳴は、いつまでも僕の耳に張りついて離れなかった。

——願いは叶えた。

髑髏の声が、頭の中に響く。だが僕は首を左右に振って、直前の髑髏の言葉を否定する。

「——違う」

気づけばそう告げていた。ひどく冷めたような、場違いとも言える口調だったことに、自分でも驚いた。

「僕はこんなことを願ったわけじゃない。ただ、かなみのそばにいたかっただけだ。でもその願いは叶わなかった。お前は人を殺しただけだ。こんなの、話が違う」

——代償を……。

僕の訴えなどどこ吹く風とばかりに、髑髏はそう言った。

それは予想していたことだった。最初に願いを言えと求められた時に、こうなることはわかっていた。だが、これではとてもその要求を受け入れる気になどなれなかった。

「代償を寄こせって言うのか？　ふざけるな。そんなの詐欺じゃないか。僕の願いは叶えられていない。魂だって渡すつもりはないぞ」

――代償を、支払え。

まるで話が通じていないかのように、同じ言葉が繰り返された。同時に、頭蓋の内側で暴れまわる髑髏の声は、耳にしただけで僕を震え上がらせるような、激しい怒気を孕んでいた。

約束を違えるつもりなら、お前を決して許さない。そう言われたような気がして、心臓が大きく脈打った。

――代償を、支払え。

髑髏の声が、最後通告とばかりに響いた。それは激しい頭痛を伴って、僕の頭を内側から激しく揺らす。更に次の瞬間、皮膚を炙られるような熱気を感じ、僕は我が身をかばうようにかがみ込んだ。

一筋の閃光が走り、等間隔に並ぶ腐肉と大量の虫で形成された机が、一斉に燃え上がった。バチバチと音を立て、血のように赤く燃え盛る地獄の業火《ごうか》が、蛇のようにのたうち回っては、瞬く間に広がっていく。

――今すぐ、支払え。

髑髏の声が、すさまじい音量で響く。激しく反響する声によって、強い頭痛と吐き気に見舞われた。それと同時に、敵意をむき出しにした髑髏がその口を大きく開き、僕をせせら笑う。頭に響く声と同じように、複数の人間が同時に発するかのような無数の嘲笑が、肌に張りついて、振り払おうとしても一向に消えてくれない。

やがて僕の足元で波打っていた臓物の床が、ぼこぼこと膨れ上がり、不自然に伸びた箇所から肉の壁を引き裂くようにして何かが現れた。

「ひっ……！」

肉の裂け目からぬるりと顔を覗かせたのは、身体の半分以上が白骨化し、ねばりつく腐汁を滴らせた錦谷だった。そのおぞましい、化け物じみた外観に恐れをなし、逃げ出そうとした僕は、ぬるりと伸びた錦谷の手によって足首を掴まれ無様に転倒した。倒れ込んだ僕の上に、錦谷が覆いかぶさってくる。

「やめ、やめろぉ！　来るなぁ！」

でたらめに手を振り回し、押しのけようとするが、死体とは思えぬものすごい力で押さえつけられ、身動きが取れない。あっという間に組み敷かれた僕の上で、錦谷がニタリと笑う。その身体から滴る腐汁が顔や身体に降り掛かり、激しい嫌悪感に全身が怖気《おぞけ》立《だ》った。

「いやだ。離せ！　放してくれ。ああ、うあああぁ！」

涙声になって懇願する僕の制服に手をかけ、勢いよく胸元をはだけさせた錦谷の額に、唐突に亀裂が走る。皮膚が裂け、その奥の頭蓋骨がめきめきと音を立てて割れると、そこから這い出した何者かの手が、血とも体液ともつかぬ腐った粘液を滴らせながら僕の胸に触れた。そして次の瞬間、黒く薄汚れた爪が皮膚を引き裂き、侵入してきた五本の指が肋骨を乱暴にへし折りながら心臓をわし掴んだ。

冷たく突き刺すような感触と焼けつくような痛みに耐えかね、僕は自分でも信じられないほどの声で絶叫する。身体をよじって逃れようとするけれど、それ以上の力で押さえ込まれているため、逃れることができない。

腕が引き抜かれた瞬間、熱く焼けるような液体が僕の顔を濡らした。激しい脈動と共に噴水のように生き血を噴射する心臓が、その手に握られていた。

——代償は支払われた。

いつの間にかそばに立っていた髑髏が僕の心臓を掴み上げ、顔の横に持ち上げた状態で、満足げにうなずく。

その光景を、僕は呆然と見つめていた。身体を引き裂かれ、あばら骨を露出させ、心臓を抉り取られた状態にもかかわらず、意識ははっきりとしていた。

——時が来たら、迎えに来る。

ゆっくりと首を巡らせ、髑髏は僕の心臓に赤黒い歯を立てて噛みついた。そして、心臓を失った僕の身体は、肉の床から這い出した無数の触手にからめとられて……。

4

「おい、おい、しっかりしろ」

頬を叩かれ、目を覚ました僕を、見覚えのある顔が見下ろしている。

「坂野《さかの》さん……？」

まばゆい光を背に僕の顔を覗き込む坂野は、眉間に深い皺を寄せ、不思議なものでも見るような表情を浮かべていた。警備会社の大先輩で、僕の教育係でもある六十がらみのベテラン社員である。

「目が覚めたか。なんだってこんなところで寝てるんだよ。今日も夕方までの勤務だろ。せっかくシフト調整してやったのに、こんなところで居眠りか？」

呆れた口調で言われ、僕は目を瞬いた。彼が何を言っているのか、しばらくはまともに理解できず、「ああ」とか「はあ」などという、曖昧な返事をするばかりだった。

講堂内を煌々《こうこう》と照らすＬＥＤの光がやたらとまぶしい。窓の外に視線をやると、すでに陽が暮れ、キャンパスを行き交う学生たちの姿もほとんどなくなっている。

腕時計を確認すると、すでに午後八時を回っていた。

「うわっ、なんだこれ。血か？」

坂野がひゃっと声を上げ、慄《おのの》くように飛びのいた。視線を向けると、床の一部に手のひら大の血痕らしきものがある。靴の裏で踏んづけてしまったらしく、宙に浮いた坂野の靴の裏から、赤黒い粘り気のある血が糸を引いていた。

「お前、怪我でもしたのか？　大丈夫なのかよ」

坂野は気味が悪そうに顔をしかめた。靴底を床にこすりつけるようにして血を拭う彼が立つその場所は、ちょうど未歩が蠢く臓物めいた床に飲み込まれた辺りだった。

「大丈夫です。ちょっと疲れていたのかな……」

「疲れてたからって、こんなところで居眠りかよ。もういいから、早く帰んな」

坂野に手を貸してもらって立ち上がろうとした時、彼の手が焼けるような熱さであることに驚き、僕は反射的に手を放してしまった。

「なんだ。どうしたんだよ」

「いえ……すいません……」

驚いて目を丸くする坂野をよそに、僕は自分の手を見下ろしながら、予期せず押し寄せた奇妙な感覚に息を呑んでいた。

ほどなくして僕は、この身に起きた異常に気づく。坂野の手が熱いのではない。僕の手が、異様に冷たいのだと。

ロウソクのように白く、体温を失ったその手を動かそうとしても、まるで凍り付いてしまったみたいに思うように動かない。

坂野が心配してくれたように、どこかに怪我を負っている様子はなかった。引き裂かれた胸にも異常はないし、手を当ててみると、抉り出されたはずの心臓は弱々しいながらもちゃんと鼓動を刻んでいた。

それなのに、この身体は血が通っていないかのように冷たく、そして動きの一つ一つがぎこちなかった。

まるで、あちこち破壊された身体を、いい加減にくっつけて、見てくれだけを直したみたいに、正しい機能が失われてしまっているようだった。

——どう、なってるんだ……。

心中で独り言ち、僕は震える息を吐き出した。その吐息ですらも、死人のもののように冷たく、体温を感じさせない。

あたかも、この身体に流れる血液までもが死に絶え、凝固した血液を無理やり循環させているかのように、僕の身体からは生気のほとんどが消え失せてしまっているのだ。

まさか、と口中に呟いた時、警備服のポケットから何かが滑り落ち、カランと乾いた音を立てた。

あの金の懐中時計だった。

「どうしてこれが……」

家から持ち出した記憶はない。ロッカールームで着替える時に、ポケットに入れた記憶もない。まるで、時計が意思を持って僕を追いかけてきたかのような錯覚に陥り、僕は呼吸することすら忘れていた。

いや、錯覚なんかじゃない。実際にこの時計は、ずっと僕のそばにあったのだ。

これは時計の姿をした窓。邪悪な存在が地獄からこちらにやってくるための裏口。僕の血を吸い上げ、地獄を呼び寄せるための呪われた鍵なのだ。

そして、地獄は僕の魂を確実に持ち去るために枷《かせ》をはめた。絶対に外すことのできない枷を。

じわり、と指先に濡れた感触がした。見ると、時計の蓋にほんのわずかながら血の跡がある。僕の見ている前で、その血は音もなく髑髏の口の中へと吸い込まれていった。

確かめる術はないけれど、それが自分の血であることが僕にはわかった。

「お、守衛室からだ。ちょっと待ってろ」

無線を取り出した坂野が、少し離れた位置で同僚とやり取りを始めた。その声を遠くに聞きながら、僕は更に思考を巡らせる。

さっきの出来事は、夢でも幻でもなく、確かに僕の身に起きた紛れもない現実だ。

髑髏は僕の身体を引き裂いて心臓を抉り出し、魂を地獄に縛りつけた。負わされた傷が無くなっているのは、ただ『そう見えているだけ』なのではないか。

肉体が無事に見えても、魂は確かに胸を抉られ、激しい損傷を受けたままなのだ。にもかかわらず僕がこうして生きているのは、単に『その時』が来ていないから。

——時が来たら、迎えに来る。

髑髏は最後にそう言い残していった。彼は僕の命を奪いに来たのではなく、死後、肉体を抜け出した魂を地獄へ持ち帰る時を、手ぐすね引いて待っている。

それが五年先か、五十年先かはわからない。ただ確かなことは、死を迎えた瞬間に、あの地獄が僕を迎え入れるということ。

むせ返るような血と硫黄の臭いに満たされ、腐肉と汚物に彩られた苦痛の世界。死者となった僕はそこで永遠の時を過ごす。

薄笑いを浮かべ、奪い取った心臓に食らいつくあの髑髏と共に。

そのことを、理屈ではなく本能で理解した時、もはや何もかもがどうでもよく思えた。あれほど固執し、片時も忘れることのできなかったかなみの顔すらも、おぼろげに薄れてしまい、思い出すこともできなくなっていく。

「おおい、和多田。なんか今、警備窓口に警察が来ているそうだ。西田とかいう学生のことで、お前に話を訊きたいってよ」

怪訝そうに眉を寄せ、何があったのかと伺うような視線を向けてくる坂野の声を聞きながら、僕はただ、乾いた笑いを浮かべることしかできなかった。

傷ついた彼女

1

先端から滴るほどに水を吸ったモップを絞り器のついたバケツに入れて、俺は陰鬱な溜息をついた。

　バケツの下部についたステップを踏むと、金具が稼働しヘッドの部分を挟み込んでモップの水気を落としていく。使い古されたせいでぎしぎしと五月蝿《うるさ》い金具も、足の部分が欠けて不安定にぐらつくバケツも十分にくそったれだが、何より腹が立つのは、雨に濡れた傘や上着の水滴をエントランスホールの中に入ってから払い落とすクソ社員どもだ。

　地上十二階、地下二階を備えるこの諸菱《もろびし》ビルの入口は二重の自動ドアが設置されている。敷地からその入口に至るまでには、突き出した天井付きのアプローチがあるため、よほどの横殴りの雨でない限り、そうそう濡れることはない。だから、自動ドアをくぐる前に、外で傘の水滴を払えば、エントランスの床が濡れることもない。にもかかわらず奴らは、当たり前のように自動ドアの内側にやってきてから、ばさばさと水滴を払うのだ。

　俺にはそれがどうしても許せない。これが自分の家だったらどうなんだと問い詰めてやりたい気分だ。玄関に入ってから、周りが濡れることも気にせず傘の水滴を払うのか。濡れた上着をリビングでばさばさと振り回すのか。自分の子供にそうするよう躾《しつ》けるのか？

　全くもって理解不能だ。

　今もまた一人、営業から戻ってきたであろう若い男性社員が透明なビニール傘を雑な手つきで揺らし、先端でリノリウムの磨き抜かれた床を叩きながら、エレベーターホールに向かっていった。男性社員が通り過ぎた後の床には、濡れた靴跡と共に、傘から滴った小さな水滴が当然のように残されている。

　わかっている。そういった汚れを綺麗に拭き取り、万が一にも足を滑らせて転倒する人間が出ないよう気を配るのが俺たちの仕事だ。それはもう、いやというほど理解している。しかし、だからと言って一生懸命掃除している人間の横で、綺麗に水滴を拭き取った床を何の断りもなく汚していくのはどうなんだ？

　そうした人間が次から次へとやってくるこの状況には、もういい加減うんざりだ。

　更に最悪なのは、奴らがそれを悪いことだという自覚無しにやっていることだ。仮にこちらが何か訴えたとしても、「それがあんたの仕事でしょ」と言われてしまえばそれでおしまいなのだ。

定時を迎えるまでの間に、このホールには数え切れないほどの人間が行き来する。その人間たちはことごとく、俺のような清掃員を人間であると認識しない。いや、その存在すらも視界に入っていないのだろう。だから、こんな風にフロアを清掃していても、玄関口でゴミ拾いをしていても、花壇の手入れやガラス拭きをしていても、挨拶の一つも交わしたりはしない。それどころか、水の入ったバケツを蹴飛ばされ、こんなところにあるのが悪いと罵られることもしばしばだ。一度、玄関前で煙草を吸っていた社員を注意した時なんか、唾を飛ばして罵倒された挙句、火種が付いたままの吸殻を投げつけられ、咄嗟に顔をかばった手を火傷した。もし反応できずに顔を火傷したり、目に入っていたりしたら、あの若い社員はどうするつもりだったのだろう。きっと、素知らぬふりをして立ち去るだけに違いない。

そんな目に遭ったことを上役に報告しても「運が悪かったね」と形だけの同情を示されておしまいだ。そこで文句を言ったとしても、嫌ならやめろ、代わりはいくらでもいるぞと凄まれるだけ。あらゆる行動にハラスメントが付随し、部下を叱ることさえできないと嘆く一流企業とは違い、入れ替わりの激しい中小企業である。上の意向次第でいつでも首を切られる可能性のあるアルバイト従業員には、守ってくれる組合だって存在しない。

それでも、俺のような学歴もコネもない社会的弱者は、この仕事にしがみつくしかない。ほんの数年前までは若さにあふれ、夢や希望を胸いっぱいに抱えていたはずの俺は、気づけば社会の底辺で名前もない、いち労働力として酷使されるだけのつまらない人間に成り果てていた。

「おい、ちょっと」

モップを掴む手に顎を乗せるようにして、ぼんやりと物思いにふけっていると、ふいに背後から声をかけられた。

「……はい？」

振り返ると、同年代か、少し年下に見えるくらいのスーツ姿の男が立っていた。紺のストライプスーツにホールの光を浴びて輝く革靴、ツーブロックの黒髪は整髪料で照り光っている。俺が最も信頼できない人間だと感じるコーディネイトで身を固めたその男は、手にした透明なビニール袋のようなものを俺の眼前に突き出した。

「これ、捨てといて」

「……は？」

思わず素っ頓狂な声を出し、俺は問い返した。男の眉間にぐっと皺が寄る。

「だから捨てといて」

有無を言わさぬ口調で言い、男は俺の胸に押しつけるようにしてビニールを手渡してきた。よく見るとそれは、飲食店やスーパーなんかで見かける、傘にかぶせるタイプのビニール袋で、雨粒がフロアに落ちないようにするためのものだ。

俺はゴミ箱じゃねえぞ、という言葉が喉まで出掛かったが、男はこちらの反応など興味なさそうに踵を返し、少し遅れてエレベーターから降りてきた数人の同僚たちと合流して、早々にビルを後にしていった。

その背中を、不快さを隠そうともせずに睨みつけていると、手や胸の辺りにひんやりとした感触を覚えた。

「う、つめた……」

見ると、受け取った拍子に破れてしまったのか、細長い袋の中から漏れ出した雨水が、作業着を濡らしていた。しかも、そこそこ溜まっていたらしく、胸からへその辺りにかけて、飲み物をこぼしてしまった時のように濡れて変色していた。床にも、少なくない量の水が滴っている。

「ふざけんなよ。クソ……」

ぼやきながら、フロアの隅に置いた台車に駆け寄り、ゴミ袋にビニール袋を放り込む。それから私物のタオルで濡れた作業着を拭った。いくらかマシになったところで清掃に戻ろうとしたら、背後できゃっと短い悲鳴が上がる。

「ちょっと、危ないじゃない！　ちゃんと掃除してよ！」

叩きつけるように怒鳴り声を上げたのは、三十代半ばと思しき女だった。何度か見かけたことのある女で、確か学習塾を経営する会社の社員だったはずだ。それって本当にフォーマルな装いなのかと疑いたくなるような、やたらとダボついた服ばかり着る小太りの女で、年齢の割に化粧が厚く、香水の匂いがきつい。俺との距離は五メートルほど空いているのに、腐りかけた果実のような甘ったるいにおいがぷんぷん漂ってくる。

何が起きたのかと首をかしげる俺に見せつけるようにして、女は底の平たいパンプスを履いた足でフロアの床を踏み締めていた。よく見ると、床には少量の水滴が溜まっている。先程のビニール袋から漏れたものだ。

どうやら、水滴を踏んで足を滑らせたらしい。しりもちをついていないところを見ると無事だったようだが、危うく転倒しかけたことに腹を立てて抗議してきているのだとわかる。

「はぁ、すいません」

「すいませんじゃないでしょ。転んで骨折でもしたらどうしてくれるわけ？」

「はぁ……」

別にどうもしないぞと言いたい気持ちをぐっと飲み込んで、俺は後頭部を掻いた。一応、悪びれた様子を見せたつもりだったが、女の怒りは収まらないらしい。

こんな簡単な仕事もできないの。適当にやってるんでしょ。あなたのせいでみんなが迷惑するのよ。などなど……。

聞く価値もないような、取って付けたような強引な理由を並べ立て、女は俺を罵った。何か仕事でうまくいかなかったのか、好きな男に女ができたのか、それとも単に異性に相手にされない苛立ちをぶつけてきているのか。どんな理由があるのかは知らないが、日々の気に入らない出来事を忘れようとでもするみたいに、女はひとしきり俺に罵声を浴びせた後、エレベーターが開いて数人の若い女性社員グループがフロアにやってくるや否や、見ているだけで哀れに感じてしまうようなガニ股歩きで、そそくさと逃げるようにエントランスホールを去っていった。

「ねえ、今日ってどんなメンツ？」

「永藍《えいあい》医科大学のＯＢだって。みんな開業医よ」

「うっそ、すごいじゃん。あたし、俄然やる気出てきた」

「あんたはいつもやる気満々でしょ。どうでもいいけど、また夕ダ乗りされて逃げられたー、なんて言って泣きついてこないでね」

後からやってきた女性社員グループは、これから向かうであろう合コンに対する期待に胸を膨らませながら、ホールの壁際に設置されたゴミ箱に傘から外したビニール袋を捨て、降りしきる雨の中を小走りに去っていった。

彼女たちが去っていったあと、やはりホールに点々と残された雨粒の跡をモップで拭いながら、俺はこの水滴のように、誰かが拭い去った後にはその痕跡すらも残らないような自分の人生を心から軽蔑する。

そして今日もまた、終わりのない地獄のような日々に中指を立てた。


仕事を終え、少し寄り道してからマンションに帰ると、英美里《えみり》はすでに帰宅していた。綺麗に揃えられた黒いパンプスが、必要以上に広い玄関で存在感を放っている。

「はい、その件につきましては……ええ、早急に対処します」

リビングのドアを開けると、一瞬こちらを向いた英美里が、軽く顔を上げ、視線だけで「おかえり」と俺に合図をし、それからすぐにダイニングテーブルに置いたノートパソコンに向きなおった。壁を背にしてオンライン会議を行っているため、帰宅した俺が画角に入ってしまう心配はない。

一応、大きな音を立てないように配慮しつつ冷蔵庫からビールを取り出し、リビングのソファに座ってタブを上げた。口の中で泡のはじける液体を喉の奥に流し込みながら、スマホで読みかけだった話題の漫画の続きを読む。

キャラクターは平凡、ストーリーは人気作の焼き直し、それでも話題になるのは、出版社が金をかけてSNSにしつこく広告を出しているからか、それとも、登録者数二十万人越えの人気コスプレイヤーが、ヒロインのキャラクターのコスプレを披露し、その画像がバズッたおかげだろうか。

そんなことを考えながら、ぼんやりと画面を眺めていると、やがて「失礼いたします」という声がして、会議を終えた英美里がノートパソコンを閉じた。

「秀行《ひでゆき》、おかえり。お疲れ様」

「うん」

短く応じる最中もスマホから目を離さずにいると、背中越しにふぅ、と溜息をつく気配がした。

「少し遅かったみたいだけど、どこか寄ってきたの？」

「別に……」

「またスロット？」

画面をスワイプする手が止まる。今の今まで、平坦に凪《な》いでいた心の海に、にわかに波紋が広がった。

「決めつけんなよ」

「でも事実でしょ？　他に行くところもないだろうし」

「だから、決めつけんなって」

　ろくに集中できず、画面を落としたスマホをテーブルに放る。想像よりも大きな音がして、英美里がわずかに息を呑んだのがわかった。

「今月も、お金入れてくれなかったでしょ。バイトもあまりシフトに入れていないみたいだし、ギャンブルにつぎ込む余裕なんて本当はないはずだよね」

「わかってるよ。ちょっと息抜きに打ちに行っただけだろ」

　いちいちうるせえな。と、吐き捨てるように付け足した。

「家賃を入れてくれないのは、今に始まったことじゃないからそんなに気にしてない。バイトを最低限しか入れないのも別にいい。その分、漫画を描いてるっていうならね。でも描けてないんでしょ」

「……」

「最後に持ち込みしたのって、いつ？」

　英美里の声は怒りを含んでいるわけでも、俺を咎めるような鋭さがあるわけでもなかった。そのことについては感謝するべきかもしれない。だが、俺のやることにいちいち口を出し、詮索しようとすること、それ自体が鬱陶しかった。

「今はそういう時代じゃねえんだよ。センスのない編集者相手に持ち込みなんかしても意味ないんだって。それよりネットでバズらせる方がずっと早いし、コスパだっていいだろ。このクソつまらねえ漫画だって、そうやって売れてるんだからさ」

今の今まで読んでいた漫画のタイトルを例に出し、俺はソファに寝ころんだ。

「ちまちまやらなくたって、バズりさえすれば一夜にして人気者ってな。今はそういうケースで一流の漫画家になる奴が増えてるんだよ」

「その『バズる』こと自体がどんなに難しいか、本当にわかってる？」

呆れ果てたような声で、英美里は嘆くように言った。疲れを滲ませた二つの充血した目が、お願いだから現実を見てと、切実に訴えかけてくる。

「そんなこと……言われなくてもわかってんだよ」

負け惜しみのような言葉が喉を擦るようにしてこぼれ出た。英美里はじっと俺を見つめたまま、瞬きすらしようとしない。そうすることで、俺が居心地の悪さから目をそらすであろうことを先読みしているかのように。

「私だって、もう若くないんだしさ……」

半笑いで、自虐的に呟かれたその言葉を耳にした瞬間、眉間の辺りにぼっと火が灯ったような感覚があった。俺は勢いよく上体を起こし、ソファを跨《また》ぎ越すようにして立ち上がってダイニングテーブルにこぶしを叩きつける。英美里は座ったまま飛び上がるようにして俺の顔を見上げた。

「なんだよそれ。またプレッシャーかけてきてんのかよ」

「そんなつもりは……」

彼女が何か言うより早く、素早く空を切った俺の右手が英美里の頬を打つ。静まり返ったリビングに、乾いた音が響いた。

「……ごめんなさい。でも私、本当にそういう意味で言ったんじゃ……」

「だったら、どういう意味で言ったんだよ」

怯えた顔で弁解する英美里を見下ろしながら、その発言を遮るように問いかけた。恐怖、あるいは怯えに彩られた彼女の大きな瞳が、不安そうに揺れている。

「なにビクビクしてんだよ。それじゃあまるで、俺が悪いみたいじゃねえかよ」

「そ、そんなことないよ。ヒデは悪くない。私が悪いの」

「だったら、ちゃんと謝れよ！」

自分でも思いもよらないほど大きな声で怒鳴りながら、俺は英美里の髪の毛を掴んで椅子から引きずり下ろした。フローリングの床に叩きつけられた英美里は、抵抗しようと俺の手を掴み返してくるが、爪を立てたりひっかいたりはしない。そんなことをしたら、余計に痛い目に遭わされることがわかっているからだ。

「おら、謝れよ。謝れ！」

「ごめんなさい……ごめっ……うぅっ」

固く握ったこぶしで胸のやや上を、それから脇腹を殴りつけると、英美里はすぐに押し黙り、痛みと苦しさにあえぐようにしてうずくまった。

「やめて……やめて……」

懇願するように繰り返す英美里の背中を二度、三度と蹴りつけながら、俺は自分の口元に薄笑いが浮いていることを確かに自覚していた。

英美里とは高校卒業後に進学したアート系の専門学校で知り合った。

当時の俺は、自分が将来売れっ子の漫画家になれるという、根拠はないが絶対的な自信に満ち溢れていた。

家が貧乏で、欲しいおもちゃもろくに買ってもらえなかった俺は、昔から暇さえあれば絵を描いていた。そのおかげで高校生の頃には、それなりの画力を持っていたし、母親が図書館の司書だったためか、学童保育に行く代わりに図書館で過ごす時間が多く、自然と読書の楽しさを理解し、同年代の友人たちに比べて多くの本を読んできた。そういった経験が活きたのか、高校二年の冬に、初めて応募した大手出版社の主催する漫画大賞で、奨励賞を受賞した。

今にして思えば、それがけちのつき始めだったのかもしれない。作品は雑誌に掲載されることはなかったものの、漫画好きな友人やミーハーなクラスの連中にすっかり乗せられた俺は、自分に圧倒的な漫画の才能があると思い込んでしまったのだ。

実際その頃は、寝る時間と食事の時間を除けば、一日の大半を絵を描くことに費やしていた。授業中だろうが、昼休みだろうが何よりも優先して絵を描いていたし、仲間と共にどこかへ遊びに出かけた思い出だって、数えるほどしかない。母親はそんな俺に「現実を見ろ」とは一度も言わなかった。小さい頃から、俺の描いた絵を誰より褒めてくれたし、もっと上達するようにと、漫画や絵本、画集なんかを気前よくプレゼントしてくれた。司書なんかしている割に、母親は昔、趣味で水彩画を学んでいたことがあるらしく、西洋画にも詳しかった。中でもウィリアム・ブレイクの絵が大好きで、まだ小さかった俺の手を引いて国立西洋美術館のブレイク展に出かけたこともあった。

俺の描いた絵を、ブレイクの画集を見る時と同じように真剣に眺める母親の姿が、俺は大好きだった。

英美里と初めて会った時、どことなく母親に似ているところがあると思った。それは、雪のように白い肌の色だったか、地毛にもかかわらず、陽の光を浴びるとオレンジ色に輝く長い髪だったか、あるいは俺の考えていることを、なにもかもお見通しだとでも言いたげに、じっと覗き込んでくる黒目がちの大きな目のせいだったかもしれない。

だが、実際に二人の写真を見比べてみても、似ているとは言い難かった。それなのに頭の中で二人の姿を重ね合わせてみると、どういうわけかぴたりと一致する。おそらくこの二人は姿形ではなく、魂が似ているのではないかと俺は思っている。

野蛮で下品で、まじめに働いて金を稼ぐことよりも、博打《ばくち》や酒に消費することに心血を注いでいた父親に毎日罵られ、他の男に色目を使っただろうと責められて、身体のあちこちに青あざをつけられていた母親と英美里の魂――生まれ持った性分は、きっと瓜二つなのだ。

少なくとも、俺にはそう見える。

もちろん、だからと言って俺が英美里に手を上げていいというわけではない。そんなことは百も承知だし、俺だって殴りたくて英美里を殴っているわけじゃあない。だが時に、自分の意思とは無関係に、どうしようもなく誰かに当たり散らしたくなるタイミングというものがある。それはたとえばギャンブルで負けが込んだ時だったり、今日のように、職場で理不尽な目に遭わされたりした時。あるいは英美里が二人の将来を悲観したみたいに、早く就職でもしたらどうかと、遠回しに訴えかけるような言動を見せる時だ。

思えば出会った時から、英美里は結婚願望が強く、そして堅実で現実的な考え方をする女だった。

専門学校には、俺よりも絵がうまい人間はゴロゴロいた。すでに個人で絵の仕事を請け負っていたり、同人誌即売会などでかなりの収益を得ている者だって少なくなかった。

一般人の中では絵がうまい方で、漫画大賞の奨励賞を受賞したことがあるという俺の『肩書き』は、そこでは何の価値もなく、これといった実績のない素人同然だった。それでも俺は、いつか自分がそいつらを追い抜き、第一線で活躍する漫画家になれると信じて疑わなかった。一方、デザイン科で主に広告デザインなんかを学んでいた英美里は、本来二年で卒業するはずの専門学校から、系列の私立大に編入し、そこそこ名の知れた広告関係の企業の内定を勝ち取った。彼女は入学してすぐに周囲との力の差を認め、しかしそこで焦らず腐らず、自分の適性をうまく見極めて、堅実に生きる方法を実践した。その結果として、現在の広告デザイン会社では三十歳そこそこで複数の部下をまとめ、大手企業との仕事をバリバリこなす立派なキャリアウーマンとなった。あと数年今の成績を維持していれば、いずれは課長職、そして社内初の女性部長の座も夢ではないという。

そんな風にキャリアの展望を語る一方で、英美里は仕事には一切執着しておらず、それどころか、いつ辞めてもいいとまで豪語していた。

「私が本当になりたいのは、母親だから」

そう言った時の、何とも形容しがたい哀愁に満ちた彼女の顔は、事あるごとに俺の脳裏に甦り、この身を引き裂くような深い爪痕を残す。

小さい頃から両親が留守がちで、夕食を一人で食べていたという英美里は、温かい料理の並んだ食卓や家族そろっての団欒などという、時代錯誤な家族風景に異様な憧れを抱いている。そしてその憧れを現実のものとして叶えたいという意思の表れが、「もう若くないから」という口癖だ。

もう若くないから、早く結婚して家庭を持ちたい。もう若くないから早く子供が欲しい。子供ができても会社はしっかりサポートしてくれるから、産休育休を取りやすい。そういった『展望』を俺に語る時、彼女は他のどんな時よりもくりくりと大きな目を輝かせる。

家賃の話にしてもそうだ。俺が金を入れないことを咎めることはないし、むしろその必要がないくらいの稼ぎを得ている英美里の本音を言ってしまうとしたら、「金なんか要らないからさっさと結婚して」だろう。

あいつにとって俺はただの『旦那候補』でしかない。俺がどんなことに夢中だとか、どんなことに興味を持っているだとか、そんなことには何の関心もないのだ。

付き合い始めた最初の頃こそ、俺の描く漫画を楽しみにして、出来上がればいの一番に目を通し、俺が望むような熱のこもった感想を聞かせてくれた。だが、専門学校を卒業し、バイトをしながら公募や持ち込みのための漫画を描き続け、いっこうに芽が出ないまま十年が経とうとしている今、あの頃見せてくれた目の輝きは、すっかり失われていた。

それぞれの道で成功し、漫画家やイラストレーターとして活躍する同級生たちや、着実に会社での地位を向上させていく英美里を横目に己の不遇を呪い、したくもない清掃のアルバイトに日々出かけていく生活が続くうちに、俺は情熱という名の輝きを失ってしまった。毎日を怠惰に過ごし、暇さえあれば他人の作品をけなし、嫉妬を紛らわすようにギャンブルに出かけ、惰性で続けているアルバイトの給料を二人の生活費に回すこともしない。

恋人に寄生しながら、評価されない自分を嘆き、社会への不満をこぼすだけのろくでなし。そんな俺を見限ることなく、そばにいてくれる英美里には感謝しなくてはならない。それはわかっているはずなのに、素直に感謝の気持ちを伝えることが、どうやってもできなかった。

あいつが望むものを手に入れられないのだとしたら、それは間違いなく俺のせいだ。俺という存在が英美里の輝かしい人生に一滴垂らされた黒いシミなのだということは、まさしく自明の理というやつだ。だが、それでも俺は英美里を手放すことができない。そして英美里もまたこんな俺を必要としてくれているはずだった。

しかしながら、あいつが求めている俺は、売れっ子の漫画家になった俺ではない。家族のために夢を手放し、堅実な道に進むことを決意して真面目に生きようとする俺なのだ。

その願望を決して口に出そうとせず、しかし、あらゆる手段を用いて俺の目を覚まさせようとするかのような英美里の発言が、行動が、何かにつけて俺を苛立たせるのだった。

今となっては、俺は自分が売れっ子の漫画家になれるなどとは思っていない。もうとっくに旬の過ぎた、実力も才能もない漫画家のなりそこないであることは、自分が一番よくわかっている。でも、だからと言って、夢を投げ捨てて英美里の望むような生き方をするかどうかは別問題ではないか。

それを恩知らずと言うのなら言えばいい。だがそれでも俺は、自分の望まぬ形で人生を支配されるのはごめんだ。一度しかない人生なら、俺は最後まで自分のやりたいようにやる。そのためなら、どんなものだって犠牲にできる。俺は、そういう男だ。

この日も、自己を取り巻く鬱屈とした思いを抱えながら、俺はしつこく降り続く雨と、エントランスホールの床に点々と残された雨粒に苛立ちを覚えながら仕事をこなしていた。もうすぐ定時を迎えようというタイミングで通用口の方からやってきた一人の男が、慌ただしくエントランスを駆けていく。わずかに白髪の交じった豊かな髪をなびかせ、急き立てられるように俺のそばを通り過ぎようとしたその紳士然とした男は、突然何かにつまずいたようにバランスを崩した。間一髪、床に手をついて転倒は免れたものの、半開きだったビジネスバッグからは書類や財布、ハンカチ、その他雑多なものがばらばらと飛び出し、フロアに散乱した。

普段ならドジな中年の姿を遠巻きに笑ってやるところだが、目の前で派手に転倒されては、放置することもできない。一応、心配している風を装い、「大丈夫ですか」と声をかけると、男は気恥ずかしそうに後頭部を掻いて、「すみません、すみません」と平謝りした。

別に俺に謝る必要はないのにと、腰の低い男を内心で小馬鹿にしつつ、床に散らばった荷物を拾うのを手伝ってやると、男は更に「すみません」と三度ほど繰り返し、額に浮いた汗をハンカチで拭った。

「気を付けてください。この床、雨の日は特に滑りやすいんで」

拾い上げた書類の束を渡しながら形だけの忠告をすると、男はその顔に柔和な笑みを浮かべた。

「ありがとうございます。あなたはとても親切な方ですね」

人のよさそうなその笑顔からは想像しなかったような、ひどく低い声を響かせた男と目が合った瞬間、突然既視感《デジャブ》めいた奇妙な感覚に襲われた。この男の顔をどこかで見たことがあるような気がする。だが、それがどこでだったかが思い出せない。

わずかな時間、俺は記憶を探って男の顔を思い出そうとしたが、それらしい答えは見つけられなかった。

——少し前に、新しく入った警備員のおっさんだったかな。

それにしては格好が随分とインテリ風だが、他に思い当たるような節もない。守衛室のある通用口の方からやってきたことからも、きっとそうなのだろうと自分を納得させる。

そうして、さほど気に留めずに考えるのをやめた時、立ち上がったその男が俺の手から慇《いん》懃《ぎん》に書類を受け取り、

「それでは、急ぎますのでこれで……」

それをバッグにしまい込む時間も惜しむかのように小走りに駆け出した。その際、何か硬いものが床に落ちる甲高い音を聞いた俺は、何気なく視線を下げた。

磨き抜かれた床の上には、古ぼけた金の懐中時計が落ちていた。いつからそこにあったの

か。いや、あの男が落としたことに気づかず、そのまま行ってしまったのだろう。

「あの、ちょっと……」

慌てて声をかけようとしたが、男はすでにホールの入口の自動ドアをくぐり、傘が開くのさえも待ち切れないとばかりに外に駆け出してしまったため、俺の声に気づくことはなかった。

夕間暮れの闇が深まり始めた町の中へと、あっという間に姿を消した男が落としていった時計は、一般的なものよりもやや大きめのサイズで、全体が古めかしい金色のアンティーク調の造りをしており、上蓋の表面には毒々しい骸骨のデザインが施されている。顎が外れそうなほどに大きく開いた口の中からは、鋭く尖った杭のようなものが突き出し、鋭い光を放っていた。リューズやステムの部分は人の背骨を模したような立体的なデザインで、ボウの部分には、これまた人の脊椎めいた形状をしたチェーンが繋がれ、毒々しいその姿を晒していた。

しゃがみ込んだ俺は、その悪趣味なデザインの時計を摘まみ上げ、近くで観察した。髑髏の後頭部からは触手のようなものが何本も広がり、時計の縁を覆っている。植物の蔓のように見えなくもないその生物的な造形が、とにかく気色悪い。こうして見ているだけで、魂を吸い取られてしまいそうな薄気味の悪さを感じる。

あのオッサン、ずいぶんと趣味の悪いものを持ち歩いているんだなと思う一方で、わざわざこんなものを拾ってしまったことに、俺は軽い後悔を覚えた。

　このビルの中で発見した落とし物は、例外なく守衛室に届ける決まりになっている。以前、どこぞの女性社員が落とした財布を拾って届けた時は、不愛想な守衛にこまごました書類への記入を命令された。落ちていた場所や時間、日付なんかを細かく書き込まねばならず、また拾った時の状況をしつこく尋ねられ、結局二十分ほど仕事に穴をあけることになった。中に入っていた五千円をくすねたことがバレなかったことは幸いだったが、その代わりに俺が持ち場を離れたタイミングで、どこかの馬鹿が洗剤を溶かした水の入ったバケツを蹴り倒した。更にそこを通りかかった数人の馬鹿が次々に足を滑らせて転倒し、大騒ぎになった。洗剤入りの水でびしょ濡れになった連中に説教されたり、後片付けに追われたりで、結局その日は二時間以上ものサービス残業を強《し》いられた。

　あの時と同じ状況になるとは限らないが、また面倒な手続きを踏まなくてはならないと思うと、時計を守衛室に届けるのは気が進まなかった。

　よくよく観察してみると、この時計はかなりの年代物だが、色がくすんでいてそれほど高級なものという感じもしなかった。あんな風に落としても気づかずに立ち去ったのだから、それほど大切なものでもないだろうという、勝手な憶測も頭をよぎる。

いっそのこと、このまま貰ってしまおうかとも思うが、いかんせんこの時計は俺の趣味ではない。昔から、指輪だろうがネックレスだろうが、髑髏のデザインのついたものは生理的に受け付けないのだ。ファッションにしても女性受けは悪いし、なんだかガキくさい感じがする。何より、俺はホラーと名のつくものが大嫌いだ。

その辺に置いておけば、さっきの男が拾いに戻ってくるかもしれない。そんな風に思い、元あった場所に戻そうとした時、エレベーターが開き、仕事を終えた社員たちがぞろぞろと降りてきた。俺は咄嗟に時計をズボンのポケットに入れ、何食わぬ顔で立ち上がる。人が見ている前で、拾った落とし物をまた捨てるというのは堂々とできることではない。仕方なく、そのまま仕事に戻り、残っている清掃を片付けていくうちに、俺は時計のことなどすっかり忘れていた。

勤務を終え、ロッカールームで着替えを済ませてビルを後にした俺は、いつものように最寄り駅への道を傘を片手にのろのろ歩いていた。

ポケットの中には、あの時計がある。作業着の中に入れっぱなしにしておくのもなんだか気になり、結局持ってきてしまったのだ。ビルを出てすぐの花壇にでも捨ててしまおうかと思ったが、ふと、最寄り駅までの道に寂れた質屋があることを思い出した。どうせ捨てるくらいならと、他人の物であることも忘れ、俺はその足で値段の鑑定を依頼しに質屋に向かうことにしたのだった。

半数ほどがシャッターを下ろしている商店街を抜けた先の交通量の少ない通りに件《くだん》の質屋はある。昔ながらの店構えに老婆が一人で店番をしている酒屋と、廃業したガソリンスタンドに挟まれるようにして、ひっそりと居を構えているその店は、古びた一軒家を無理やり店舗に改築したような外観をしていた。表に『営業中』と記された木の看板が出ているだけの、今にもつぶれそうなその質屋ののれんをくぐって中に入った。狭いカウンターの中では、これまた目をしょぼしょぼさせた七十代くらいの着物姿のジジイが、お茶をすすっていた。

「いらっしゃい」

「これ、売りたいんだけど」

自分でもぶっきらぼうに感じる口調で言いながら、俺は取り出した懐中時計をカウンターに置いた。ジジイはしょぼついた目を更に細め、時計に顔を近づける。それから、のろのろとした動作で白手袋をはめて、恐る恐るといった手つきで時計を手に取ると、ルーペを使って細部を注意深く観察していった。たっぷり五分ほどかけて時計を様々な角度から覗き込ん

だジジイはやがて溜息をつき、

「これは買い取れないねぇ」

ひどく難儀そうに言った。

「なんでだよ。これはその……年代物だろ？」

「確かにそうだな。二百年か、もう少し前のものだろう。工場で量産されたものではなく、腕のいい職人が作り上げた一品ものだ」

「だったら、そこそこの値段がつくんじゃあねぇのか？」

問いかける声に、ジジイはぶるぶるとかぶりを振って見せた。

「そういう問題じゃあないよ。二百年前だろうが二千年前だろうが、こういう類のものは、うちでは買い取れない。というより、関わりたくないねぇ」

妙な言い回しだな、と感じた。

このジジイがどんなポリシーを持って仕事をしているのか、俺には知る由もなかったが、普通、質屋というのは、仕入れるものが貴重であればあるほど、商売になるのではないのか。出自が確かじゃないだとか、保証書がないだとか、そういう面倒なことは抜きにして、この時計に価値があるかないかの判断くらいはできているようだし、こういったものを好んで収集する人間だって、きっと少なからずいるはずだ。

「安くてもいいから、どうにかならないか？　二万……いや、一万でもいい」

「だめだめ。金の問題じゃあない。いいから早く持って帰ってくれ。鼻が曲がりそうだ。こいつはくさくてかなわん」

ジジイは露骨に顔をしかめ、片方の手でわざとらしく鼻をつまんで見せた。

いったい、何がくさいというのか、俺にはさっぱりわからなかったが、そこまで拒否されてはどうしようもない。無駄足に終わったことに苛立ちを覚えながら、俺は時計をひっつかむと、そのまま質屋を後にした。

帰り道、見るともなしにその時計を眺めながら歩く。

あのジジイは、なんだってあそこまでこの時計を毛嫌いしたのだろう。白手袋をはめていたとはいえ、触れるのもおぞましいとでも言いたげな手つきだったし、ルーペ越しに細部を覗き見る目つきは、まるで腐った死体でも前にしたかのように怯えていた。

電気を無駄遣いしているのではないかと疑いたくなるほど、煌々とした明かりに照らされた変電所脇の路地で立ち止まり、俺は懐中時計を眼前に掲げてまじまじと見つめた。大口を開いたブサイクな髑髏が薄笑いを浮かべているようなデザインに、改めて薄気味の悪さを感じる。

どこのどいつが、どんな目的でこんなものを作ったのだろう。これを美しいと感じる感性がそいつにあったのだとしたら、二百年前の職人とやらは相当イカレていたに違いない。

「ふん、こんなもん」

どんなに貴重だとしても、金にならないのでは意味がない。誰かにとって大切なものだとしても、俺にとってはガラクタ同然だ。

生意気にも、じっと俺を見返してくる髑髏を嘲るように鼻を鳴らし、俺は周囲を見回した。通りの先にも、後ろにも、人っ子一人いない寂しい路地には、張り巡らされた変電所のフェンスの影が落ちている。その影はそこを歩く者を待ち構え、網目を広げているかのようだった。

フェンスの手前、そよ風に吹かれる雑草に紛れるようにして、誰かが飲み捨てたカップ酒の瓶とプラスチックの蓋が転がっている。使い道のなくなったゴミは、そうやって野ざらしにされるのがちょうどいい。興味を失った時計をこれ以上所持している気にもなれず、そのカップ酒のそばに放り投げようと、振り子のように右腕を振ったその時——

「いてっ、何だよくそ！」

指先に刺すような痛みを感じた。いや、実際に何かが中指の腹を突き刺したのだ。手を離した拍子に、懐中時計がアスファルトの地面に落ち、硬い音を立てる。

右手を見ると、中指から手のひらを伝った真っ赤な血が、手首の辺りから滴っていた。どうやら、髑髏の口から突き出た杭の鋭い先端が指に刺さったらしい。思いのほか深く刺さったようで、どくどくと脈打つような痛みと共に、傷口からは結構な量の血が流れ出していた。

地面を見下ろすと、滴り落ちた血は懐中時計の上に落下し、くすんだ黄金色の髑髏の顔を赤々と濡らしていた。

「ちくしょう、なんなんだよこの……！」

怒りに任せ、時計を蹴飛ばしてやろうと足を持ち上げた俺は、しかしそこで言葉を失い、動きを止めた。持ち上げた足が、そのまま床に落ちる。

懐中時計の周りに小さな血だまりを作り出していた俺の血が、映像を巻き戻すみたいにシュルシュルと吸い上げられていたのだ。その異様な光景に驚きつつ、かがみ込むようにして目を凝らすと、時計の蓋——精巧に作られた髑髏のモチーフに吸い込まれるようにして、残りの血もあっという間に消え去ってしまう。まるで、血に飢えた髑髏が、期せずして与えられた人間の生き血をすすり上げるかのように。

「どう、なってんだよ、これは……」

誰にともなく問いかけるような口調で言いながら、俺は目の前の光景が現実のものであるかを確かめるように、瞬きを繰り返す。

ストレスか、あるいは疲れでも溜まっていたせいで、訳のわからない幻覚を見てしまったのだろうか。そういえばここのところ、あまり熟睡できていない。

……いや、待て。そんなわけはない。見間違いなどではなく、確かに今、この時計は血を吸い上げた。いくら疲れているといっても、こんなわけのわからないものを幻視するような精神状態じゃないことは自分でわかっている。薬物中毒者じゃあるまいし、現実と妄想の区別くらいはつくはずだ。

でも、それならいったい、この不気味な現象をどう解釈すればいいのだろう。

途方に暮れるような気持ちで息を吐いた時、カチカチと、耳慣れぬ音がしていることに気づく。それは歯車が回転するような、あるいは時計の針が回る時のような、規則的なリズムを刻んでいた。

時計の針。その連想から、俺は再び地面に転がった懐中時計を見やる。すると、俺が目を向けるのを待っていたかのようなタイミングで、ガチリとひときわ大きな金属音を周囲に響かせながら、時計の上蓋が開いた。

その瞬間、かっと目を焼くような閃光が走り、俺は反射的に目を閉じる。その間にも、カチカチと鳴り響く規則的な音は俺の鼓膜を叩き続けていた。

やがて、瞼の上から突き刺さっていた光が収まっていくのを知覚し、恐る恐る目を開いた俺は、音の発信源である時計を覗き込む。本来なら一から十二までの数字が記されているはずの文字盤には何も刻まれておらず、白く塗りつぶされた盤の上には、黒い線のような虫がのたくった形をした針が四本、バラバラのリズムで時を刻んでいた。長さはもちろん、回転する速度も方向も異なるそれらの針は、妙に大きな音を立てながら、まるで誰かの死をカウントダウンしているかのような威圧感と共に、俺の視線を釘づけにした。

訳もわからずに時計を見下ろしていた俺は、ふと唐突に、身を焼くような熱気を感じて辺りを見回した。

「あ……え……」

思わず、意味不明な声が洩れ出す。気づけば俺の周りを深い暗闇が覆っていて、変電所の光はもちろん、街灯の明かりすらも忽然と消え失せている。その代わりに、路地の影やアスファルトの継ぎ目、空き家と思しき近くの家の窓なんかから、奇妙な赤い光が漏れ出している。

狸《たぬき》に化かされでもしたのだろうか。そんな気分でその光景を眺めながら立ち上がると、何かに足を取られてそばのフェンスに手をついた。その瞬間、フェンスの網目がぐにゃりとした感触と共に俺の腕に絡みついてくる。

「わっ、なんだ！」

今まで感じたことのないような気色の悪い感覚に声を上げ、視線をやると、薄緑色の金属ではなく、土気色をした細い蔓のようなものが俺の腕に絡みつき、無数の先端がミミズのようにのたくっていた。四角く等間隔に並んでいたフェンスの外枠も、どこか有機的な見た目をした植物——いや、人の腕や脚のようなものを継ぎ合わせたような、奇怪でグロテスクな形状に、いつの間にか変化していた。

そのことに気づいた瞬間、ひっと短い悲鳴が洩れ、喉の奥が干上がるような感触を覚えた。

でたらめに腕を振り回すと、細い肉の蔓がぶちぶちと音を立てて引きちぎれ、その拍子にうぎゃあ、とかいやあ、とかいう、誰かの悲鳴が折り重なって俺の耳朶《じだ》を打った。

「なんなんだよ、どうなってんだこれぇ！」

断裂した箇所からどろりとした気味の悪い液体をまき散らしながら、なおも俺の腕に絡みついてくる奇怪なミミズを払い落としながら後ずさる。その拍子に、足首を何かに掴まれた。ひゃっと声を上げて視線を落とすと、今度はアスファルトの裂け目から這い出した巨大な蛸足《たこあし》のような肉の蔓が、二重三重に足首に巻きついていた。

「は、はなせ！　はなせよぉ！」

自分でも滑稽に思えるような情けない声を無人の通りに響かせながら、俺はじたばたと足を踏み鳴らした。

何がどうなっているのか、知らぬ間に頭を打つかどうかして、悪夢の中に迷い込んでしまったのか。混乱する頭でそんなことを思いながら、助けを求めようと視線を走らせた俺は、そこで唐突に、そばに立つ黒い人影に気が付いた。

「お、おい、助けてくれ！」

声をかけると、その人影はゆらりと身体を傾けるようにして、こちらに近づいてくる。一歩一歩、身体を左右に揺らすような奇妙な歩き方だったが、それ以上におかしかったのは、真っ赤な光に浮かび上がったそいつの姿だった。

骨、骸骨、髑髏、なんでもいい。とにかく皮をはいだ人間の頭蓋骨を首の上に乗せ、その下にはボロボロの布切れのような外套を羽織っている。前がはだけて露出した身体の部分には赤とも黒ともつかぬ骨の形が浮き出ていて、あばら骨の内側にはぬらぬらと照り光る肉、あるいは臓物のようなものが蠢いており、まるで骨と皮膚を裏返しにしたかのような、奇妙極まりない造形の怪物がそこにいた。

もはや、声を上げることすら忘れて、俺はその怪物を呆然と見据える。

どちゃ、と湿った足音を立てて俺の前にやってきた『髑髏人間』は、頭二つ分以上身長差のある俺に目線を合わせるように、前かがみになってその顔を近づけてきた。

途端に鼻を衝くのは、鉄錆のような濃厚な血の臭いと、卵の腐ったような臭いの入り混じった悪臭。ほんの少し吸い込むだけで、吐き気と悪寒が同時に押し寄せ、俺は涙を浮かべて口元を手で覆った。

「な、何なんだよ……」

髑髏は、物言わずじっと俺を覗き込む。頭蓋骨の後ろ、後頭部にあたる部分の骨は砕かれたように欠損し、そこから灰色の脳味噌が露出している。更に、その脳味噌から無数の細い肉の蔓のようなものが垂れ下がり、それぞれが穢れた血液を運ぶ血管のように脈打っていた。空っぽの眼窩の奥には、得体の知れぬ光がうっすらと輝いている。その光に、この化け物の意思のようなものを感じ取った瞬間、俺の脳裏に何者かの声が響いた。

——言え。

無数の人間が同時に同じことを喋っているかのような、重々しくも不気味な声。聞いているだけで背骨をわし掴みにされたような絶望感を抱かせるその声が、耳を介してではなく、直接頭蓋の中に注ぎ込まれるようにして響いた。

——願いを、言え。

「……願い？」

問い返してみても、応答はなかった。

皮膚を失い、むき出しとなった歯をぎりぎりときしませ、その隙間から唸り声にも似た凍えた吐息を放つその様は、あまりにも現実離れしていた。周囲に満ちる熱気とも冷気ともつかぬ異様な空気、光源の不明な赤い光、そして肉の植物でできたフェンスや、アスファルトの隙間から顔を覗かせた蛸の足のような物体と相まって、俺は自分の気が触れてしまったのではないかと本気で思った。

ともすれば、自分でも気づかぬ間に命を落とし、冥土の片隅に迷い込んでしまったのではないかという、荒唐無稽な想像までもが脳裏をよぎる。

違う。そんなはずはないと、己の正気を疑おうとする弱気な自分を叱りつけるようにかぶりを振り、俺はすぐそばの地面に転がったあの懐中時計を見やる。くすんだ黄金色の時計は依然として、でたらめに時を刻む音を響かせながら、文字のない盤面から不可思議な光を放っていた。

これだ。この時計の蓋が開いたことで、俺はおかしな世界に迷い込んだ。いや、むしろこのくそイカレた世界の方が、俺のところにやってきたのだ。

生きとし生けるものをすべて排除し、血と肉と、それらを炙り尽くす焦土が如き炎が作り出す奇怪な世界。これはまるで……。

「地獄……」

そんな言葉が無意識に口から飛び出した。

俺は、鼻が触れそうな距離に迫った血濡れた頭蓋骨――あの世からの使者とも言うべき髑髏人間を改めて見やる。

――願いを、言え。

再三にわたり、頭蓋を内側から殴りつけるような声がする。

おそらく、俺が呼び出してしまったであろうこの怪物は、俺の願いを聞き入れることが仕事なのだろう。現れた瞬間に俺を引き裂き、内臓を抉り出してぴちゃぴちゃすり上げるような真似をしないのは、つまりそういうことだ。

こいつは『時計を開いた者の願いを叶える』ことを目的とした地獄の使者。地獄というものが本来、生者の願いを叶えるためにあるなんて話は聞いたことがない。だが、俺の血を媒介にして『こちら側』へやってきたこいつの目的が、それであることは間違いないように思えた。どういう仕組みかなんてわからないし、わかりたくもない。だが、いつまでも願いを口にせずにいたら、しびれを切らした怪物に顔の皮を食いちぎられかねないし、そもそもこんな至近距離でグロテスクな骸骨とにらめっこをしていたいとも思わない。

「願いを言えば、いいんだな……？」

問いかけに応じる声はない。だが、こちらの思考の奥の奥まで見通そうとするかのような、仄暗い眼窩の奥の異様な光が、俺の言葉を肯定してくれたような気がした。

願い……。そう一言に言っても、何を願うべきなのだろう。

金か。それとも権力か。そんな、テンプレート的な候補しか出てこない自分の浅はかさに、俺は苦笑した。金があっても夢が叶うわけじゃない。権力があったとしても、人生が豊かになるとは限らない。特に俺のような、出会う人間みんなに眉をひそめられるような嫌われ者では、人望なんて得られないだろうし、権力を笠に着たろくでなしだと揶揄されるに決まっている。

随分と後ろ向きな自己分析に思われるかもしれないが、少なくともこれまで歩んできた人生で、損得なしに俺を慕ってくれた人間など母親を除けば誰一人いなかった。その母親も四年前に飲酒運転で信号無視をした暴走車に轢《ひ》かれ、あっけなくこの世を去ってしまった。その運転手も時速百キロ以上で電柱に激突して死亡しているから、復讐を願うこともできない。

いや、もう一人いる。夢を追うことを隠れ蓑《みの》に人生を浪費し、価値のない日々をただただ送る愚かな人間と、損得勘定を抜きにして接してくれるただ一人の人物。

英美里だ。人生の失敗を嘆き、将来の展望すら見えないこの俺を必要としてくれて、ヒモ同然の生き方をしてもなお、見放すことなくそばにいてくれる女。あいつだけが、今の俺に残されたたった一人の大切な人間。たった一つの他者との繋がり。

そのことに思い至った時、吐き気を催すような血と硫黄の臭いを漂わせる髑髏人間に見つめられ、耐えがたい不快感を覚えながらも、俺はふと天啓めいた閃きを覚えた。

こういう、いかにも胡散臭い、裏がありそうな願いというのは、大抵が願い事に見合うだけの代償を求めてくるはずだ。ましてや、相手は羽をはやした天使でも、衆生に救いをもたらす御仏でもない、おぞましい怪物だ。与える以上に俺から何かを奪おうとするに違いない。

こういう時、必要以上に用心深く、そして冴えた直感を働かせる自分を、俺は内心でほめたたえた。ここで欲をかくとろくなことがない。大それた願いなどもってのほかだ。せめて表向きだけでも、慎ましく思慮深い真人間に思われるような、些細な願い事にするべきだろう。

——願いを……。

「ちょ、ちょっと待ってくれよ。その願いを口にした途端に、お前が俺に襲い掛かってくるなんてことはないんだよな？　ちゃんと聞き入れてくれるんだよな？」

——願いを……。

だめだ。同じことの繰り返しばかりで、まるで会話が成り立っていない。

当り前だ。そもそも、こんな化け物と意思の疎通などできるわけがない。こいつはただ一方的に要求を押しつけてきているだけだ。それが自分を呼び出した者の運命《さだめ》であるとでも言いたげに。

逃れる術などないとでも言いたげに……。

——願いを、言え。

「わかった、わかったよ！」

再三にわたり、頭蓋を内側から引っ掻くような声に急き立てられ、俺は奴のもたらす重圧に耐えかねて視線を脇にそらした。こうしてまごまごしている間に、奴がしびれを切らして襲い掛かってきたらたまったものではない。そんな危機感があっという間に膨れ上がり、俺の心臓は激しく脈打った。

激しい焦燥感に駆られながら、俺は考える。そして、考えに考え抜いた末に意を決して願いを口にした。

「もうあいつを……英美里を傷つけたくない。あいつと二人で、この先ずっと平和に暮らしていけるようにしてくれないか」

思いつく限り最も誠実で、自分でも笑ってしまいそうになるほど謙虚な願い。自分の中に、これほど他人を思いやる気持ちがあったという事実が、何より驚きだった。

だが、言い終えてすぐに、その願いに込められた多くの打算、計算を俺は自覚する。英美里を傷つけない。それはつまり、そういう行為に至らずに済むような人生を手に入れたいという意思の表れだ。あいつさえ俺を見捨てずにいてくれれば、少なくとも生活に困るようなことはない。あくせく働かずとも、あいつが金を稼いで俺を養ってくれる。俺は好きなことをして、小遣い稼ぎにバイトをして、好きなギャンブルを楽しみ、そして気が向いた時に漫画が描ければいい。

この上ないほど誠実で、謙虚な願い事ではないか。

内心で独り言ち、ひそかにほくそ笑んだ時、じっと身じろぎ一つしなかった髑髏の口元にもまた、ほんの一瞬、奇妙な笑みが浮かんだ気がした。

いや、単にそう感じただけかもしれない。皮膚のない骸骨野郎が笑みなど浮かべられるわけがないじゃないかと、己に言い聞かせる俺をよそに、告げられた願い事に満足がいったらしい髑髏の目が、ぼわっと怪しい光を放ち始めた。それが了解の合図であるかのように、奴はゆっくりと上体を起こし、一歩ずつ左右に身体を揺らしながら地面を後退し始めた。

周囲に満ちる真っ赤な光が、ランプのつまみを絞るように薄れていき、地獄の様相めいた奇怪な周囲の光景を闇に溶け込ませていく。そして、どこからともなく響いていた時計の音が徐々に弱まり、最後にカチリという金属音が妙に大きく響いた。

気が付けば俺は元の、変電所のまばゆい光に照らされた人気のない路地に立っていた。言うまでもなく、髑髏の姿は消え、フェンスは元の薄緑色をした金属に戻っている。右足に絡みついていた触手のようなものも最初からなかったかのように消え去り、無機質なアスファルトの上には、忘れ去られたようにあの懐中時計が転がっていて、その上蓋はしっかりと閉じられていた。

「……これで終わりか？」

誰にともなく呟く。もちろん、答える声はない。

悪い夢でも見ていたかのような気分で呆然と立ち尽くす俺を、時計の表面に施された髑髏がじっと見返していた。

2

夢とも幻ともつかぬ奇妙な体験をしてから、数日の間は何事もなく過ぎていった。

最初のうちは、何か変わったことが起きるのではないかと期待を込めて過ごしていたが、あれが現実であったことを示すような出来事は何も起きなかった。俺自身にも、当然英美里の身の回りにも特筆すべき変化は訪れなかった。やがて日を追うごとに、俺の意識に植え込まれた地獄のような光景や、至近距離で見つめ合った髑髏の姿までもが徐々に薄れ、代わり映えのしない毎日に埋没していった。

あの懐中時計はそのままあそこに捨ててくるかどうか悩んだが、結局持ち帰った。だが、英美里にどこで買ったのかと訊かれるのが面倒だし、趣味ではない時計を持っていること自体怪しまれそうなので、見つからないような場所にしまい込んでおいた。

ところが一週間ほどが過ぎたある日の晩から、おかしな夢を立て続けに見るようになり、朝起きると寝汗と涙で枕も布団もぐっしょり濡れているということが頻繁に起きた。夢の内容はいつも、真っ黒な血で全身を濡らした気味の悪い猛犬に追いかけられ、どんなに必死に逃げ続けても結局最後には追いつかれ、喉笛を噛み切られるというものだった。目を覚ましても、食い破られた喉から噴水のように迸る自分の血が全身を濡らしていく感触と、肉片を咀嚼する音が耳から離れず、常に頭痛に悩まされるようになった。

果たしてそれが、家に持ち帰った時計のせいなのかは定かではない。だが、昔から寝つきがよく、朝までぐっすり眠れるタイプの俺が理由もなく睡眠障害に陥るなんてことは考えられなかった。何か理由がある。そしてその理由とは、あの時計が近くにあるからだという連想から、時計を家に置いておくのが心底嫌になった俺は、ゴミ箱に紛れ込ませる形で時計を捨てた。

　ところが、その日家に帰ってみると、部屋のテーブルの上に時計が戻ってきていた。どういうことかと憤慨する俺に対し、英美里は何のことかと首をひねる。覚えがないと言われればそれ以上突っ込んで問い質すこともできないので、渋々引き下がり、翌日近くのコンビニのゴミ箱に懐中時計をそっと投げ込んだ。

　しかし、それでも時計は戻ってきた。仕事を終えて帰宅し、机の上に時計があるのを目にした途端、俺は背中を濡れた手で撫でられたような、ぞわぞわとした感触を覚えた。いったい誰が、何のためになどという考えは抱かなかった。

　誰かが作為的に行動を起こさなくても、あの時計はきっと、ひとりでに俺の元に戻ってくる。たとえ百キロ離れた山奥に捨てても、沖合の海に沈めても、その日の夜にはきっと当然のように俺の部屋に戻ってくるのだろう。

　それはつまり、吐き気を催すような地獄の光景と、冒瀆的な造形をした骸骨野郎が常にそばに控え、隙あらば俺をあの魔界に取り込もうとしていることと同義であり、懐中時計の蓋を開き、奴らを呼び出し、そして願いを口にしてしまった俺に、その呪縛から逃れることができないのだという事実を突きつけてもいた。

　薄汚れた金の懐中時計を見るたびに、俺はそのことを思い知らされる気分になった。もはや、あの日の出来事が現実であったことを疑う気にもならず、俺はいつ解放されるとも知れぬこの苦痛を抱えながら、鬱屈とした日々を送っていた。

そうして更に何日かが過ぎた頃、ついに俺のその考えが、精神を病んだ者の妄想などではないことが証明される日がやってきた。

その夜、俺はいつものように、毛皮を毟《むし》られ、黒い皮膚のあちこちが酸で爛《ただ》れたように腐り切っている犬に追いかけられる夢にうなされて目を覚ました。シャツだけでなく、シーツまで不快な汗で濡れている。すぐに寝直す気にもなれず、隣で静かな寝息を立てている英美里を起こさないよう気を使ってベッドを抜け出し、軽くシャワーを浴びた。

汗と一緒に身体にこびりついたような不快感を洗い流し、濡れた髪を適当にタオルで拭きながらキッチンの換気扇の下で煙草を吸っていると、胸騒ぎにも似た気分の悪さも落ち着いてきた。たなびく紫煙がするすると換気口に吸い込まれていくのをぼんやりと見上げながら、ニコチンが体内の血流に乗って駆け巡っていく心地よい感覚に酔いしれていると、不意に視界の端の方で何かが光った。

見ると、ダイニングテーブルの上に英美里のスマホがある。いつもは寝室のサイドテーブルに置いて寝るのに、今日は忘れていたらしい。ちかちかと規則的な光を点滅させる画面を覗き込むと、メッセージの通知が表示されていた。

『この間は楽しかった』

目にした瞬間、瞳孔がぐっと開くような感覚を味わう。こんな時間に、ずいぶんと馴れ馴れしいメッセージを送ってくる奴がいるものだと訝《いぶか》しんでいると、

『英美里ちゃんと一緒にいられて嬉しかったよ』

『彼氏の方は大丈夫だった？』

『今度はもっと一緒にいたいな』

立て続けに短い電子音が鳴り、新たなメッセージがテンポよく表示された。

第三者に見られないよう、設定を変更できるはずだが、そういうことに無頓着な英美里はデフォルトの設定のままにしてあるようだ。

「英美里ちゃん、だとぉ？」

思わず声が出た。送り主の名前はなく、電話番号が表示されている。さほど親しくもない相手なのか、それとも俺にバレるのを恐れて、あえて名前を登録していないのだろうか。

『こんな時間にごめんね』

『明日は休みだし、起きているかと思って』

『嘘。英美里ちゃんのことを考えていたせいで俺が眠れないんだ』

いずれにせよ、黙って見過ごすことのできる内容ではなかった。

かっと頭に血が上る感覚を抱いた瞬間、俺はスマホを掴んで寝室に向かった。力任せにドアを開け放つと、今の今まで寝入っていたであろう英美里が、飛び上がるようにして目を覚ます。

「何……どうしたの……？」

質問を無視して、困惑をあらわにする英美里の眼前にスマホの画面を突きつけた。枕元に置いた眼鏡を手探りで掴み上げ、おぼつかない手つきでかけた英美里が、メッセージの内容を目で追っていく。

やがて、その目が大きく見開かれるのを俺は見逃さなかった。

「誰だよこいつ。ずいぶんと親し気じゃねえか」

「ち、違うよ。この人はただの同僚で……」

ただの同僚。上ずった声でそう言った英美里が、万引きの現場を見つかった主婦みたいな顔で俺を見上げている。

盛大に鼻を鳴らし、俺はスマホをベッドに投げつけた。

「嘘つけよ。番号を見ただけで誰かわかるくらい、親しい同僚なんだろ？」

「それは……」

番号ではなく、文面から相手の顔を思い浮かべたことは明白だった。あえて回りくどい言い回しで反応を窺うと、英美里は笑ってしまうくらいに動揺して所在なげに視線を泳がせた。

嘘のつけない奴だとは思っていたが、ここまでわかりやすいとは。

「本当に違うの。ただ食事に誘われただけで……あっ！」

最後まで言い終えるのを待たず、俺は英美里の髪の毛を掴み、ベッドの下に引きずり倒した。短い悲鳴を上げ、硬い床に肩から落下した英美里が、痛みにその顔を歪める。

「やめて……ああっ！」

何か言おうとする口をふさぐように、英美里の頬を打つ。二度、三度と繰り返し左の頬を平手打ちすると、英美里はその白い顔をくしゃくしゃにして、「ごめんなさい」と繰り返した。

「何がごめんなさいだテメエ。何なんだよこいつは。何がもっと一緒にいたいだよ」

「違うの。彼とは本当に何もないの！」

「あぁ？　何が『彼』だこの野郎。お前の彼氏は俺じゃねえのかよ」

一瞬、返答に詰まったように黙り込んだ拍子にみぞおちを蹴り上げると、英美里は白目を剥いて喉を鳴らし、激しくせき込んだ。

「ちが……あの人は……ちがうの……」

涙とよだれにまみれた顔で俺を見上げ、違う違うと繰り返すその姿に、俺は言い表せないような苛立ちを覚えた。自分のために命乞いをしているのではなく、相手に危険が及ばぬようにかばおうとするその態度が、俺の怒りを更に助長する。

気づけば俺は、握り締めたこぶしを英美里の鼻っ柱に叩きつけていた。

「ふざけんじゃあねえよ……。俺がどれだけお前のことを思ってやってるかも知らねえでよぉ……」

もんどりうって倒れた英美里の髪の毛を再びわし掴みにして、無理やり顔を上げさせる。殴られた鼻がおかしな方向にひしゃげ、綺麗な顔が台無しだった。

「俺はなぁ、お前のためを思って願い事をしたんだぞ。そのせいで毎日気色わりい夢にうなされてるってのに、テメエはどこぞの『彼』とよろしくやってたのかよ」

「だから……ちが……」

ふてぶてしくも否定しようとする口をふさぐように、その顔を床に叩きつける。二度、三度と繰り返すと、英美里はくぐもった悲鳴を上げた。

殺される前の家畜のように無様なその姿が、俺の中に眠る嗜虐性《しぎゃくせい》を強く刺激した。怒りに我を忘れる一方で、俺はいつしか、英美里を痛めつけることに興奮し、許しを請う哀れな悲鳴に快感さえ覚えていた。

そこから先は、よく覚えていない。それこそ夢を見ているかのようにおぼろげな意識の中、俺は英美里をいたぶり続けた。ゆっくりと時間をかけて痛めつけ、サンドバッグのようにされるがままになった英美里を飽きもせず殴りつけた。

ふと我に返った時、英美里は床の上でぐったりとしていて、俺はその上に乗り、細く柔らかい首を力いっぱい両手で絞めつけていた。

ぐぶぅ、と空気の洩れるような音を最後に、英美里は動かなくなった。凍り付いたみたいに固まった指を一本一本引き剝がすようにして手を離すと、白い首筋には俺の手の痕がくっきりと残されていた。

「……英美里？」

眉の一つも動かそうとしない英美里に呼びかける。当然というかなんというか、反応はなかった。

中心が潰れたように変形した英美里の顔は、原型を失ったみたいに腫れ上がり、両目は瞼の奥に埋没していた。鼻や口だけでなく、耳からもどす黒い血が流れ落ちている。

「やっちまった……」

そう、呟いた声は、まるで自分のものではないように思えた。目の前に倒れている生気を失った英美里の身体ですらも、作り物であるかのように現実味が感じられない。どこぞの店頭に並べられているマネキンの上にまたがっている錯覚に陥り、俺は慌てて立ち上がる。

いや、本物だ。どう見てもこれは人間の死体で、殺したのは俺だ。

そう自覚すると共に、熱を帯びていた頭が急速に冷えて、思考がクリアに研ぎ澄まされていく。

英美里を殺してしまった。ただひとり愛しているはずの女を、俺はこの手で殺してしまったのだ。

「おい、英美里……英美里？」

何度呼びかけても反応はなかった。頬を叩いてもピクリとも動かない。床に投げ出された手に触れると、すでに血の気を失って冷え切っていた。

「ああ……やべえ。やべえよ……」

ようやく事の重大さに気づき、一人でうろたえている自分が妙に滑稽に思えた。一方で、そんな自分を冷静に俯瞰しているもう一人の自分に気づき、なんとも形容しがたい気味の悪さを覚える。

――どうにかしないと。このままじゃあマズい。

そう思ってから実際に動き出すまで、大して時間はかからなかった。恋人の死を嘆いて泣きわめくでも、遺体に取りすがり謝罪するでもなく、俺がとった行動は『遺体の処分』だった。

洗面所から持ってきたバスタオルで頭を含む上半身をくるみ、ガムテープでぐるぐる巻きにすると、そのまま抱え上げて部屋を出た。幸いにもこの部屋は一階で、時間が時間だけに誰とも遭遇することなくマンションの外に出られた。深夜の駐車場には静謐とも言える冷たい空気が満ちており、地上七階建てのマンションを見上げてみても、明かりのついている窓はほとんどなく、タオルにくるまれた死体を抱えている俺を見咎める者の姿はなかった。

英美里が両親から与えられたワンボックスの軽自動車の後部シートを倒し、持ち主の死体を担ぎ上げる。力の抜けた人間の身体はやたらと重く、四苦八苦して遺体を車に乗せた時には、俺はもう一度シャワーを浴びたのかと思うくらいに汗をかいていた。

流れ落ちる脂汗を服の袖で拭い、物置からシャベルを持ち出して後部座席に積み込んだ。それから運転席に乗り込み、キーを回すも、セルの回る不機嫌そうな音が繰り返されるばかりで、なかなかエンジンがかからない。この車は三年ほど前に冬の峠道で事故を起こしており、きちんと修理したにもかかわらずエンジンがかかりづらいという妙な癖があった。そこでも微妙に手間取り、三分ほどかけてようやく始動させると、俺は慎重に車を発進させた。

英美里の死体は近くの河川敷を渡った先に広がる林の中に運び込んだ。前日までの雨の影響で柔らかくなった地面をシャベルで掘り、そこに死体を投げ込んで穴を埋めた。バスタオルでぐるぐる巻きにしていたおかげで、変わり果てた英美里の顔に直接土をかけるという罪悪感を抱かずに済んだのは、唯一の救いだった。

すべてを終え、再び車を運転してマンションの部屋に戻った時には、すでに白々と陽が上っていた。再びシャワーを浴びた俺は、下着だけを身につけてベッドに倒れ込んだ。夢とも現ともつかぬまどろみに身をゆだねながら、すべてが悪い夢だったらどんなにいいかと思った。

だが、すでにやってしまったことを取り消すことはできない。英美里は死んだ。俺が殺した。その事実をいかに隠蔽し、罪を免れるか。俺の頭はもはや、そのことしか考えられなくなっていた。

全身が重く、意識を保っていられない。いくらもしないうちに、俺は眠りの渦の中に引き込まれ、冷たい土の中で無残に朽ち果てていく英美里の姿を思い浮かべながら、眠りに落ちていった。

それから何時間眠っただろうか。泥沼から這い上がるような感覚で目を覚ました俺は、妙な物音に気づいた。

ドアを一枚隔てたリビングから、音が聞こえる。それは誰かの足音であり、衣擦れの音であり、キッチンの食器のこすれる音だった。いつもなら何の気にも留めない生活音。昨日まではごく自然に、ありふれていた環境音。

眠っている俺を起こさぬよう、静かに朝食を作る英美里の立てる音。

俺ははじかれたように身体を起こした。ベッドから飛び降り、寝室のドアに身を寄せるようにして耳を澄ませる。

そんなはずはない。何かの聞き間違いだと思い込もうとする脳をあざ笑うかのように、耳慣れた生活音がドア越しに響いてくる。しまいには、毎朝英美里が欠かさず見ている朝の情報番組の音声さえ聞こえてきた。

俺は手早く服を着て、体当たりするようにドアを開いた。勢い余ってつんのめり、リビングの床に両手をつく。

「ちょっと……脅かさないでよ」

すぐさま向けられた聞き覚えのある声に、俺は凍り付いたように身を固めた。ぎりぎりと、ゼンマイ仕掛けのようにぎこちない動きで顔を持ち上げ、声のした方に視線を向ける。

「……英美里？」

果たして、そこにいたのは英美里だった。会社に行く時に着ているパンツスーツ姿で、糊のきいたブラウスを身に着け、コーヒーを片手に食パンをかじる英美里が、まるで蜃気楼のように朝陽に照らされたリビングに浮かび上がる。

「どうしたの？　そんなに慌てて」

いや、蜃気楼などではない。幽霊でもなければ、気が触れた俺の作り出した幻影などでもない。英美里は確かにそこに存在し、何事もなかったかのように朝食をとっている。

無残に潰された鼻も、腫れ上がった瞼も、ずたずたに切れた唇もすべて元通りの美しい顔で、英美里はかがみ込んだ俺を不思議そうに見下ろしていた。

「どうして……お前、死んだんじゃ……？」

「はぁ？　何言ってるのよ。寝ぼけてるの？」

俺の言うことがまるで理解できないとばかりに、呆れた様子で溜息をつき、英美里はコーヒーをすすった。

「私、もう行くからね。あなたも今日は早番でしょ。遅刻とかしないでよ？」

口うるさい母親のような口調で言い、立ち上がった英美里が上着に袖を通す。一連の所作にも異常なところはなく、怪我一つ負っていない健康でしなやかな身体が、軽やかな足取りで玄関へ向かっていくのを、俺は呆然と見送った。

「ねえ、たまにはパチンコ屋に寄り道なんかしないでまっすぐ帰ってきてね。それじゃあ、行ってきます」

何の反応も返せぬままの俺に困り顔で笑みを向けて、英美里はドアの向こうに去っていった。一人取り残された室内には、テレビから流れてくるニュースの声が虚しく響く。

「……どう、なってんだ……？」

訳もわからず呟き、その場に胡坐《あぐら》をかいた俺は、自らの頭を抱え込むようにしてうなだれた。

何もかも、悪い夢だったのか。そうだとしたら、俺にとってはこれ以上ない幸運だ。そう思いたいのに、一筋縄ではいかない胸騒ぎが、いつまでも治まらなかった。

何かがおかしい。夢だとしても、こんなのはあまりにも……。

まるで、百メートル走を全速力で走り終えた後のように忙しなく胸を叩く心臓の音から逃れたくて、俺は頭を掻きむしった。

するとその拍子に、ぱらぱらと何かが床に零れ落ちた。見ると、細かな土がフローリングの上に散らばっている。

心臓が、大きく脈打った。

恐る恐る、自分の手を見下ろし、五本の指を折り曲げてみると、両手の爪の間には、びっしりと黒い土が挟まっていた。

――夢じゃない。

瞬間的に、昨夜の出来事が脳裏をよぎった。

やはり夢などではない。英美里は蘇った。そして傷一つついていない綺麗な姿で、この部屋に戻ってきたのだ。


その後、一人でいることが恐ろしくなり、逃げるように家を飛び出して職場に向かった。同僚との会話をそつなくこなし、その日の割り当てに沿って、目をつぶっていてもこなせるような仕事に取り掛かる。なんてことのない、いつも通りの一日を送りながら、しかし心は激しく動揺したままだった。あの懐中時計がもたらす悪夢なんかよりもずっと恐ろしい、現実に這い出してきた悪夢に苛まれながら、やっとのことで仕事を終え帰路につく頃には、心身共に疲弊し切っていた。

あの変電所のある通りを一人歩きながら、俺はしきりに英美里のことを考えた。確かに彼女は死んでいた。仮に意識を失っただけで、俺が早とちりしたのだとしても、あれほど変形した顔が数時間で元に戻ることなどないだろうし、バスタオルを巻いてガムテープでぐるぐる巻きにした状態で水気を多く含んだ土の中にしっかりと埋めてきたのだから、たとえ地中で意識を取り戻したとしても、自力で外に出てくることなど不可能だったはず。

となると、残る可能性はやはり、あの髑髏野郎だ。

この人気のない路地で垣間見た地獄の片隅のような光景がまざまざと蘇り、全身が怖気立った。背後にあの血塗れの髑髏人間がいるのではないかという妄想に怯え、何度も後ろを振り返る。言うまでもなく、そこには無人の夜道があるだけで、寒々とした夜気が俺を嘲るように漂うばかりだった。

理由はどうあれ、英美里が生きていてくれたことは俺にとって幸運と言えるだろう。殺人犯として逮捕され、裁かれれば向こう十数年は塀の中だ。模範囚で務め上げ、出てこられたとしても、その後にまともな人生が送れるとも思えない。相変わらずのクソみたいな人生ではあるだろうが、前科がつくかつかぬかには大きな違いがある。

そう、喜ぶべきことなのだ。頭ではそうわかっているのに、身体は——いや心はそうはいかない。今朝目にした英美里の姿は、普段と何も変わらない美しさをまとっていた。いや、いつも以上に美しかったと言ってもいい。まるで一度朽ち果てた肉体を捨て、真新しい器に魂を注ぎ込んだかのように、生命の輝きに満ち溢れていた。

『英美里を傷つけたくない……』

願いを求める髑髏に対し告げた言葉が脳裏をよぎる。

「……そうか、そういうことなのか？」

思わず立ち止まり、俺は口中で呟いた。

英美里を傷つけたくない。その願いが叶えられ、言葉そのままに、彼女は傷つかなくなった。それは比喩的な意味ではなく、物理的な意味で叶えられたのだとしたら？

あれほどまでに痛めつけられ、血を流していた英美里の身体が朝には何事もなかったかのように回復していたのは、俺が彼女を傷つけることができなくなったからだった。

改めて考えてみても、なんとも間抜けでとても現実とは思えないような妄想だが、今の俺には他のどんな可能性よりもしっくりくる答えだった。

あの時、髑髏に対して告げた俺の言葉が、こういう形で叶えられたというのか。

だとしたらあの髑髏野郎、ずいぶんと舐めた真似をしてくれるじゃあないか。

後ろ足で砂をかけられたような苛立ちがふつふつと湧き上がる一方で、しかし俺はなんとも形容しがたい、妙な安心感のようなものを覚えてもいた。なんにせよ英美里がああして無事に生きていることには変わりない。俺は殺人犯の汚名を着せられることなく、無罪放免を勝ち取ったということだ。

そう思うと、なんだか無性に気晴らしがしたくなった。依然としてもやもやした胸のムカつきは晴れることはなかったが、人生を左右するような危機に直面しているわけではないことがわかっただけで、今日一日抱え続けた重荷が消えてなくなったような気分になる。

先程までとは一転し、軽やかな足取りで夜道を進むうち、やがて駅前の繁華街に差し掛かる。そのまままっすぐ家に帰る気にはどうしてもなれなくて、俺は目についた居酒屋の暖簾をくぐった。


一杯ひっかけるだけのつもりが、あれよあれよという間に深酒をしてしまい、結局家に着いたのは午前零時近かった。玄関のドアを開けると、いつもならとっくに寝ているはずの英美里が珍しく起きて俺の帰りを待っていた。

「寝てなかったのか」

「……」

声をかけても、英美里はお帰りすら言わなかった。ただ、敵意をみなぎらせた目つきでじっと俺を見上げている。

俺は俺で、そこにいるのがいつもの英美里なのかという不安に駆られ、つい窺うような視線を向けてしまう。心地よいほろ酔い気分も、一瞬で鳴りを潜めてしまった。

「何とか言えよ」

「……座って」

有無を言わせぬ口調。俺が困惑顔で立ち尽くしていると、英美里は柳眉を逆立て、強い怒りの表情をあらわにした。焦れたように顎をしゃくり、ダイニングの椅子を示す。

俺が座るまで、話を始めるつもりはないらしい。

「これ、何なの？」

英美里がテーブルの上に置いた紙をすっと前に差し出した。三つ折りの跡がついた便せんで、細かい文字がびっしりと書かれたそれはいわゆる消費者金融からの督促状だった。端から順に読み込む気にはなれなかったが、「返済期限を過ぎています」だとか「法的措置」だとかいう文字を見ただけで、どういう意図で送りつけられたものであるかはすぐにわかった。

「私に黙って借金してたの？　これ、何のお金？」

「人の郵便物、勝手に見るなよ」

棘のある口調で問いただされ、俺はすっかり酔いがさめた気分でそっぽを向く。

「家賃を入れてくれなかったのも、これが原因でしょ。ていうか、こんな借金があるくせに、ギャンブルしたり飲みに行ったりしている場合？」

「すぐに返すつもりだったんだよ」

「嘘。そんなこと言って、いよいよになったらまた私に貸してくれとか言うつもりなんでしょ」

図星を指され、俺は一瞬、言葉に詰まった。

「うるせえな。これくらいでぴーぴー喚くなよ。大した額じゃねえだろ」

「何言ってるの？　総額七十二万八千円って、大金だよ？　どうしてこんな……」

英美里は目を赤く充血させ、かすかに鼻をすすった。感情的になるとすぐ子供みたいに泣き出すのは、こいつの悪い癖だ。

「どうやって返すつもり？」

「それは、まあ、少しずつ……」

ちっとも具体的ではない俺の返答にしびれを切らしたように、英美里は深い溜息をついてテーブルに突っ伏した。以前、別の消費者金融で借金したことがバレた時と、全く同じ反応だった。

いずれバレるだろうとは思っていたし、俺にこの金を返済する能力はない。だから結局は英美里に頼ることになるだろう。もちろん、そのことを見越したうえで、彼女は怒り心頭に発しているのだろうけれど。

「……私、今度はもう貸さないからね」

「はぁ？　何言ってんだよ。お前に頼れないいんじゃ、どうすればいいいんだよ」

「知らないよそんなこと。マグロ漁船でも何でもやって、ちゃんと自分で返してよ」

怒りに紅潮させた顔を上げて英美里がぴしゃりと言い放つ。その憎しみをそのまま叩きつけるような声と、負けん気の強いまなざしに射すくめられた瞬間、俺の中で強烈な怒りの炎が灯る。

ぐっと握り締めたこぶしを振り上げようとした俺は、しかし、すんでのところで思いとどまった。

昨日までなら、こんな風に強い口調で咎められたら、即座に殴り掛かっていたことだろう。だが、今はそうする気分になれなかった。彼女の鼻を砕いた時の生々しい感触が脳裏をよぎる。鼻から荒々しく空気を吐き出しながら、俺は自らに平常心を強いた。

また昨日みたいなことになるのは避けた方がいいと、もう一人の自分が警戒を促す。

「なあ、落ち着けって。お前なら預金とかまだあるだろ？　給料も上がったし、もっと駅に近い新築の分譲マンションでも買おうかなって言ってたじゃんかよ」

「どうして私が稼いだお金であなたの借金を返さなきゃいけないの？　そもそも私たち、まだ結婚したわけでもないのに」

俺の心中など知る由もない英美里は、テーブルに両手をついて立ち上がり、感情に任せて俺を責め立てた。

平静を強いたはずの俺の心に亀裂が入り、ぎりぎりと金属をこすり合わせるような音が頭の中に響く。

「ヒデはさ、私のこと便利なお財布だとでも思ってるんでしょ？　好きでもないのに、暮らしていくのが楽だからって寄生してるだけなんだよね」

卑屈な物言いで、英美里は自虐的に鼻を鳴らした。

「三年前、ふたりの記念日に出かけたスキー旅行だって、お金を出したのは全部私。しかもあなたは、ホテルでお酒を飲んだ後にゲレンデに行くなんて言い出して、無理やり車を運転して事故まで起こした。その修理代だって私が出した。あの時だってヒデは今みたいに、へらへら笑ってただけ。いつか返すからなんて適当なこと言っておいて、未だに返そうともしないじゃない」

「ちょっと待てよ。なんでそんな話になる？　あの時のことは謝ったし、お前も気にするなって言ったじゃねえかよ。それに、この家に住めばいいって言ったのは、お前の方だったじゃねえか」

「そのうちまともになってくれるって信じてたからだよ。昔はあんなにキラキラしていたヒデが、三十過ぎてバイトも適当、肝心の漫画もろくに描かない借金まみれのクズになるとは思わなかった！」

上ずった声で、荒々しく言い放った英美里が、テーブルに両手を叩きつけた。

よほど感情的になっているのだろう。借金のことをきっかけに、溜め込んでいた不満や鬱憤が爆発した。そんな感じの怒りようだった。

悪いのは自分だ。それはわかっている。だが、ここまで言われてしまうと、俺としても黙ってはいられなかった。

「何言ってんだよ。純情そうなふりしやがって、お前だって俺のこと裏切ってるくせによ」

切り札をきるような気分で、俺は嘲笑交じりに言い放つ。

ところが、英美里の反応は想像とは違っていた。

「はぁ？　何それ。何の話？」

しらばっくれているのか、それとも昨日の出来事がそっくりそのまま記憶から抜け落ちているのか。英美里は憤然とした態度で胸をそらし、俺を見下ろしている。

「適当なこと言ってごまかさないでよ」

「適当じゃねえよ。おら、スマホ見せろよ」

「やめて、勝手に触らないで！」

立ち上がり、テーブルに置かれたスマホに手を伸ばそうとすると、途端に泡を食った顔をして、英美里は俺を突き飛ばした。虚を突かれた俺は、無様に転倒し床にしりもちをつく。

その瞬間、抑えていた怒りが爆発した。すぐさま立ち上がって英美里の髪の毛を乱暴に掴むと、平手打ちを食らわせる。

あっと声を上げ、今度は英美里が床に転がった。その隙にスマホを手に取り、パスコードに英美里の誕生日を打ち込む。すると当然のようにスマホのロックは解除された。

「今どき自分の誕生日を設定する馬鹿がいんのかよ」

鼻を鳴らし、吐き捨てながらメッセージアプリを起動させ、番号が登録されていない相手とのトークルームをタップした。かくして現れたのは、昨晩俺が目にしたままの、同僚と思しき男からのメッセージだった。

「ほら、これだよ。ちゃっかり返信までしやがって」

男のメッセージの後には、英美里の『昨日はごめんね。寝ちゃってました』『今度、またおいしいご飯ごちそうしてほしいな』などという返信が表示されていた。

頬を押さえながら顔を上げた英美里にその画面を突きつけると、怒りに紅潮していた顔がみるみる青ざめていくのがわかった。

「ち、違うの。これは……その……」

「言い訳の言葉まで昨日と同じかよ。このアバズレが！」

怒りに任せて、英美里の横っ面を蹴飛ばした。勢いよく後方に倒れ、妙に大きな音を立てて後頭部が床に叩きつけられる。ぶつけた箇所を両手で押さえながら、英美里は痛みに呻き、両足をじたばたさせた。

「おら、立てよ！」

「やめて！　いやっ！」

さっきまでの平常心はどこへやら。俺は昨夜の続きとばかりにぶり返した怒りに支配され、突き動かされるように英美里の胸倉を掴み上げた。喉の奥から空気を絞り出すような音を立て、苦しそうに呻く彼女の顔を見ていると、ゾクゾクと背筋を駆け抜ける快感めいた衝動が更に高まっていく。

もうどうなってもいい。もう一度殺してしまったとしても、この女はまた生き返るはずだ。

そんな、確証のない考えに酔いしれながら、英美里の鼻っ柱に向けてこぶしを突き出そうとした時だった。突然、左腕に信じられないような激痛が走った。

「うがああ！」

自分でも驚くほど獣じみた悲鳴を上げ、俺はたたらを踏んで後退した。骨のきしむような痛烈な痛みと、皮膚に焼き鏝《ごて》を押しつけられたようなひりひりした感触が同時に襲い掛かってくる。いったい何が起きたのかと、自分の左腕を見下ろした俺は、そこで言葉を失った。肘と手首のちょうど中間辺り、英美里が握っていたであろうその部分に、真っ赤な手形が浮かび上がっている。それは昨日、俺が英美里の首を絞めつけた後に残されたものと同じく、凄まじい力で掴み掛かった後に肌に残される痣《あざ》に違いなかった。

——なんだこれ。英美里がやったのか？

痛みに呻きながら脳内で自問する。残された手形の大きさは英美里のものと一致していた。だが、非力なこいつがどうやってこんな力を発揮したのか。それがわからなかった。

「お前、何したんだよ」

「……知らない。私は何も……」

ふるふると弱々しくかぶりを振る英美里。乱れた髪が顔にかかった状態で、今度は蹴られた右頬を押さえている。その口元から、一筋の血が流れ落ち、白いブラウスに赤い点を作った。蹴られた拍子に口を切ったのだろう。薄い下唇には生々しい傷跡が見て取れた。だが次の瞬間、顎を伝った血の筋がすうっと糸で引かれたみたいに上昇し、傷口へと吸い上げられていく。そして、あっという間に唇の傷はふさがり、跡形もなく消え去ってしまったのだった。

「おい、お前……それ……」

傷が癒えた。しかも、昨日とは比べ物にならない速度で。

誰が見ても奇跡としか言いようのない事態に直面し、俺は絶句した。ある程度の想像はしていたものの、こんな超常的な光景を目の当たりにしてしまうと、まるで思考が追いついてこない。

指さした俺を怪訝そうに見つめたまま、英美里はその白い指先で自らの唇をなぞった。その指先に血のしずくが付着しないことに気づくと、不思議そうに首をひねり、眉間に皺を刻む。

「どうなってんだよ。今、傷が勝手に……」

「いやっ！　やめて……ごめんなさい。謝るから！」

手を伸ばして近づこうとした俺に気づいた英美里は、もうぶたないで、とばかりに頭を抱えてしゃがみ込んだ。俺以上に何が起きているのかわからず、英美里は困惑からパニックを起こしているらしい。

細い身体を小さく丸めるようにして座り込んだ英美里は、さらなる暴力の嵐が到来することを恐れ、がたがたと全身を震わせていた。そんな彼女に対し、俺は全く別種の、得体の知れない感情を抱きながらその姿を見下ろしていた。

自分の想像した通りに『傷つかなくなった』――いや、正確には『傷ついても元に戻ってしまう』英美里と、その英美里が発揮した、想定外の力によって俺の腕に刻まれた赤黒い手形とを見比べるようにして、俺は言い知れぬ不穏な予感にただただ戸惑うばかりだった。

3

この夜を境に、英美里に変化が訪れた。

翌日、バイトから帰宅した俺が玄関ドアを開けると、一本の傘が廊下に転がっていた。ストッパーの部分に花びら模様があしらわれている、英美里のお気に入りの黄色い傘だった。今日は朝から雨が降っていたから、通勤のために使用したのだろう。傘の周りには大量の雨粒が垂れ、廊下を濡らしていた。しかも、その傘はちょうど半分から折れ曲がり、「く」の字に変形している。

強風で傘が折れ曲がることは珍しくない。だが、今日はそれほど強い風が吹いているわけでもないし、そもそも細いワイヤー部分が折れるのならともかく、芯の部分がここまで折れ曲がることなどそうそうないのではないか。強い力を込めて故意に破壊されたかのようなその傘を見下ろしながら、俺は言い知れぬ不穏な気分に陥った。

なんとなく、手を触れたくないような気がしたが、そのままにしておくわけにもいかず、珍しく脱ぎ散らかされた英美里のパンプスの横に移動させてからリビングに向かう。するとどういうわけか、リビングには明かりがついておらず、不気味に静まり返っていた。

「英美里、いるのか？」

呼びかけても応じる声はなく、奇妙な沈黙に不安が募った。そっと手を伸ばして明かりをつけた俺は、ダイニングの椅子に座り、じっとこちらを見つめている英美里の存在に気づく。目が合った瞬間に、俺は喉が引きつったような短い悲鳴を零した。

「いるなら返事しろよ。ていうか、電気もつけないでどうした？」

「……おかえり」

こちらの質問に答えることなく、英美里はうつろな声で言った。どろりと濁った黒目でじっと俺を見上げる英美里は、どういうわけか全身ずぶぬれで、前髪は額に張りつき、毛先から滴る雫がテーブルに小さな水たまりを作っていた。

普段とは明らかに違う、何かに憑かれでもしたかのような英美里の様子に、俺は息を呑む。

「お前、いつからそうしてたんだよ。何かあったのか？」

よく見ると、英美里の頬や首筋には、黒く擦ったような跡があった。テーブルの上で軽く組んだ両手も素手で泥を触ったみたいに汚れていたし、スーツの上着は肩のところが破れている。その下の白いブラウスには、まるで模様のようにいくつもの赤いシミが浮いていた。

「……車に轢かれたの」

「なに？」

思わず問い返す。すると英美里は形のいい眉を寄せて、困ったように笑う。

「信号が点滅していてね、急いで渡ろうとしたら、右折してきた車にぶつかったみたいなの」

「みたいって、お前……」

「たぶん、この雨のせいで、私の姿がよく見えなかったんだね」

まるで他人事のように穏やかな口調で、英美里はそう言った。それからすっと音もなく立ち上がり、両手を広げて自分の身体を見下ろすと、

「このスーツ、買ったばかりなのにボロボロになっちゃった。また新しいの買わなきゃなんだけど、あなたの借金のせいでそれは難しいかも」

ふふふ、と。こちらを窺うように微笑む姿が妙になまめかしく、どこか人間離れした雰囲気を漂わせている。

気にするのはそこじゃあないだろう。そんな言葉を呑み込んで、よく言えば暢気な、悪く言うならあまりにも不気味な英美里の微笑みを前に、俺は唐突な疑問を抱く。

こいつは、本当に俺の知っている英美里なのだろうかと。

姿形はもちろん、その喋り方や会話の内容まで、これまでの英美里と変わったところはない。だが、何かが決定的に欠けているような気がしてならなかった。それは昨夜にも感じた、彼女に対する強烈な違和感。英美里の姿をした肉体に、何か別のものが宿ったのではないかと思わせるような疑惑めいた感情が、俺の中に根を下ろし、今この瞬間にもすくすくと成長している。そんな感じだった。

——お前、本当に英美里なのか？

そんな言葉が、喉まで出かかった。

かろうじて口にせずに済んだのは、呆然と立ち尽くす俺に対し、英美里が先に質問を投げかけてきたからだった。

「ねえ、私どうなっちゃったのかな？　何か変だよね？」

英美里が一歩前に出る。ずちゃ、という湿った足音と、水滴が床に落ちる音が同時に響いた。

「顔とか頭とか、たくさんぶつけたし、腕も足も、おかしな方向にねじ曲がっちゃったんだよ。それなのに、気づいたらこうして家に帰ってきてた。身体だってほら、なんともないの」

言葉もなく、うなずくことすらせずに棒立ちとなった俺にゆっくり近づきながら、英美里はおかしいよね、と、乾いた笑いをこぼした。

その、生気を感じさせぬか細い声に反応してか、俺の脳裏にはあるイメージが浮かんだ。

降りしきる雨の中、あの黄色い傘をさして歩く英美里。小走りに信号を横断しようとした彼女に猛然と迫る一台の車。濡れたアスファルトを擦るタイヤの音。まばゆい白色のライトが英美里の驚いた顔を照らす。鈍い音を立て、路面に転がる英美里。車のタイヤに踏みつぶされた傘が、無残に折れ曲がる。人を轢いてしまったことにうろたえる運転手をよそに、英美里がのっそりと起き上がる。地面に打ちつけられ、こすりつけられ、無残に傷ついた顔や首筋。折れ曲がった腕や足。そういった怪我が、動画を巻き戻すみたいに、あっという間に癒えていく異様な光景……。

つまりは、そういうことなのかと内心で納得しながら、目の前に迫った英美里を改めて見据える。

「ねえったら。何か言ってよ」

焦れたような口調で英美里が俺の左腕を掴んだ。その瞬間、骨がきしむような鋭い痛みが、左半身を駆けめぐる。

「やめろ、放せ……ぐあああ！」

掴まれた腕が激しく痛み、耐え切れずに俺は叫んだ。ただ掴まれているのとは明らかに違う、万力で締め上げられているかのような圧迫感を覚え、それから逃れようと激しく腕を振る。

突然の反応に戸惑いを浮かべ、英美里はあっけなく手を離した。

「あ、ごめん。つい……」

英美里自身が一番驚いたように呟き、濡れたまつげを上下させる。それから自身の手を見下ろし、わずかに首をひねった。

次に顔を上げた時、英美里の顔には明らかな戸惑いの色が揺れていた。ちょっと掴んだだけなのに、どうしてそんなに痛がるのとでも言いたげな、不思議そうなまなざしが俺を見上げている。

昨日よりもずっと意識のはっきりした状態で、英美里は痛む腕を押さえる俺を興味深そうに見つめている。まるで、子供が捕まえた昆虫を観察する時のような、無邪気なまなざしで。

ぞわり、と背筋が粟立った。

俺は知っている。その無垢なる視線は、やがて抑えようのない凶暴さを帯びていくことを。ただ観察することに飽きた子供が、昆虫の羽をちぎり、脚を引っこ抜き、それでもなお動くのをやめない小さな命を散々いたぶった後で、ゴミ屑のように踏みつぶしてしまうことを。

英美里は今、その岐路に立っている。自身の身に起きた異常な事態を自覚すると同時に、これまで散々痛めつけてきた俺をいともたやすく傷つけられるということに気づき始めている。

そのことを証明するかのように、英美里は折に触れて不自然な行動をとるようになっていった。

朝、朝食の準備をしている時に、焼けたフライパンに手のひらを押しつけ、じゅうじゅうと自身の手のひらが焼け焦げていく様をぼーっと見下ろしていたり、俺が不注意から落として割ってしまったグラスの破片をわざと素足で踏みつけてみたり、夕食の準備をしている時、ぐつぐつと煮え立った鍋の中から、素手で茹だったパスタを取り出したこともあった。あまりの事態に言葉を失う俺をよそに、英美里は真っ赤に変色し爛れた両手の皮膚が、当然のように再生していく様を嬉々として見つめていた。

そうやって自分の身体の異常性を確かめる一方で、英美里は心のうちに芽生えた凶暴性を徐々に俺へと向け始めた。

朝食のサラダの中にカッターの刃を混入させたり、カレーの中に割れたガラス片を混ぜたりするのはまだ生易しい方で、顔を洗ったりシャワーを浴びたりしている最中に突然高温に変化することが何度も続いたため、そのことを咎めようとして詰め寄ると、素足の横すれすれの床に包丁を落とされた。その他にも、以前よりも更に小言が増え、明らかに俺を逆上させる言動をとることで、こちらから手を出すことを誘っているかのような態度が目立つようになった。

だが、まんまと誘いに乗って手を出そうものなら、そのたびに、必ず手痛いしっぺ返しを食らうことになる。なにしろ、英美里は俺が殴ろうが蹴ろうが表情一つ変えることなく平然としており、逆に英美里が俺を軽く突き飛ばすだけで、象に突進されたかのような衝撃と共に壁に叩きつけられるし、腕や足を掴まれればそのまま握りつぶされるのではないかというほどの激痛にのたうち回ることになる。

そうやって痛みに呻き、床に這いつくばる俺を、英美里は心の底から嬉しそうな顔をして眺めるのだ。

俺たちの力関係はもはや、完全に逆転していた。

ほんの数日前まで、英美里はあけすけな口調の合間にも、常に俺の機嫌を損ねないよう細心の注意を払っていた。何かあれば痛めつけられると不安がり、俺が眉を吊り上げるだけで空腹のヒグマに遭遇でもしたみたいに怯えた。

ところが今は、非力な赤子を相手にしているかのような目で俺を見て、気分次第で言いたい放題暴言を吐くようになった。

「いやなら出ていけばいいよ。でも、あなたは一人で生きていくなんて無理だと思うけど」

しまいにはそのようなことを平然と口にして俺を嘲るようにもなった。

——こんなのは違う。

俺が求めていたのは、こんな英美里じゃない。

このままでは、俺の方が英美里に怯え、その機嫌を損ねないようびくびくしながら暮らすことになる。それでは、何のためにあの髑髏野郎に願いをかけたのかもわからない。

——殺すしかない。

俺は再び——いや、今度こそ英美里を殺すことにした。もう二度と、蘇ってこられないように、確実に……。

幸いというかなんというか、英美里は極端に力が強くなり、傷を負っても再生するというだけで、それ以外の機能は普通の人間とほとんど変わりなかった。空を飛べるわけでもなければ、ずっと息を止めていられるわけでもない。傷が回復するとはいっても、一度は傷つくのだから、無敵の超人になったというわけではないのだろう。

もちろん、まともにやり合ってしまったら勝ち目はない。だから、まず俺はパチンコ仲間から入手した睡眠導入剤をあいつの好きなワインに混入させた。好きなドラマを見ながら、気分よくワインを飲んでいた英美里はまんまと寝落ちして、強く揺すっても頬を叩いても目を覚まさなかった。

俺はソファの背もたれ越しに彼女の首に延長コードを巻きつけ、全体重をかけるようにして引っ張った。さすがに息苦しさを覚えた英美里は目を覚まし、手足をばたつかせて抵抗しようとしたが、半ば酩酊状態にあったためか、何が起きたのかを理解すらできぬまま、あっけなく力尽きてソファに沈み込んだ。

白目を剥き、口の端から白い泡を吹いて動かなくなった英美里をそっと窺う。しばらくそうして観察していても、その目が生気を取り戻すことはなかった。

傷が癒える速度と同様に、すぐに目を覚まして起き上がるかと思ったが、意外なことに、復活までにはある程度の時間がかかるらしい。

これ幸いとばかりに、俺は用意したブルーシートの上に英美里を移動させ、これまたパチンコ仲間のＤＩＹが趣味だという男から借りた鋸《のこぎり》や鉈《なた》を手に、英美里を解体していった。

最初に首を切り落とし、ゴミ袋に入れてから手ごろな段ボール箱の中に放り込む。次に両腕、両脚を胴体から切断し、脚は更に膝から下を切り落として、ゴミ袋に入れてからスーツケースに押し込んだ。

胴体に関しては、できればいくつかに分けたかったが、内臓が飛び散るのは気味が悪いし、時間もかかるように思えたので、そのままブルーシートにくるみ、厳重に縛り上げた。

そして、前回と同様に英美里の軽自動車に運び込み、近くの河川敷を渡った先の林の中に埋めた。

頭と胴体は気を使って別々の場所にしたが、両手足をそれぞれバラバラに埋めるのは億劫に感じられたから、適当な木の下に大きめの穴を掘り、まとめて埋めた。

すべてを終え、すがすがしいような気分で帰宅した俺は、シャワーで汚れを洗い流しベッドにもぐり込んだ。

これで自由になれる。煩わしいしがらみを脱ぎ捨て、あらゆる苦難から解放されたような気分に俺の心は満たされた。

髑髏に対して願ったことは無駄になったが仕方がない。英美里がいなくなったからにはこの家にも住めなくなるだろうが、また別の相手を見つければいいだけのことだ。幸いにも、俺はまだ若いし、いくらでもやり直しがきく。

そうやって自分の気持ちに折り合いをつけると、次第に何もかもうまくいくであろうという楽観的な気分が湧き上がってきた。

ふかふかの布団に心まで溶け込ませるようにして目を閉じる。深い、底の見えない洞穴のような暗闇が、俺の意識を吸い込んでいく。

その夜は悪夢に悩まされることもなく、久しぶりにいい夢を見た。


目を覚ました時、最初に知覚したのは、見上げているのが寝室の天井ではなくリビングの天井だということだった。

「……な、なんだよ、これ……」

俺は、ダイニングテーブルの上にあおむけになっていた。起き上がろうとしても、両手両足がテーブルの脚に縛りつけられているせいで身動きが取れない。なぜこんなことになっているのかと自問しながら、首だけを巡らせて室内を見回した俺は、キッチンにこちらへ背を向けて立つ人影を認めて息を呑んだ。

英美里だった。

いつものパンツスーツ。いつもの白いブラウスを身に着けたすらりとした体形、後ろでまとめた髪の毛。そのシルエットは紛れもなく英美里だ。

「どうなってんだ。また、戻ってきたのか……」

誰に対して問いかけたのか、自分でもわからないような言葉が口の中から零れ落ちる。

「英美里、なあ、これどういうことだよ。おい！」

喚くように言った声が、か細く震えた。規則的な包丁の音がぴたりと止み、ゆっくりと、英美里が振り返る。その顔を見た瞬間、俺は腹の底から悲鳴を上げた。

英美里の顔は、赤く血濡れていた。いや、それだけじゃない。白く透き通るようだった皮膚がべろりと剥がれ落ち、見る影もないほどに変わり果てていたのだ。

赤く照り光る額には前髪が張りつき、歯茎をむき出した口元で異様に白い歯がカチカチと音を立てている。頬や目の周りではゼリー状の脂肪がプルプル震え、異様に大きな眼球が眼窩の中に収められていた。本来あるべき場所に鼻はなく、むき出しの鼻腔がぽっかりと穴を開けており、目元や口元の細い繊維を束ねたような表情筋が不気味に蠢いては、笑顔らしきものを形成しようとしている。

「大きな声、出さないでよ」

英美里が――というより、かつて英美里だったはずの顔を失った化け物が、迷惑そうに声を漏らす。目をそらしたいはずなのに、気づけば変わり果てた英美里の様子を、俺は凝視していた。よく見ると顔だけではなく、両腕や両脚からも皮膚は失われていた。赤々とした筋組織や無数の血管が白い骨に絡みつくようにして、どうにか人の形を保っている。そんな感じだ。

「何なんだよそれ……お前、どうしちまったんだよ！」

「ああ、これ？　うまく治らなかったみたいなのよ。あなたが切り落としたりするから」

なぜ知っている、という言葉が喉まで出掛かった。

英美里は溜息交じりにぼやくような口調で言うと、鈍色に光る包丁を片手に近づいてくる。彼女が一歩歩くたび、床には真っ赤な足跡が残され、濃厚な血の臭いが漂ってきた。

「おい、やめろ。来るな。こっちに来るな！　俺に近づくんじゃあない！」

「偉そうに何よ。近づいたらどうするっていうの？　また私を殴る？　首を絞める？　それともバラバラに切り刻む？」

あはは、と冗談でも聞いた時のように明るい声で、英美里は笑う。じりじりと迫ってくる化け物じみたその姿から目を離せずにいた俺は、よく似た笑い声が、すぐ耳元から聞こえてきていることに、数テンポ遅れて気が付いた。

はっとして首を巡らせると、すぐ目の前に、壊れたように笑う英美里の顔があった。

「う、うわあああ！」

声の限りに叫び、少しでも距離を取ろうとして身体をゆする。だが、きつく結びつけられた手足は思うように動かず、がたがたとテーブルを揺らす虚しい音がするばかりだった。

「大きな声出さないでって、言ってるでしょ？」

くすくすと、含み笑いをしながら言った英美里の顔は、生きていた頃の彼女と変わらぬ美しいものだった。だが、どういうわけかテーブルの縁にちょこんと乗っかった状態の彼女には、首から下がなかった。真一文字に切り裂かれた首の切断面からは大きなムカデのように連なった脊椎とまとわりつく筋組織、神経組織、肉片がぶら下がり、腐った体液を垂れ流している。

「あなたはいつもそう。気に入らないことがあればすぐに怒鳴って私を殴る。そのくせ気持ちが落ち着いたら、さっきは悪かったなんて言って優しくするのよね」

皮膚がない方の英美里が冷めた口調で言った。生首の英美里がそれに続く。

「借金だって、私が返さなかったらどうなっていたと思う？　私はあなたのお財布なんかじゃないのに」

「だいたい、いつまで漫画を描き続けるつもり？　描く描くって言って、もうずっと描いてないくせに」

「漫画家になりたいなんて嘘。ただ楽をして生きたいだけよね。働かない口実に叶いもしない夢を語るなんて最低だね」

くすくす、くすくすと、二人の英美里が俺をせせら笑う。

「やめろ。黙れ。俺を馬鹿に……おごぅ！」

言い返そうとした俺の口を、どこからともなく伸びてきた細い手が覆った。ぬるぬると鉄くさい血にまみれた細い指が、まるでそれ自体生きているかのように口腔内に侵入し暴れまわる。

切り落とした英美里の腕だ。肩の辺りから寸断されたもう一本の腕が、テーブルの下から這い出し、Tシャツの裾から潜り込むようにして服の中に入り込んでくる。息が止まりそうなほどの冷たい感触に、俺はたまらず身をよじった。その拍子に、床に転がった二本の脚が、蛇のようにのたくる様子が目に入る。そのいずれもが、俺が切り落とした英美里の身体の一部だった。

「おご……あがががぁ！」

口の中に侵入した指が喉にまで達しようとしたところで、俺は激しくえずいた。目に涙が溜まり、喉の奥から逆流した胃酸に押し出される形で、英美里の右手がずぼっと抜け落ちた。

「やめろ……もうやめてくれ英美里。何が目的なんだ」

「はぁ？　何言ってるの？　これがあなたの願いでしょう？」

「俺の、願い……？」

繰り返した俺を見下ろす皮膚のない英美里が、ゆっくりと顔を持ち上げるようにして、視線を上に向けた。それと同時に、まばゆいばかりの朝陽に照らされていた室内が、ふっと明かりを落としたように暗くなった。

今度は何だとばかりに周囲に視線を走らせると、暗闇の向こうから、赤く燃え盛るような光が浮かび上がる。そして、その光の中から一つの影が立ち現れた。

異様に背が高く、天井に触れそうなほど巨大なその影が俺のすぐそばにまでやってきて、ゆっくりと腰を折り曲げる。ずずず、と至近距離に迫ってきたのは、ぬらぬらと赤く濡れ光る髑髏。

あの髑髏野郎だった。

「お前……あの時の……やっぱりお前が……」

深い闇をたたえる眼窩の奥には二つの怪しい光が灯り、その光を介して語りかけてくるかのように、俺の頭の中には奴の声が響いた。

——願いは叶えた。

――代償を支払え。

たった二言、髑髏は俺に告げてきた。

「願いだと……？　これのどこが願いを叶えたっていうんだよ。傷つかないどころか、完全に化け物じゃねえか！」

俺はやけくそな気分でまくし立てた。歯向かうような姿勢を見せたらどうなるか。そんなことは頭になかった。

髑髏は相変わらず何も言わず、じっと俺を覗き込んでいる。

――代償を支払え。

――穢れた魂を。

その声が、より大きく俺の頭蓋の中で反響する。

「ふざけんなよ。御託はいいから早く元に戻せ。英美里をちゃんとした人間に戻せよ。でなきゃ、代償なんて絶対に払わねえぞ」

髑髏を強く睨みつけ、啖呵を切る。すると奴の怪しげな目の光がわずかに強まった。

次の瞬間、ぴたりと隙間なく噛み合わさっていた髑髏の口がくわっと開き、地の底から響き渡るような、得体の知れない笑い声が俺の耳をつんざいた。

赤く燃える光がカッと閃光のようにきらめき、室内をまばゆく照らす。灼熱色の世界と化した室内は、床から壁、天井にかけてそれ自体が生きた人間の皮膚のように生々しく脈打ち始め、ソファやキャビネットは植物の蔓のようなものの集合体に変化していた。そして気が付くと、俺の周りを複数の英美里が取り囲んでいた。

顔と四肢の皮膚を失った英美里。首だけになった英美里。そのほかに、左右の腕をそれぞれ失った状態の英美里。片方の脚だけで器用に立っている二人の英美里。合計六人の英美里が、どろりと濁ったまなざしで俺を見下ろしている。

「だめだよ。ヒデ」

「一度願いをかけたら、それを反故《ほご》にすることはできない」

「それが彼のやり方。逃れることはできないの」

英美里たちが、口々にそう告げた。何もかもを了解ずくといった調子で、よどみなく喋るその姿に、俺は心の底から戦慄する。

「代償を支払わないのなら、仕方ないよね」

「無理にでも奪うしかない。だって、これはそういうものだから」

口々に喋る英美里たちを視線で追いながら、俺は身体の芯から凍り付くような怖気に見舞われ、がくがくと全身を震わせた。

「ちょっと待てよ。なあ、助けてくれよ。俺は、お前のために……」

言いかけた俺の口を、皮膚を失った英美里の手がそっとふさいだ。むせ返るような血の臭いと濃厚な硫黄臭が、涙と慟哭《どうこく》を誘う。喉の奥から迸る痛烈な悲鳴を、ぐっと抑え込むようにして手でふさぎ、英美里は静かに告げた。

「悲鳴を上げるのは、取っておいた方がいいよ。向こうに行ってからは、嫌でも叫び続けることになるから……」

そう言って、もう片方の手に掴んだ包丁の切っ先を、俺の胸に突き立てた。何度も何度も、繰り返し侵入してくる刃の冷たさに、俺は白目を剥いて悶絶した。

他の英美里たちが、穴だらけになった俺の胸に腕を突っ込み、傷口を無理やり押し広げていく。絶え間なく続く壮絶な痛みと終わりのない苦痛に支配され、脳がしびれるような感覚に満たされる。

やがて、開かれた俺の胸腔内に手を突っ込んだ顔のない英美里が、乱暴な手つきで取り出した赤い塊を、そばに控えていた髑髏へと差し出す。

英美里の手に収まった俺の心臓が、二度、三度と大きな脈動を繰り返す。その様を満足げに見つめていた髑髏は、おもむろにそれを掴み上げ、くわっと大きく口を開いて食らいついた。断面から果汁のように吹き出した血潮が髑髏の顔を、身体を濡らし、肉の床に滴り落ちる。湿った咀嚼音を響かせ、新鮮なその味をひとしきり堪能した髑髏は、やがて興味を失ったように踵を返し、まばゆい光の中へと消えていった。

その姿を見送った後で、英美里たちは手に手に様々な刃物を掴み上げ、俺の身体を解体しにかかった。

頭のてっぺんから指先に至るまで、細かく切り刻まれながらも、俺ははっきりと覚醒し続ける意識の中で、自分の存在が粉々に砕けていくような感覚をいつまでも味わっていた。

4

目を覚ました時、俺は寝室のベッドの上にいた。

二秒、三秒と時間をかけてそのことを知覚した後、電気を通されたみたいに跳ね起き、自分の身体を確かめる。

「なんともない……」

手足の指はちゃんとある。下半身も上半身も、首から上に至るまで、どこにも異常はなく、眠りに落ちる前と変わらない。抉り取られたはずの心臓は、確かに胸の奥で鼓動を刻んでいた。

「夢、だったのか……？」

誰に問うでもない疑問が口の端から零れ落ちた。

静まり返った室内。ふと気づくと、カチカチと、小さな音が規則的に響いている。俺は、サイドボードの引き出しを開けて、奥の方にしまい込んでいた懐中時計を取り出した。

蓋の表面に施された髑髏のモチーフが俺を見上げている。心なしか、そいつが笑いかけてきているような気がして、全身がぞくぞくと粟立った。

「夢だ。全部、夢だったんだ……」

懐中時計をボードの上に置き、軽くかぶりを振って立ち上がろうとした時、俺は手と言わず足と言わず、身体のあらゆる箇所に痺れるような痛みを覚えた。

わずかに顔をしかめ、両手を見下ろす。見た目には何の変化もないが、まるで自分の身体ではないような違和感を覚える。動くことは動くのだが、反応が一歩遅れているような感覚。指を曲げたり伸ばしたりを繰り返してみると、出来の悪いゼンマイ仕掛けのようにぎこちなく動く。

まるで、他人の身体を借りているかのように、言うことを聞いてくれない四肢を引きずって洗面所に向かい、冷たい水で顔を洗った。

——大丈夫……大丈夫だ……。

鏡の中、異様に青白い顔をした自分に言い聞かせながらリビングに戻り、ダイニングの椅子に腰を下ろす。

息をひそめるようにして気配を窺うが、どこにも英美里の姿はない。ソファの陰にも、カーテンの裏にも、テーブルの下にすら潜んでいる様子はなく、そこまで確かめてようやく俺は、ひと心地ついたように深い息を吐き出した。

「くく……はは……あはははは！」

安心すると同時に、腹の底から笑いがこみ上げてきた。額を押さえるようにして、俺は声を大にして笑った。

「死んだ。今度こそ、英美里はちゃんと死んだんだ」

ひとしきり笑った後でテーブルに突っ伏し、髪の毛の間に指を滑り込ませるようにして頭を抱える。

ぶるぶると、小刻みに身体が震えていた。

英美里は死んだ。もう二度と、蘇って俺のところにやってくることはない。そう思うと、心の底から安堵の気持ちに満たされた。

髑髏は諦めてくれたのだ。願いを撤回され、俺は晴れて自由の身だ。もうあんな奴に頼る必要はない。英美里の死に誰かが気づくまでに、通帳の金を引き出して、どこか遠くに逃げてしまえば……。

がちゃり、と。玄関のドアが開く音がした。

かつかつと、耳慣れたパンプスの靴音がして、誰かが中に入ってくる。

俺は半分腰を浮かせた状態で凍り付き、リビングと廊下とを隔てるドアに視線を釘づけにされていた。

ノブが回り、ゆっくりと押し開かれたそのドアの向こうからやってきたのは、果たして、死んだはずの英美里に違いなかった。

「ただいま。起きてたんだね」

「英美里……」

そう、呼びかけた声はかすれ、うまく言葉にならなかった。かすれた声は小刻みに吐く息と共に、朝陽に照らされたリビングへと漏れ出していく。

「お前、どうして……？」

「食パン切らしちゃって、そこのコンビニまで買いに行ってたの。トースト、食べるでしょ？」

こともなげに言って、英美里はエコバッグの中から食パンを取り出し、封を切ってパンをトースターにセットする。

じりじりと稼働したトースターの音を遠くに聞きながら、俺は普段と何ら変わりない——いや、むしろ普段よりもずっと生き生きとして、上機嫌な英美里の横顔を凝視していた。

「どうしたの、早く準備しないと遅れるよ。今日は早番でしょ？」

その問いに、うまく答えられない。何がどうなっているのかの理解が追いつかず、俺は阿呆のように口をパクパクさせるしかできなかった。

——夢、なのか……。

英美里を殺したことがではない。今こうして目の前に生きた英美里がいて、当然のように動き回っている、その当たり前のような出来事が、俺にとっては、何より恐ろしい悪夢であるように思えてならなかった。

「——それとも、バイトになんか行かないで、誰も読まないような、つまらない漫画でも描くの？」

肌がひりつくような冷たい声。英美里が、ゆっくりと俺の方に視線を巡らせた。目が合った瞬間、背筋がぞっとする。

慌てて立ち上がった拍子に椅子が倒れる音が響く。その音にすらも驚いて、腰が抜けそうになるのを、テーブルに手をついて支えた。

その時、俺は見下ろした自分の手が渇いた泥や砂にまみれていることに気づく。爪の間にはびっしりと黒い土が入り込んでおり、親指から小指の付け根の辺りにかけて、延長コードを強く巻きつけた時の跡がくっきりと赤く残されていた。

「……夢じゃ、ないんだな……」

凍り付いたように立ち尽くす俺を、しげしげと興味深そうに見つめたまま、英美里は薄い唇をきゅっと左右に引いて、さも嬉しそうに笑った。

孤独のアイビー

1

　帰宅した私を、冷え冷えとした部屋の空気が迎えた。

　一日中、無人だった室内にはどこか湿っぽい、鬱々とした気配がわだかまっていて、私は真っ先にリビングのカーテンを開け、窓を全開にした。

　一人には広すぎる一軒家。中古の建売で、二人でいた頃でも部屋を持て余していた。いずれ増える家族のためだと、あの人は嬉しそうに笑っていた。その時は、家族が増えるどころか減ってしまうことになるなんて、思ってもみなかった。

　ただいまを言う相手もなく、総菜の入ったエコバッグをテーブルに置いて、ソファに座り込む。そうすることでようやく身体が一日の疲れを実感するらしく、そのままソファに沈み込んでしまうのではないかというほど、身体が重く感じられた。もしこの疲れが、健康的に身体を動かした結果としての疲労だったなら、きっと心地よさを覚えたことだろう。けれど、日がな一日デスクでモニターと向き合い、複数の取引先とのやり取りだの、プレゼンの資料だのに追われる身としては、身体よりも心ばかりがすり減って、正しい疲労感を得られない。

何に、というわけではないけれど、糸を引きそうなくらいに重々しく粘り気のある溜息をついた私は、窓辺の壁に作りつけられた棚に視線をやった。白い陶器の鉢に植えられ、壁に沿って元気よく蔓を伸ばしたアイビーが、三つ連なった矢じりのような葉を青々と広げている。

もうすぐ、つぶらで可愛らしい花を咲かせるであろうその観葉植物を見るたび、仕事帰りに衝動買いしたというそれを小脇に抱え、ニコニコ笑いながら帰宅してきたあの人の顔が、まざまざと浮かび上がってくる。

夫は二か月前に交通事故に遭い他界した。営業先へ向かう途中、信号を渡っている時に飲酒運転をした若者のスポーツカーに数メートルはねとばされて地面に落下したのち、起き上がれずにいるところを大型ダンプカーに轢き殺されたのだ。ホイールと合わせて重さ百キロを超えるタイヤに両腕と腹部、胸部のほとんどを踏みつぶされ、苦しむ暇もなく即死だったという。

私たちの夫婦仲は良くも悪くもなく、互いに依存しすぎず、だからといって距離があるというわけでもない、少々、ドライなものだった。なにかにつけてべたべたとくっついて、愛の言葉を囁き合うような関係が苦手な私としては、ちょうどよい距離感だった。夫もきっとそうだったのだろうと思う。

世間一般的な、というと、その「一般的」がどのくらいなのかと疑問に感じてしまう人もいるだろうけれど、まあ人並みに愛し合ってはいたと思う。だからといって、あの人がいなければ生きていけないなどという大げさな台詞を口にしたことは一度もなかった。

実際、そう思っていたし、警察からの電話で彼の死を知らされ、地面に叩きつけられた衝撃で右半分が潰れて、ぱっくりと割れた頭部から流れ出した血でべったりと濡れそぼった顔を前にしても、さほどのショックを受けることはなかった。それでも、最後にその感触を確かめたくて手を握りたいと申し出たけれど、両肩から下のぺしゃんこに轢き潰された部分は見ない方がいいと言われ断念した。

遺体に縋りついて泣き崩れることもなく、淡々と受け答えをしていた私を、年配の警察官は哀れむような目で見て、若い女の警察官は、少しだけ気味悪そうに目を細めていた。

葬儀を終えて一週間くらい経った頃、一人の家に帰ってきて、買ってきた総菜をお皿に取り分けていた時、無意識に夫の分を皿に盛りつけている自分に気づいて、私ははっとした。

なぜ夫の死に実感が湧かないのか。なぜ悲しみに我を忘れることなくこれまで通りの生活に戻ることができたのか。それはひとえに、彼の死を現実のものとして受け入れられていなかったからだと気が付いた。

自己の認識とは裏腹に、私は夫を深く愛していた。それこそ、何にも代えがたい宝物であるかのように。

それほど愛しているがゆえにその死を受け入れられず、半ば現実逃避していたのだ。夫の亡骸が、生前の面影すらもかすんでしまうほどに見る影もなく損傷していたことも、これに拍車をかけた要因だったと思う。

そのことを思い知らされると同時に、私はこの先の人生に意義というものが見いだせなくなり、以前はあれほど打ち込んでいた仕事にも、スポーツや旅行といった趣味の時間にも、情熱めいたものを感じることがなくなってしまった。

都内の商社に勤め、判で押したような毎日を送る中にも、以前は夫と二人でそれなりの楽しみを見いだせていた。

朝の情報番組の占いで一位だった。いつもギリギリのところで間に合わない乗り換えが今日はうまくいった。旅行から帰ってきた同僚のおみやげが大好きなメーカーのお菓子だった。そんな取るに足らないような会話を当たり前のように交わしていた夫との日々が、この上ないほど幸せであったことが、今では痛いほど理解できる。

帰宅前に立ち寄ったスーパーで偶然一緒になり、鍋にでもしようかと相談しながら互いの好きな食材を持ち寄った時。野菜と魚介類をメインにする私に対して、肉ばかり買い物かごに入れようとする夫が子供みたいだと言って笑ったこと。仕事で失敗し落ち込む私を笑って慰め、自分の失敗談を面白おかしく語ってくれたこと。風邪をひいた時、夫を残して出社しようとする私を引き留め、ずる休みして看病してくれと泣きついてきたこと。馬鹿を言わないでと笑い飛ばして仕事に行くと、帰宅した私に褒めてもらいたくて、慣れない洗濯や夕食の準備に没頭するうち、具合が悪かったことを忘れていつの間にか元気になっていたこと。そんな単純な身体がうらやましいと言ったら、頑丈なだけが取り柄だと言って笑ったこと。

「きっと、大型トラックにはねられたってピンピンしてるさ」

たくましい胸板をそらし、自信満々に告げた冗談も、今となっては笑えない。

彼と過ごした記憶。その一つ一つは私の頭の中だけでなく、あらゆる場所にちりばめられていた。この家はもちろん、二人で歩いた駅までの道にも、近くを流れる川の河川敷の遊歩道にも、よく散歩した閑静な住宅街と、小さな噴水のある公園にも。だからこそ、今となってはそれらすべてに夫の面影を探してしまうのがつらくて、ここしばらくは二人で買い物をしたスーパーを避け、十五分ほど遠回りしたところにある別の店を利用している。二人用の土鍋は戸棚にしまい込んだまま使っていない。たぶんこの先も、使われることはないのだろうと思う。

人生を悲観しているわけではない。命ある限り、人間はちゃんと生きていかなくてはならないと思っている。両親が敬虔なクリスチャンの家系に生まれた私には、自殺が大罪であるという意識が強く刷り込まれていた。けれど、いつ死んでもいいなどという、以前は絶対に口にしなかった投げやりな言葉が、甘い誘惑めいた破滅的な衝動と共に頻繁に頭をよぎる。

鉛のように重たい身体をソファからひきはがすようにして立ち上がり、窓辺に立つ。降り続く雨粒が窓を叩く陰鬱な音が、リビングの静寂を和らげてくれる。

——ずっとやまなきゃいいのに。

内心で独り言ち、私は植木鉢に手を伸ばす。

——このまま時間が止まってくれたら、この花が咲くのを見なくて済む。あの人の顔が脳裏をよぎる回数も、一つ減るはずなのに……。

いっそのこと、握りつぶしてしまえばいい。心の中で誰かが囁き、その声に誘われるようにして、私はややくすんだ黄緑色の葉を手で包み込む。そのまま一気に握りつぶそうとした時、スマホからけたたましい着信音が鳴り響き、私は飛び上がった。

誰かに見とがめられたような気分で葉から手を離し、テーブルの上で鳴動するスマホを手に取った。そして発信者の表示を見て溜息をつく。

「……もしもし」

『お姉ちゃん？　そろそろ家に帰った頃かと思って』

「そうだけど、何か用？」

『ひっどぉい。一人で塞ぎ込んでる姉を心配してかけてあげたのに、そんな言い方しないでよ。性格悪いよホント』

大げさに声を上げて私を非難する。頼んでもいないのに勝手にかけてきて、こっちの対応にいちゃもんつけてくる方がよほど性格が悪いのではないか。そう言い返したい気持ちをぐっとこらえ、私は六つ年の離れた妹にもう一度用件を問う。

『ご飯食べた？　今晩、すき焼きにしようと思って買い物に行ったら、びっくりするくらいお肉が安くて、つい買いすぎちゃったの。だから、お姉ちゃんも一緒にどうかと思って』

「遠慮する。夕飯なら買ってきちゃったし」

エコバッグの中の三十パーセントオフののり弁当と缶ビールを横目に応じると、電話の向こうからは『えー』と、たった一文字で私を非難する声が漏れ聞こえてくる。

『どうせ割引されたお弁当かお総菜でしょ？　そんなの身体に悪いじゃん。ていうか、三十も半ばを過ぎた実の姉が毎日一人きりで、そんな寂しい夕食を摂っていると思うと、妹としてはやり切れないじゃない。うちに来ておいしいものでも食べて、可愛い姪っ子甥っ子とゲームでもすれば、少しは気がまぎれるでしょ？』

あけすけな口調で遠慮なく放たれる妹の言葉の雨に打たれ、つい息が詰まる。

妹と役所に勤める平凡で退屈な夫との間には六歳と四歳の子供がいる。今年の春に、私が暮らす町の郊外にできた新築のマンションを購入してからというもの、とにかく見せびらかしたくてたまらないのか、彼女は頻繁に私を家に呼びたがる。本人は夫を失った私を心配して気にして『あげている』つもりなのだろうが、私としてはいい迷惑だった。

見た目はともかく、稼ぎのある夫。可愛い子供たち。そして誰もが羨む新築マンション。わずかな面積のテラスに無理やり押し込まれたブランコとバーベキューコンロ。休日には、馬鹿の一つ覚えみたいに友人を呼んで、バーベキューバーベキュー……。

そんなうらやましくもない妹の『自慢の暮らし』を、かつては陰で笑っていたが、夫を失い、一人身の寂しさを嫌でも毎日思い知らされている私は、それは今や十二分に理想の家庭と言えたし、容赦なくそれらを自慢気に見せつけてくる妹の無神経さが憎たらしくて仕方がない。

専業主婦の身で時間を持て余しているのだろう。夫の死後は暇さえあればこうして電話をかけてきて、私を気遣うふりをしては家族自慢をしてくるその行為は、本人にとっては私を気遣っているつもりなのだろうけれど、私としては気詰まりでならない。ならば電話に出なければいいのかもしれないが、そうするとこちらが出るまでしつこくかけ続けてくるのだからかなわない。

いつも適当な理由をつけて断ってはいるけれど、いい加減うんざりしているというのが、嘘偽りない私の本音だった。

『お姉ちゃん、つらいと思うけど、馬鹿なこと考えちゃだめだよ』

突然、真剣な口調で言った妹の声に、私は怪訝に眉を寄せた。

「何よ。馬鹿なことって」

『わかるでしょ。ほら、あたしたちのお祖父ちゃん。おばあちゃんが死んじゃった後、どんどんふさぎ込んで、しばらく連絡がつかなくなったのを心配して見に行ったら、ガレージで首を吊って亡くなっているのが見つかったじゃない。だからあたし、心配なのよ』

何が「だから」なのか、と内心で毒づき、私は溜息をつく。

「私が思い詰めて自殺をするかもしれないって、そういうこと？」

『ちょっと、やめてよ。縁起でもないこと言うの』

話題を振ったのは自分のくせして、妹は気味の悪い虫でも見つけたかのような声を上げた。

『とにかく、一人で鬱々と過ごしてたら、余計なことばかり考えちゃうものなんだから。たまに誰かと外で会うとかした方がいいよ』

「誰かって誰よ」

『誰でもいいよ。友達とか職場の人とか、何なら、マッチングアプリでいい相手でも見つけたら？　ほら、お互い相手を失った人同士なら話も合うでしょ。今の時代、そういう出会いも多いみたいだしね』

「手ごろな相手を見つけて、傷を舐め合えって？」

私の声は、思いのほか棘のあるものになってしまったらしい。それにより、ようやく私の不機嫌さに気が付いたらしい妹はそれまでの饒舌さはどこへやら、急に歯切れが悪くなり、

『あ、ゆうくんが帰ってきたみたい。それじゃあ、またね』

一方的に別れを告げ、早々に通話を終えた。「通話終了」の文字が虚しく表示されるスマホの画面をぼんやりと見下ろし、私はもう一度――さっきよりもずっと重々しく、陰鬱な溜息を洩らす。

雨音がより勢いを増し、窓ガラスを容赦なく叩いている。半開きになっていたカーテンをしっかりと閉め直す私の視界の隅で、物言わぬ無数の葉が、じっとこちらを見上げていた。

おかしなことが起きたのは、その週の金曜日だった。

取引先の広告代理店で打ち合わせを終えた私は、そのビルのエントランスで直帰する連絡を会社に入れ、手帳を片手に来週のプレゼンに向けた業務スケジュールを頭の中でこねくり回しながら帰路に就こうとしていた。

がらんとしたエントランスホールには私のほかに、ガラス戸の拭き掃除をしている清掃員の姿しかなく、磨き抜かれたフロアタイルを踏み締める靴音だけが響いていた。

ホールの中央の床には、アルファベットのMと思しき文字をぐるりと円で囲ったような図形が色違いのタイルで表現されている。このビルを所有するオーナー企業のロゴマークだろうか。

その、Mのちょうど中央辺りを通りかかった時、足元にきらりと光るものが落ちていることに気が付いた。思わず立ち止まって見下ろしてみると、それは古びた金の懐中時計だった。

「落とし物……かな?」

ぼそりと呟きながらその場にかがみ込み、時計を手に取った。くすんだ金色で覆われたその時計は、表面の蓋に気味の悪い髑髏の顔が彫り込まれ、大きく開いた口から尖った杭のようなものが突き出している。その背後からは無数の植物の蔓のようなものが広がり、時計の縁を覆うように絡みついている。全体的に、使い込まれたというより、長い年月を経て経年劣化したような跡がいくつも見られ、上部のリューズやステムの部分に施された細かな装飾の溝が黒く変色していた。なんとなく、人間の背骨のように一部が尖った形状をしたボウの部分からは、脊椎に見紛うようなデザインのチェーンが垂れ下がっている。

——なんだか気味が悪い。

内心そう思いながら、私はホールを見回した。だが落とし主と思しき人の姿はない。

今更ながら、余計なことをしてしまったと後悔する。拾ってしまった以上は知らんぷりをするわけにいかず、これをどうにかしなくてはならない。好きなデザインでもないし、誰かが落としたものをネコババする趣味も私にはない。だからと言ってまた元の場所に戻すことも気が咎め、仕方なく入口のそばでガラス戸を掃除している清掃員の男性に近づき、声をかけた。

「あの、すみません」

ところが、清掃員は私の声に気が付かないのか、振り返ることすらせずに、緩慢な動作でガラス拭きを続けている。

このビルの人じゃないのかな。と不安が脳裏をよぎったが、作業着の背中には『諸菱ビルメンテナンス』と、ここの名称がしっかりと表記されていた。

「あの、ちょっと。落とし物を拾ったんですけど」

「……はい？」

ようやく手を止めた清掃員が、こちらを振り返った。いったい何の用かと咎めるような視線をまともに向けられ、思わずたじろぐ。

三十代に乗ったばかりだろうか。見た目は小ざっぱりしていて好青年といった風貌だが、ひどく態度が悪かった。見るからに不真面目そうなその男性は、私が差し出した時計を見ようともせずにホールの北側、従業員通用口へと続く通路を指さし、

「落とし物は警備の仕事だから。あっち」

不愛想に告げて、すぐにまた背を向けた。

——感じ悪い。

心の声が口から飛び出さないよう気を付けつつ、形だけでも「ありがとうございます」と礼を述べる。それに対しても一切反応することなく、黙々とガラス拭きに没頭する清掃員に眉をひそめ、私は踵を返して通用口へと歩き出した。

ホールから細い通路に入り、男女トイレを通り過ぎた先の突き当たりには、通用口と思しき扉があり、その手前に警備員の詰め所があった。窓口に座る四十代くらいの男性に声をか

け、落とし物を拾ったことを伝える。さっきの清掃員と違い、こちらの男性はとても丁寧に「わざわざありがとうございます」と愛想の良い笑顔で対応してくれた。

ふと、その男性の顔に見覚えがあるような、奇妙な既視感に襲われた私は、ぱちぱちと音がしそうなくらいに瞬きを繰り返し、透明なパネル越しに男性の顔をまじまじと見つめてしまった。どこかで見た気がする。けれどどこで見たのか、よく思い出せない。そんなジレンマにも似た感覚に戸惑っていると、男性が一枚の書類を差し出してきた。再び目をしばたたかせていると、遺失物を届ける際には、この書類に記入が必要だと言われた。

あまりじろじろと人の顔を見ているのも失礼なので、ただの思い過ごしだと自分に言い聞かせつつ、私は差し出された書類に必要事項を記入し、不気味な金の懐中時計を差し出した。警備員の男性は丁寧な手つきでそれを受け取り、時計を透明なビニールの袋に入れ、『遺失物入れ』と書かれた底の浅い箱の中にそっとしまった。

やり取りを終え、ビルを出た時には、まだ夕陽が往生際悪く空を照らしていたが、バスを乗り継いで最寄り駅に到着した頃には辺りはすでに薄闇に包まれつつあった。

いつものように十五分ほど余計に歩いてスーパーに立ち寄り、夕食の総菜を買って帰ろうかと思ったが、先日の妹との会話を思い返し、少し意地になって自炊でもしようと思い直した。買い物を終えて薄暗い住宅街を歩き、自宅のある通りに差し掛かった時、小さな噴水のある公園の辺りになにやら人だかりができていた。

そばを通り掛かると、路肩に二台ほどパトカーが停車され、数名の警察官が、付近の住民と思しき人たちに話を聞いている様子が見えた。

「あら、沼沢《ぬまさわ》さんの奥さん」

「あ、どうも……」

声をかけられ、驚いて足を止める。見ると、近所に住む中岡《なかおか》という主婦がエプロン姿にサンダルをつっかけた格好でパタパタと手を振っていた。公園の方に気を取られていたせいで、野次馬の先頭で背伸びをしていた彼女に気づかなかったらしい。

彼女は町内会の役員をしている噂好きの主婦で、いつも訊いてもいないのに、町内の様々な噂話――どれも真偽不明――を出会う人間を捕まえては喋るという性質を持っている。夫はトラック運転手で、夜も明けぬ頃から夜遅くまで仕事で帰ってこない。そのうえ二人の息子もとっくに自立し、家を出てしまったものだから、話し相手もなく暇で仕方がないのだろう。

「何かあったんですか？」

「それがね。なんか、死体が見つかったみたいなのよ……」

「死体？」

思わず声を上げ、中岡の視線を追うようにして、公園の方に目を向ける。ジャングルジムのそばに小さなブルーシートが敷かれ、そばでは警察官が無線でやり取りをしたり、なにやら忙しなく歩き回ったりしていて、ただ事ではない空気が漂っている。

「どうしてまた……」

死体なんて、という言葉が喉でつっかえた。何の関係もないはずなのに、警察署の霊安室で、白い布をかぶせられた夫の遺体が脳裏をよぎる。

「親子だったみたいよ。かわいそうにねえ……」

親子。ただ事ではないどころか、とんでもない事件ではないか。

そんな大事件を軽い口調で語り、まるで他人事とばかりに頬に手を当て、愁いを帯びたような表情をしている中岡の神経を疑ってしまう。だが、そのすぐ後に彼女が口にした一言によって、私は更に度肝を抜かれることになる。

「きっと犯人はあの子供たちよ」

「子供たち……？　そんな、まさか……」

裏返った声で繰り返す私に、中岡は訳知り顔でかぶりを振る。

「ううん、絶対そうよ。ほら、近くの中学校の子たち。よくこの公園にたむろしてるでしょ。まだ子供なのに煙草を吸ったり、角の西松《にしまつ》商店で万引きしたりするらしいじゃない。

すれ違っても挨拶もしないし、いやよねぇ」

「でも、いくら何でも殺人なんて……」

「え、殺人？」

突然、きょとんとした顔で、中岡は目をぱちくりさせた。

「誰か殺されたの？」

「いや、中岡さんが言ったんじゃないですか。親子の死体が見つかったって……」

沈黙。そして硬直。互いに目を丸くして見つめ合った後で、中岡は皺の目立つ顔をくしゃっとゆがめ、けらけらと笑い出した。

「いやだ沼沢さん。猫よ」

「猫……」

「そう。猫の親子が殺されたみたいなの。人間じゃないわ」

「ああ、猫ですか……」

拍子抜けして繰り返すと、中岡はすぐに笑いを引っ込めて、周囲を窺うように声を潜める。

「もちろん、それだって笑い事じゃないけどね。ほら、若い子が動物をいじめたり殺したりする事件って、昔からあるでしょ？　きっとあの子たちの悪ふざけがエスカレートしたに決まってるわ」

決めつけるような口調で断言し、中岡は再び頬に手を当て、「怖いわねぇ」と公園の方に視線を向ける。つられて再び公園の中を見やると、警察官たちがシートで覆った動物の亡骸らしきものを、敷地から運び出そうとしているところだった。

「昔はこんなことなかったのに、この辺もすっかり物騒になっちゃったのよねぇ。二丁目の大きな公園には浮浪者が寝泊りしているって言うし、少し前には変質者が出たっていうじゃない」

中岡の話はまだ続いているらしい。放っておいて立ち去ればよいのかもしれないが、そんなことをして、悪い噂を立てられるのも嫌なので、何となくその場に留まり、適当に相槌を打つ。

「沼沢さんも知ってるでしょ？　もう閉店しちゃった酒屋さんの長男が、仕事もせずに引きこもっているらしいんだけど、夕暮れ時になるとこの辺りを徘徊して、子供や若い女性に声をかけたりするらしいのよ。うちのお隣の江端《えばた》さんの娘さんなんて、部活帰りに後ろをつけられて、すっごく怖い思いをしたらしいわよ」

なるほど、真偽はともかくとして、それでは変質者と言われても仕方がない。

とはいえ、おかしな人間などどこへ行ってもいるものだ。そういう輩《やから》は相手が女だろうが子供だろうが関係なく危害を加えようとする。関わり合いにならないためには、暗い夜道を一人で出歩かないに越したことはない。力ずくで襲われたら抵抗する術を持たない女として、自分も気を付けなくては。

と、そこまで考えて、私ははっとする。以前はこういう時、夫と一緒に帰宅したり、駅まで迎えに来てもらったりすることができたが、今はそれができない。危険を感じたとしても、助けを求める相手がいないというのは、こんなにも心細いものなのかと、改めて思い知らされたような気がした。

その後も、話し足りないのか延々としゃべり続けようとする中岡に適当な理由をつけてその場を離れた。

普段、事件など起きない平和な住宅街でのささやかな事件によって噴出した住民たちの不安が背中にのし掛かっているかのように、家へと急ぐ私の足取りは知らずに重々しいものとなっていた。

そのまま何か重たいものを引きずるような気分で自宅に帰り着き、門扉を開いて玄関に向かおうとした時、タイミングを計ったかのように隣家の窓が開く音がした。

「おい、ちょっとあんた」

目を合わせないように急いで家に入ろうとしたが遅かった。姿を見咎められ、声をかけられてしまった。

「……こんばんは。高杉《たかすぎ》さん」

深く息をつき、呼吸を整えるようにしながら、私は振り返る。リビングと思しき部屋の窓から身を乗り出している中年の男性にぎこちない愛想笑いを浮かべて会釈をする。

「こんばんはじゃないだろ。いったいいつになったらそこの枝の処理をするつもりなんだ」

男は、憤懣《ふんまん》やるかたない様子で鼻息を荒くしている。夏でもないのに白いタンクトップで、下は毛玉だらけの薄汚れたスウェット姿。まるまると肥えた体躯がリビングの明かりを背負い、まるでハンプティダンプティのようなシルエットだ。

細く吊り上がった二つの細い目は無遠慮に私を足元から嘗《な》め回すように上下し、無精ひげの生えた口元に煙草をくわえている。すでに日が暮れているおかげで、黄ばんだ歯と血色の悪い歯茎を直視せずに済むことが、唯一の救いだった。

「枝、ですか……」

「そうだよ。もう何度も注意しているだろ。ウチの敷地を跨いでるんだよ」

胸元が黄色く変色したタンクトップに無理やり押し込めたような太鼓腹を揺すりながら、高杉はうちの玄関前に生えた梅の木を指さして声を荒らげた。

「きちんと枝葉の処理をしないと、毛虫が発生するんだ。早く何とかしてくれ。庭の雑草だって生え放題じゃないか」

夫が生きていた頃は、梅の木はもちろん、庭の雑草だってこまめに刈り取ったり除草剤を撒いたりして手入れをしてくれていたが、いなくなってからはすっかり放置してしまい、荒れ放題となっていた。

高杉の言う通り、何度も注意されてはいたけれど、もともと庭いじりが好きではなかった私には荷が重く、進んで作業をしようという気にもなれないまま、ずるずると時間だけが過ぎてしまったのだった。

高杉はとにかく神経質で、夫が存命の頃から何かといちゃもんを付けては、あれこれと要求してくる面倒な隣人だった。中岡の話では、以前はいい会社に勤めていたらしいが、数年前、定年間近にもかかわらずリストラに遭ってしまい、その後は酒に溺れるようになり、近隣の住民に対しても粗野な物言いが目立つようになったのだという。昨年の暮れには長年連れ添った奥さんも愛想を尽かして出ていってしまったらしく、その鬱憤を隣人である私や夫にぶつけている節があった。

それでも、夫が生きていた頃は、彼がたまにビールなんかを差し入れして、高杉の愚痴を聞きながら晩酌を共にすることでそこそこ良好な関係を保っていた。結局のところ、話し相手が欲しくて駄々をこねているだけの哀れな独り身の中年なのだ。

ところが夫の死後、愚痴を聞いてくれる相手がいなくなったことでストレスをため込んでいるのか、以前は「やあ奥さん」などと陽気に話しかけてきた私に対しても、このように乱暴な口調で「あんた」呼ばわりをしてくるようになった。そのうえ、やれ梅の木を切れ、やれ雑草を刈れなどという、「大きなお世話だ」と言いたくなるような要求を度々《たびたび》ぶつけてくるようにもなった。

女の独り身となった今、何か言い返して逆恨みされるのも怖いので、のらりくらりとかわしてきたけれど、そろそろ本格的に高杉の怒りのボルテージは高まっているようだった。

「今度の週末にでもどうにかしますので」

「週末だとぉ？　ふん、平日は忙しくて手が回らないか？　外に出て働くのがそんなに偉いのか？」

「別にそんなことは……」

否定しようとする私を嘲るように、高杉は豚のように鼻を鳴らした。

「忙しいアピールをして、働いていない俺を馬鹿にしてるのか」

「そのようなことは……」

「ふん、働いていると言ったって、女は扱いづらいからな。覚えが悪いくせに、いざ覚えたと思ったら結婚だ出産だと、すぐに休みを取りたがる。そんな奴に責任のある仕事ができるのかね」

今どきこんなことを言う奴がいるのかと疑いたくなるような、セクハラのお手本といった発言に、自分の表情がこわばったのを感じる。だが、胸糞が悪くなるような暴言を吐かれても、まともに切り返したりなどしてはいけない。誘いに乗って言い返しでもしたら、それこそ何倍にもなって返ってくるに決まっている。

「と言っても、おたくの旦那はもういないんだったな。嫌でも働いていくしかないのか」

高杉は今気が付いたかのようにわざとらしく言いながら、再び豚のように鼻を鳴らした。

こういう手合いには理屈で返しても、感情でぶつかっても、何の意味もない。無理に戦いを挑もうとせず、相手に不戦勝を譲ることで、この場をおさめるしかないのだ。

「……それとも、男手が必要なら俺がやってやろうか？」

「いえ、お気持ちだけで結構です」

「遠慮するなよ。お互い寂しい独り者同士、困った時はお互い様だろ？」

急ににじり寄るような口調で言いながら、高杉はいやらしい笑みを浮かべ、窓辺に手をかけて身を乗り出した。煙草の臭いとすえた体臭がここまで漂ってきそうで、無意識のうちに息を止める。

下心見え見えの発言に辟易しながら、しかし顔には出さぬよう意識して、何度も頭を下げていると、高杉は諦めたように溜息をついてから腰に手を当て、

「まあいい。助けが必要になったら遠慮なく言えよ」

恩着せがましい台詞を残し、窓をぴしゃりと閉めた。

ようやく解放され、安堵の息を吐きながら家に入り、しっかりと施錠して靴を脱ぐ。身勝手なおしゃべりに付き合わされたせいで、何かに取りつかれでもしたかのように肩が重かった。

いつものように冷え冷えとしたリビングの明かりをつけると、着替えもせずソファに腰を下ろし、ころんと横になった。

じーんと脳が痺れるような感覚と共に、どこからともなくやってきた眠気が私の意識を深い闇の沼底へと引きずり込もうとする。ぼんやりとしたまどろみの中で、公園に放置された猫の親子のことが自然と脳裏をよぎった。

この辺りにはお年寄りはもちろん、まだ小さい子供を育てる家庭も多い。目と鼻の先で殺された動物の死体が見つかるというのは大変なニュースに違いない。中岡の話を鵜呑みにするつもりはないが、年頃の子供を持つ親ならば、もし自分の子供が犯人だったらという、種の異なる不安にも少なからずさらされることがあるかもしれない。そういった人たちはきっと、殺された猫はかわいそうではあるが、殺人事件じゃなくてよかったと胸をなでおろしていることだろう。

もちろん、自分よりも身体の小さな生き物を捕まえ、理由もなくいたずらに命を奪うような人間など、救う価値もないろくでなしにしか育たないだろうけれど。

——ああ、やだやだ。どうしてこんな辛気臭いことを考えているの。

脳内で自分を叱りつけるようにぼやきながら、仰向けになろうとソファの上で体勢を変える。その拍子に、何か硬いものが脇腹の辺りに当たった。

あれ、と思い上着のポケットに手を突っ込む。ちゃら、という音と共に金属の感触を覚え、指先に触れた物体を引っ張り出した。そうして現れたのは、あのくすんだ金色の懐中時計だった。

「なんで……」

呆然と呟き、手にした時計を見つめる。上蓋に施された髑髏のモチーフは物言わずこちらを見上げており、大きく開いた口から突き出した杭の切っ先は鋭利に研ぎ澄まされ、ぎらりと怪しい光を放っていた。

持ち帰ってきた記憶なんかない。確かにあのビルの警備員に手渡したはずなのに……。

声にならない声が脳内に響き渡った。いつの間に、どういう経緯でこの時計は私の上着のポケットに入ってしまったのか。見当もつかない疑問がふわふわと頭上を旋回している。

いったい、なにがどうなってこんな事態になっているのか、訳がわからなかった。

驚きと戸惑い、そして一抹の薄気味の悪さが混在し、めまいにも似た感覚に襲われた私は、無意識のうちに時計を持つ手に力を込めてしまったらしい。

「痛っ！」

突然、指先に鋭い痛みを覚え、時計を取り落とした。見ると、親指の先からダラダラと、真っ赤な血が糸を引いて流れ落ちている。

慌ててティッシュに手を伸ばし、何枚かまとめて引き抜いて傷口を覆った。

「なによこれ、もう……！」

自分の不注意加減に苛立ち、ぼやきながらカーペットに垂れた血を落とすため、台所に洗剤を取りに行こうとした私は、しかしそこで動きを止めた。

白いカーペットの上に落ちた私の血。それによってできた赤いシミの中心に、くすんだ金色の懐中時計がある。その髑髏のモチーフを濡らしていた血が、瞬き一つの間に吸い込まれていった。まるで、大口を開いた髑髏がごくりと飲み込んでしまったみたいに、周囲のカーペットを濡らしていた血液までもが、シュルシュルと吸い上げられていき、ものの数秒で赤いシミがきれいさっぱり消え去ってしまったのだ。

——時計が、血を吸い上げた……？

そんな馬鹿な。と疑いたくなるような光景を目の当たりにし、私の意識は混乱の極みに達していた。

――何が、どうして、どうやって？

矢継ぎ早の質問を自分にぶつけ、答えが見いだせないことに更に焦る。戸惑いをあらわに立ち尽くしていた私は、ふと耳慣れぬ音に気が付いた。カチカチ、カチカチという規則的な音がどこからともなく響いてきて、リビングの冷え冷えとした空気の中で反響している。その音は、徐々に音量を増していき、やがてガチリと、歯車が噛み合わさる音がひときわ大きく周囲に鳴り響くと、カーペットの上に転がった懐中時計の上蓋がゆっくりと開いていった。

時計の内部では、文字のない白色の盤の上に、長さも形状も異なる四本の針が、速度も回転する方向もバラバラの状態で時を刻んでいた。まるで、この世界の時間の進み方とは異なる、全く別世界の時間を刻んでいるかのような、不可思議なその時計から、白くきらめく光がかっと溢れ出し、私を飲み込んだ。

目を焼くようなまぶしさに思わず瞼を閉じ、顔を手で覆う。やがて、その光がおさまっていくと同時に、冷気とも熱気ともつかぬ異様な空気が私の周囲を押し包み始めた。

リビングの明かりは消え、その代わりに赤々と燃え盛る炎が発するような緋色の輝きが壁や天井を問わずあちこちから漏れ出し、周囲を血のように赤い世界へと変貌させていた。

それだけではない。リビングの床は毒々しい色をした毛のない動物の皮膚のようなもので満たされ、てらてらと濡れ光っている。その下を何かが這い進んでいるかのように、床は波打ち、得体の知れない気味の悪さを感じさせた。壁や天井も、少なからず同じような『肉』によって埋めつくされ、それらが大きな脈動を繰り返していた。まるで、この家自体が巨大な生き物の腹の中に変化してしまったかのような錯覚を抱き、私は言い知れぬ恐怖と不安に今にも押しつぶされそうになっていた。

「な、何なのよ……これは……」

自分でも笑ってしまいそうなくらいに、声が震えていた。

逃げることも、隠れることもできず、木偶《でく》のようにその場に立ち尽くす私の足の裏を、肉の床を波打たせる『何か』がなぞるように通り過ぎていく。

小刻みな呼吸を繰り返しながら、今にも泣き叫びたくなるような怖気に押し包まれた私は、背後から痛烈な視線を感じて振り返った。すると、肉の壁の一部が刃物で引き裂いたみたいに破れ、こじ開けるようにして左右に開かれたその場所から、ぬるりと何かが這い出してくる。

己を飲み込んだ巨大な生物の胃袋に穴をあけ、無理やりこじ開けて外に出ようとするかのように姿を現したのは、ズタボロの外套を羽織った赤黒いしゃれこうべだった。砕けた後頭部から脳味噌と思しきものを露出させ、そこから伸びた無数の植物の蔓のような管が不気味に脈打っている。そして、全身が頭部と同じ赤黒い外骨格に覆われ、あばら骨の隙間から、一定の速度で脈打つ灰色の臓器を覗かせる異形の存在。空の眼窩の奥に、怪しげな光をたたえ、じっと私を凝視するその髑髏人間は、むき出しの歯を食いしばり、その隙間から凍えるような吐息を漏らしていた。

「いや……なに……いやあああ！」

私は叫んだ。そして、一刻も早くこの場から逃げ出そうとして走り出した——はずだった。

踏み出したはずの足は肉の床にずぼっと足首まで埋まり、それを引っこ抜くため踏ん張ったもう一方の足も、ずぶずぶと生々しい感触を伴って飲み込まれてしまった。そのため、両足を左右に開いたやや不自然な格好で、私は赤い髑髏の怪物と対峙する形になった。

怪物は、深い闇をたたえた眼窩の奥で、じっと私を見つめている。目をそらしたいのに、どういうわけかそれができず、私はとても現実とは思えぬようなその異形の存在を、ただただ呆然と見上げていた。

——願いを、言え。

低く押し殺したような、複数の不快なしゃがれ声が重なり合い、頭蓋の内側に反響するかのようにけたたましく響く。

「願い……？　どういうこと……？」

それが、目の前の怪物の発した声かどうか、確証はなかった。それでも私の直感は声の主がこの赤い髑髏人間であることを確信していた。

――願いを言え……。

耳を通してではなく、意識に直接語りかけてくるかのような……心の中に無断で押し入ってくるかのような強引さで告げられたその言葉の意味を私は考える。そして、この現象が、持ち主不明の懐中時計によって引き起こされたものであることに思い至るのには、そう時間はかからなかった。

私は幽霊肯定派ではないし、神の存在も、仏の加護も信じてはいない。風水やタロット占いといったスピリチュアルなものに関しても懐疑的だし、おみくじだってろくに引いたことがない。

けれど今、目の前に広がるこの恐ろしい光景は、床や壁、天井を腐った肉で覆った不可解な現象は、ひとえに人知を超えた邪悪な『何か』によって引き起こされたものであることは、疑いようのない事実だと理解できた。それこそ理屈ではない。心の赴くままに、本能で理解した。そんな感じだった。

だから、時計が私の血を吸ったことで何らかの力を得てその蓋を開き、怪しい光によってこの髑髏人間を呼び出したことも、私に願いを言うよう迫ってきていることも、すべては運命という名の流れに導かれてのことなのではないか。

それを、幸運ととるか不幸ととるかは、これから先の私の行動次第であることも、さほどの抵抗もなく、すんなりと受け入れることができた。

「願いを言えば、叶えてくれるの？」

気づけばそう、問いかけていた。

髑髏はじっと私を見つめるばかりで、何か言葉を返そうとはしなかった。その無言の圧力によって、心臓を素手でわし掴みにされているような圧迫感を覚える。余計なことはいいから、さっさと願いを言えと、急かされているような気分にさえなった。

もしこれ以上、願いを言わずに押し黙っていたら、この怪物はどうするつもりなのだろう。そんな考えがいたずらに脳裏をよぎる。

私を捕まえて、バラバラに引き裂いてしまうだろうか。首から上を胴体から引っこ抜き、丸かじりにされるだろうか。頭部を失った胴体から噴き出す血をうまそうにすすり上げる髑髏の姿を想像しながら、私は身震いした。そんな死に方は絶対に嫌だ。けれどその一方で、願いを口にさえすれば、この怪物は私の求めているものを与えてくれるのではないかという、ある種の希望めいた考えがじわじわと膨らんでいるのも事実だった。

願い……。

私の願い……。

たった一つの……その願いは……。

「──あの人を、私のところに戻して」

言葉にした瞬間、髑髏は深い闇に満ちた眼窩の奥に、怪しい光を瞬かせた。

まるで、私の申し出に対し、子供が目をいっぱいに見開いて、きらきらと輝かせてでもいるかのような、不思議な光景だった。

──願いは、聞き入れた。

肉も、筋も、皮も持たぬむき出しのしゃれこうべが、うっすらとした笑みを浮かべたように見えて、その不気味さに私は戦慄を覚えた。

願いを口にしてしまったことを、早くも後悔し始めている自分に気づき、なんとも形容しがたい嫌な気分に陥る。そんな私に対して髑髏は何も告げることなく、無言のままその身を闇の中へと滑らせるようにして後退し始めた。それと同時に、壁や床に敷き詰められた腐肉の隙間から漏れ出していた赤い光が、徐々に輝きを失っていき、やがて深淵の闇へと吸い込まれていく。

そして、闇に溶け込むようにして髑髏の姿が完全に見えなくなると、懐中時計から放たれていた光もまた、ゆっくりとしぼむように弱まっていく。最後には、パチンと乾いた音を立て、時計の蓋が閉じた。

次に気が付いた時、私はソファに横になっていた。

訳もわからずに飛び起きて、見慣れたリビングに視線を走らせる。壁や天井、床に至るまで、普段と何ら変化はなく、帰ってきた時と全く同じ様子。今の今まで、このリビングで怪物めいた存在と対峙していたことなど、欠片も感じさせぬほどに、穏やかな静寂が私を包んでいる。

「夢……？」

口中で呟き、立ち上がろうとした時、何かがころりとカーペットに転がった。それは、くすんだ金色の懐中時計。あの髑髏の姿が表面に施された、おぞましい時計に他ならなかった。

「夢じゃ……ない……」

さっきよりもずっと、確信に満ちた口調で呟いた私は、おずおずと時計に手を伸ばす。髑髏の口から突き出した矢じりの先端で指先を傷つけないよう、慎重な手つきで拾い上げたそれを、間近で観察しようと目を凝らす。どうにかして蓋を開くことはできないかといじくりまわしてみたけれど、時計はうんともすんとも言わず、上蓋は二度と開くことはなかった。

あの髑髏はいったい何だったのか。

そそのかされるようにして口にした私の願いは、本当に叶えられるのだろうか。

そんなことをぼんやりと頭の中で考えていた時だった。

ピンポン、と。玄関のチャイムが鳴った。私はそこで初めて壁にかけられた時計を見る。時刻はすでに午後十一時を回っていた。帰宅してから、四時間以上も経過している。ソファで転寝《うたたね》していたにしては、いくら何でも時間が経ちすぎである。

夢か現かだけではなく、時間の感覚すらも狂わされたような、奇妙な感覚に戸惑いながら立ち上がり、インターホンの画面を覗き込んだ私は、そこでひゅっと息を呑んだ。

玄関前の様子を映し出したその画面の中には、死んだはずの夫の姿があった。

2

夫が帰ってきた。

あの得体の知れない髑髏に私が告げた願いは、驚くほどの速さで叶えられた。

夫はなぜか全身がずぶぬれで、何か恐ろしい目にでも遭ったのかと思うほど虚ろな表情をしていた。

家に招き入れると、捨てられた子犬のように全身を震わせながら、リビングのソファに腰かける。見ていて哀れになるくらい憔悴した彼は、どういうわけか事故に遭ったあの日と同じ服装で、そうと言われなければ、出かけてすぐに引き返してきたのではないかと思ってしまいそうだった。そんな馬鹿な話が、あるはずはないというのに。

隣に腰かけ、タオルで濡れた髪や身体を拭ってやりながら、私はまじまじと夫の様子を観察した。身体が透けているわけでも、足がないわけでもない。誰がどう見ても五体満足の、普通の人間。遺体はとうに焼かれ、茶毘《だび》に付されたはずなのに、生前と変わらぬたくましい身体からは、生きた人間の持つぬくもりが確かに感じられた。

顔を近づけて匂いを嗅いでみると、覚えのある体臭がして胸が熱くなった。思わず首に手をまわし、しがみつく。

「征爾《せいじ》……本当に、あなたなの……？」

夫は何も答えなかった。だが、強く否定することもしない。ただじっと、中空を見つめたまま、時折かすかなうめき声のようなものを漏らすばかりで、言葉らしい言葉を発することはなかった。

「ねえ、何とか言ってよ」

「……」

まるで応じる気配がない。というより、こちらの声が耳に届いていないかのようだ。

その後も何度も話しかけてみたけれど、夫から言葉が返ってくることはなかった。すぐ隣にいても、こうして触れ合うことはできても、私と夫は見えない壁で隔てられていて決定的な違いがある。そう言われているような気がして胸がキリキリと痛んだ。

それでも、こうして夫が帰ってきてくれたことは無上の喜びを私に与えてくれた。

もう一度、強く夫の身体にしがみつくようにして、私は彼の頬にキスをした。

それからの日々は、まるで夢のようだった。

夫を失ってから何もかもが灰色だった私の人生に命の色が芽吹き、世界が息を吹き返した。

朝目覚めると、隣に夫が寝ている。朝食の食パンをもそもそと口に運び、コーヒーで流し込む様子も、ソファに座り込み、ぼんやりとテレビに見入っている後姿も、生きていた頃と何も変わらない。そんな姿を見るたびに、本当にこの人は帰ってきてくれたのだと実感し、たまらなく嬉しくなった。

相変わらず夫は無口なままで、私が話しかけたとしてもろくな反応を返すことはなかったけれど、たまにうっすらとした笑みを口元に浮かべることがあった。日を重ねるごとに、私たちの間を隔てる見えない壁が、取り払われてきているような気がして嬉しくなり、私はひたすら彼に話しかけ続けた。

彼のために食事を用意し、洗濯や掃除をして、仕事帰りにはその日の食材を買い、せっせと夕食の支度をする。そんな、当たり前のように行ってきた日々の営みの大切さ、そして愛おしさを改めて実感させられた。

彼を失い、失意のうちに過ごしたこの二か月を取り戻そうとするかのように、私は彼との時間を大切に過ごした。

もちろん、中には不便なこともあった。たとえば、夫の姿を近所の人々に見られてはいけないということ。きちんと葬儀を行い、夫が亡くなったことは多くの人にとって周知の事実であり、その夫が平然と外を歩いていたら、死人が蘇ったなどと騒ぎ立てられ、大変なことになるのは目に見えていた。

同じ理由で、家に誰かを招くことができなくなった。何かの拍子に夫の姿を見られでもしたら、相手は幽霊でも見たか、そうでなければ自分の気が触れてしまったのではないかと大騒ぎすることだろう。それほど親しくない相手ならば、他人の空似で押し通すこともできなくはないだろうけれど、家族となるとそれは難しい。最も警戒すべきは母と妹である。しばらくの間は、それとなく理由をつけて家に来るのをやめさせるか、用があるなら私の方から出向くと釘を刺しておくべきだろう。

その問題さえクリアできれば、帰ってきた夫との生活にはこれといった支障は見当たらなかった。

一度は失った最愛の人との再会が果たされ、また一緒に日々を送ることができる。そんな自分にはもったいないほどの幸運を噛み締めると共に、この願いを受け入れてくれたあの不思議な懐中時計に私は深く感謝した。

あれ以来、時計はその魔力を失いでもしたかのように静まり返ったままだった。耳を澄ましてみても、カチカチという、針が時を刻む音すらも聞こえてこない。まるでその役割を終えたとでも言いたげに、不気味な沈黙を守っていた。

この時計は、いったい誰が、何のために作ったものなのか。

いや、そもそもこれは本当に『時計』と言える代物なのだろうか。

そんな、詮無い疑惑が時折胸をかすめては、私の心をささくれ立たせた。けれど私には、そのことに対する明確な答えを見つけることはできない。だからきっと、考えたって無駄なことなのだろう。

何にせよ、隣に夫がいるこの生活に、私はこの上ないほど満ち足りたものを感じていた。

夫を失うまで、この幸せに気づかなかったことを後悔すると共に、今度こそ、彼との生活を大切にしていこうと固く心に誓った。

そうして、瞬く間に夢のような一週間が過ぎ、二週間が過ぎ、夫がいてくれることにも慣れ、かつてのような心穏やかな生活にも慣れ始めてきた頃に、変化は訪れた。

その日は、急な残業のせいで会社を出るのが遅くなり、帰宅したのは午後九時を回ってからだった。

「ただいまー、遅くなってごめんね。ちょっとトラブルが起きちゃって……」

駅前の、よく夫と出かけたスーパーに閉店間際に駆け込んで、売れ残った総菜とおにぎりを買い込み帰宅した私は、玄関から夫に声をかけた。

いつも私が帰宅するまで、夫は明かりをつけずにリビングのソファでじっとしている。下手に明かりをつけたりして、窓越しに近所の人に姿を見られてはいけないので、そうするよう頼んであるのだった。夫は文句を言うでも、不満をこぼすでもなく私の言葉に従い、静かに私の帰りを待っている。

ところが、この日は少し様子が違っていた。

開け放たれたリビングのドア、その中央に取りつけられたすりガラスが割れ、破片が廊下に散乱している。

一目見て、何か良くないことが起きたのだとわかった。

小走りに廊下を進み、床に散らばったガラスの破片を踏まないよう、慎重にまたいでリビングに足を踏み入れると、暗闇の中で何かが身じろぎする気配を感じた。

何か、ではない。私以外にこの家にいるのは夫しかいないのだから、それは夫なのだろう。暗闇に目が慣れてきた頃、リビングの隅、閉め切られたカーテンの前で、頭を抱えるようにしてうずくまっている黒い影がそれだと気づいた。

「征爾？　ねえ、どうかしたの？」

呼びかけても答えがないことはわかり切っている。戻って以来、一言も喋らない夫が、この状況で突然喋り出すことなどないと思った。問題は、返事がないことじゃない。呼びかけてもこちらを見ようともせず、うずくまった丸い背中が小刻みに震え、時折苦しそうに痙攣していることだった。

私はそっと手を伸ばし、スイッチを押して明かりを灯した。その瞬間、目に飛び込んできたリビングの様子に、改めて言葉を失う。

まるで嵐の後のように、家具という家具がなぎ倒され、テーブルはひっくり返り、照明スタンドが倒れて砕けた電球がカーペットの上に散乱していた。それだけではない。部屋のいたるところに大量の液体――たぶん、血なのだろう――をまき散らしたみたいに、いくつもの血痕が残されている。おびただしい量の血液は、ほとんど黒に近い濁りようで、すえた腐臭を室内に充満させていた。

その黒い血だまりの中に沈み込むようにして、夫はうずくまっていた。何度呼びかけても顔を上げようともしないことから、急を要する事態なのは察しがつく。

近づいてそっと肩に手を触れると、夫の身体はビクンと大きく反応した。

「征爾、大丈夫？」

呼びかけた声は、確かに彼の耳に届いたようだった。

夫は頭を抱えるようにしていた両手をそっと開く。脱力した両手が血だまりの中に落ち、べちゃりと湿った音を立てた。

そして、ゆっくりと持ち上げられた彼の顔を目の当たりにした瞬間、耳をつんざくほどの壮絶な悲鳴がリビングに響き渡った。それが自分の悲鳴だということに気づいたのは、ひとしきり叫んだ後のことだった。

「征爾……その顔……！」

こちらを見上げる夫の顔は、右半分が潰れ、ぐずぐずに崩れ掛かっていた。口の端は裂け、抉り取られた肉がぶら下がっている。皮膚を破って突き出た頬骨が不気味に白く、潰れた眼窩からは、半分ほど眼球が押し出されていた。むき出しの歯を食いしばるようにしてがたがたと震えているその姿は、さながら地獄の亡者のように、恐怖と怖気を喚起させるものだった。

「なんで……どうしてこんな……」

いったい何があったのと、問いかけることすら忘れて、私は変わり果てた夫の顔を凝視していた。

夫は何か伝えたいことでもあるかのように、「うぉぉぉ」「おぉぉぉ」と意味不明なうめき声を繰り返していたが、変わり果てた彼の姿を前に冷静な判断力を失ってしまった私には、その意思を汲むことは難しかった。

何をどうしてやればいいのかわからず、手を伸ばしかけた私の目の前で、夫は喉を奇妙に鳴らしながら、バシャバシャと大量の黒い血を吐き出した。リビングの床に、波打つほど大量の血が流れ、更に濃厚な腐臭を立ち昇らせる。

夫の肌はすでに土気色で、その目に浮かべる光は、今にも力尽きそうなほどに弱々しかった。

「救急車……救急車を……！」

四の五の言ってはいられない。たとえ、一度死んだ人間だとしても、ここに存在して呼吸をしている以上は、生きていることに変わりない。病院に行けば、きっと治療をしてくれるはず。

そう自分に言い聞かせながら、バッグからスマホを取り出そうとした私は、はっと動きを止めた。

病院に運んだとして、医者に見せたとして、夫のこの症状は改善されるのか？

おびただしい量の血を吐き、ひとりでに崩れていく顔や身体を治すことなど、普通の医者にできるのだろうか。

彼を助けることが、できるのだろうか……。

そんな疑惑が唐突に浮かび上がってきた。

——そんなの、無理に決まってる……。

だとしたらどうすればいい？

夫はこんなにも苦しんでいる。何かを求め、私に伝えようとしている。助けを求めている。それなのに、私にはその方法がわからない。

「ああ……ごめん……ごめんねぇ……征爾ぃ……」

ボロボロと、涙がこぼれてきた。さっきまで感じていた怖気は彼方へと消え去り、崩れゆく顔で必死に何かを訴えかけてくる夫の姿をじっと見つめたまま、私は無力感に打ちひしがれていた。

そうしている間にも、夫の顔はどんどん崩れ、爛れた肌が血膿を噴き出し、肉の塊がぼとりと剥がれ落ちていく。早くどうにかして助けてあげないと、彼はきっとこのまま骨になって死んでしまう。私の前からいなくなってしまう。

——今度こそ、永遠に……。

頭を抱え、私はもどかしさに金切り声を上げた。立ち上がり、せわしなく室内を歩き回っては、何か有効な手立てがないかを思案する。

「……そうだ。あの時計！」

言うが早いか、ダイニングの戸棚に駆け寄り、引き出しの中にしまい込んでいた金の懐中時計を取り出した。

夫が帰ってきたのがこの時計の力だとしたら、今の夫を助けられるのもきっと、この時計に違いない。そう当たりをつけて、どうにか蓋を開こうと四苦八苦してみたけれど、以前と同じように、どこをどういじっても時計はうんともすんとも言わなかった。

「もう、どうしたらいいのよ！　なんとかしてよ！」

感情のままに叫び、時計を床に投げつけた。硬い音を響かせ、時計がフローリングの床を転がっていく。

私は半ばパニックに陥り、ぐしゃぐしゃと頭を掻きむしる。そんななか、不意に玄関のチャイムが鳴った。思わず足を止め、壁に設置されたインターホンの画面を見る。

『おい、何を騒いでいる！　今何時だと思っているんだ！』

隣に住む高杉だった。無意識に舌打ちをして、私は忌々しさに歯噛みした。

こんな時に、馬鹿みたいないちゃもんをつけてくる気なのかと、腹の底からふつふつと怒りが沸いてくる。

『聞いているのか！　おい、開けろクソ女！』

どんどんと、玄関の扉を外から叩く音がした。

夫を振り返ると、変わらず苦しそうに身体をゆすり、小刻みに黒い血を吐き出している。

『開けろって言っているだろう！　さっき帰ってくるのを見たぞ！　居留守を使って俺を無視するんじゃない！』

なんとしても、面と向かって文句を言わなければ気が済まないのだろう。

とにかく今は、夫を助ける手段を見つけ出さなくてはならない。そのためにも、邪魔な高杉を早々に追い返す必要があった。

リビングに夫を残し、廊下を駆け抜けて玄関に向かう。深呼吸を二度繰り返してから、そっとドアを開いた。

「ようやく開けたか。おい、何なんだいったい。さっきから盛りのついた猫みたいな悲鳴を上げやがって」

「すみませんでした。その……ゴキブリが出てしまって……それでつい」

やや苦しい言い訳だろうか。そう思ったのもつかの間、高杉は水を得た魚のように目を輝かせ、

「ほう、そうか。ゴキブリが苦手か。よし。それなら俺が退治してやるよ」

突然、半開きのドアの隙間に手を突っ込んできた。

「ええ？　ちょっと待ってください。結構ですから……」

「いいからいいから、遠慮するなって。ほら、どいたどいた」

ドアノブにしがみつくようにして開かれるのを防ごうとしたが、そこは男女の力の差。あっけなくドアは開かれ、たたらを踏んだ私を押しのけるようにして、高杉は玄関に押し入ってきた。

「待って！　やめてください！」

私の訴えをまるで聞こえないふりをして、高杉はサンダルを脱ぎ、薄汚れた素足で廊下をずかずかと歩いていく。

想定外の事態に半ばパニックを起こし、私の頭は混乱を極めていた。そうこうしている間に、高杉はリビングへ足を踏み入れ、そこで「な、なんだこれ！　どうなっているんだ！」と取り乱した声を上げた。

適当な理由をつけて家に押し入り、私を押し倒そうとでも画策していたのだろうが、その浅はかな考えは、ものの見事に裏切られる形になった。

あの惨状を目の当たりにした今となっては、彼の粗末なモノも使い物にならないほどしおれていることだろう。

「あんた、まさか征爾くんか？」

奥でうずくまっている夫に対し、高杉が呼びかけている。

いけない。彼がここにいることを知られたら厄介なことになる。私は慌ててリビングに取って返し、まっすぐにキッチンへと駆け込んだ。必要とあらば力ずくででも高杉を止める覚悟で、洗いカゴの中にある包丁を掴む。

「こりゃあたまげた。おい、大丈夫か？　これ、まさか血か？　なあ、おい……あ、ちょっ！　うわあああ！」

包丁を片手に、私がリビングにやって来たタイミングで、高杉が突然うろたえ始め、何かに怯えるような悲鳴を上げた。二人の方を見ると、高杉に掴み掛かった夫が、タンクトップからむき出しになった彼の肩口に食らいつき、黒い粘液まみれの歯をたるんだ皮膚に突き立てていた。

夫の歯が不健康に白い高杉の皮膚を破り、肉を裂き、深く食い込んでいくにつれて、彼は白目を剥いて激痛を訴え、傷口から大量の真っ赤な血を迸らせた。夫のそれとは違う、赤々ときらめく新鮮な生き血が、黒く濁った夫の血だまりに混ざり合い、奇妙な文様を浮かび上がらせる。

ばり、と紙を引きちぎるような音と共に、夫は高杉の肩の肉をごっそりと食いちぎる。口元から喉にかけて、高杉の血で真っ赤に染め上げられた夫が、うまそうにその肉を咀嚼する。その異様な姿を間近で見せつけられ、高杉は豚のような悲鳴を上げた。

「な、なにをするんだぁ！　やめ、やめ……うぁあああ！」

高杉はその場にへたり込み、傷口を押さえながら、両足をばたつかせて夫との距離を取ろうと必死にもがいた。

「おいあんた、どうにかしろよ！　助けてくれ！」

背後で立ち尽くす私を振り返り、高杉が助けを求めてくる。半ば反射的に手を差し伸べそうになった私は、しかし寸前で我に返り、自分でも驚くほど冷静に状況を見定めていた。

「早く助け……うぅああああ！」

私に向かって手を伸ばし、少しでも夫から逃れようとしてうつぶせの状態で床を這う高杉に、再び夫の毒牙が迫る。背後から伸し掛かるようにして覆いかぶさった夫は、今度は彼の首筋に食らいついた。ミチミチと音を立て、あっという間に肉が食いちぎられると、これまでとは比べ物にならないような大量の血液が傷口から噴出し、数メートル先に立つ私の両足にまで飛んできた。

高杉の絶叫と、彼の肉を咀嚼する湿った音がリビングを侵食するように響いている。

私は、持ち上げかけた手をだらりと垂らし、どこか遠い世界の出来事を見るように、隣人が夫に食い尽くされていく様子を眺めていた。

夫の食欲はすさまじく、常人よりもかなり大きな体格をした高杉を、ものの二時間ほどでほとんど平らげてしまった。残された骨や内臓、一部の脂肪や肉片が床に散らばっている光景を眺めているうち、殺されたのが人間ではなく、豚か牛のような動物であったのではないかという、都合のいい妄想を本気で信じてしまいそうになる。

まるで現実味のない、馬鹿げた妄想だったけれど、そうでもしないと正気を保っていることができなかった。目の前で人間が食い殺され、しかもその犯人が蘇った自分の夫であるだなんて、もはやどの部分から現実を疑ったらいいのかがわからなくなる。

ただ、一つ確かだったのは、高杉の血肉を平らげた夫の身体に明らかな変化があったことだ。

崩れ落ちた顔の肉や筋組織が見る見るうちに修復され、そこを生まれたての赤子のようにきめの細かいきれいな肌が覆っていく。ついさっきまで全身が腐り果て、崩れかけていたとは思えぬほど生気に満ちた表情を取り戻した夫を前に、私は驚きを禁じ得なかった。

「富美《ふみ》……加《か》……」

肉体が完全に修復されると共に、夫の目には正気の光が宿り、私の姿を認めると、ぎこちないながらも名前を呼んでくれた。

「……て……して……」

弱々しくかすれた低い声。耳になじんだその声で、夫は私に何か語りかける。途切れ途切れに繰り返されるその言葉が『愛している』であろうことに思い至った時、私の胸は熱くなった。思わず駆け寄り、隣人の血と脂にまみれた夫を強く抱き締める。

「あぁ……征爾。大丈夫なの？」

問いかけた声に応じることなく、夫は再び押し黙り、それっきり言葉を発することはなかった。そのことを残念に思いはしたけれど、こうしてまともな姿に戻ってくれたのだから、それ以上のことは期待しないでおこうと思い直す。

そして私は気づきたくもないような、最悪の事態に思考を巡らせた。

――これで終わりじゃない……。

夫は、高杉を捕食することで生気を取り戻し、あるべき人間の姿をも取り戻した。それは言い換えれば、そういった形の犠牲を払わなければ帰ってきた夫との生活は守れないということ。そのためにはきっと、これから先も高杉のような犠牲が必要だということ。

その犠牲を払わなければ、夫の身にはまた肉体の崩壊が訪れ、醜く朽ち果ててしまうのだろう。

そのことに思い至ると共に、今回の件で私は改めて、願いをかけたあの髑髏の怪物が、何かの神様だとか、そういうありがたい存在ではなかったことを思い知らされたような気持ちになった。

夫を戻してほしいという願いは確かに受け入れられたけれど、その代償として求められるものが、あまりにも大き過ぎる。

まさに悪魔との取引と呼ぶにふさわしい、禁忌の所業。

――それでも、私は……。

また一人に戻るなんて、ごめんだった。

どんな代償を支払ってでも、せっかく取り戻した夫とのこの生活を守りたいと思った。

一面が赤と黒の血で染め上げられたリビングの中央に座り込み、死人が如き冷え冷えとした夫の手を握りながら、私はこの秘密を何としても隠し通していくことを、心に固く誓った。


その後数日は何事もなく過ぎていった。

一週間ほど過ぎた頃には、高杉が行方不明になったことが近所で噂話として持ち上がるようになった。町内会の人間が何度訪ねていっても留守であることを不審に思い、警察に通報したことで、その噂は事実として認知されることになる。

噂好きの中岡夫人の話によると、高杉は以前より悪い筋からの借金があり、それがらみのトラブルを抱えていたのだという。普段から粗暴な言動が目立っていたが、そういった連中とかかわりがあったと聞かされると、なんだか妙に納得してしまうところがあった。

一度、警察官が訪ねてきて高杉が失踪したことについて、形だけの質問をしていった。私は当たり障りのない返答を心がけ、高杉との間には目立ったトラブルなどはなかったと嘘をついた。若く精悍な顔つきをした実直そうな警察官は、疑う様子もなく私の話にうなずき、メモも取らずに質問を終えて早々に引き上げていった。まさか、夫を亡くした哀れな未亡人の家の庭に、すでに白骨化した高杉が埋められているなどとは、夢にも思っていないような顔をして。

高杉が予期せぬ死を迎えたことについては、素直に心を痛めるけれど、それでも穏やかな表情で静かにソファに腰かける夫の姿を見ていると、何もかもが悪い夢だったのではないかという、都合のいい妄想によって自分をごまかすことができた。

これから先はきっと、何もかもがうまくいく。そう、信じて疑わなかった。

けれど、私のその期待が裏切られることになったのは、高杉の死から二週間ほど過ぎた日のことだった。

その日はいつもより早く帰宅し、腕によりをかけて夫の好物であるビーフシチューを作っていた。鍋の中、ぐつぐつと音を立てるシチューをかき混ぜながら、つけっぱなしのテレビから流れてくる、バラエティ番組の歓声に耳を傾けていた。

もうすぐ完成といったところで、突然、夫が苦しみ始めた。普段の無口さからは考えられないほど大きな唸り声を上げたかと思えば、次の瞬間にあのおぞましい血液を大量に吐き出したのだ。

腹の中に大きな虫がいて、内臓を食い荒らされているかのように、夫は激しい苦痛を訴えてのたうち回った。白目を剥き、耳にするのもおぞましいような断末魔めいた叫び声を上げるその姿は、まさしく地獄の苦しみを体現しているかのようだった。

そして、夫の顔は、かつて警察署の霊安室で目にしたのと同じ、右半分が崩れ落ちた恐ろしい形相へと変化していく。

――やっぱり、また……。

二度目ともなると、これがいったい何なのか、そして何をするべきなのかということはすぐに理解できた。これは代償であり、夫をこの世にとどめるためには、必要な犠牲を彼に捧げなくてはならない。

いずれ訪れると思っていた試練の時が、思いのほか早くやってきたのだった。

苦しむ夫に「待っていてね！」と声をかけ、私は家を飛び出した。

夕暮れ時の、最も暗いと言われる薄闇に包まれた住宅街を、私はあてどなく走り回った。

家を出てから気が付いたのだが、今回は高杉のように、都合よく餌食になってくれる犠牲者が向こうからやってきてくれるわけではない。自分で獲物を探し出し、しかも自宅へ連れ帰らなくてはならない。遅まきながらそのことに気づき、私は頭を抱えた。

人ではなく、犬や猫ならどうだろうかという妥協案が脳裏をかすめる。最悪の場合、誰かの家の庭に繋がれたペットの犬なら、簡単に連れ帰ることができるのではないかという、浅はかな考えまでもが脳裏をよぎった。

だが、近頃は人間がいなくなるのと同じくらい、ペットがいなくなることは大事になる。それに万が一、見慣れぬ犬を連れているところを近所の人間に見られでもしたら、あっという間に犯人だということがバレてしまう。

――駄目だ……駄目だ駄目だ。

それは絶対に駄目だ。犬猫はもちろん、それが人間であったとしても、不審な行動を見咎められるようなことがあったら、先の高杉の件も含めて、いずれ警察の手が伸びることになるだろう。それは非常にマズい。

それに犠牲者となる人間にしても、誰でもいいというわけにはいかない。善人や子供、老人だって、理由もなく夫の餌にするというのは、人の道に外れる行為である気がしてならなかった。

そうなると、必然的に犠牲者となるのは、殺されるにふさわしい人間。犯罪者や、他人に迷惑をかけ、苦しめている人間だ。

問題は、そういった人間が都合よくこの辺りをうろついているのかということで……。

「……あ」

私は、思わず声を上げて立ち止まった。それから、反射的に近くの家の生垣に身を寄せるようにして隠れながら、通りの先を覗き込む。

前方には、電柱に半分身を隠すようにして、何かを窺っている男の姿があった。着古したスウェットにサンダル履き。アニメのキャラクターが印刷されたパーカー。何年も散髪していないであろうぼさぼさの頭。片手にはスマホを構え、十数メートル先のコンビニの前でスマホをいじっている中学生と思しき制服姿の女の子の姿をじっと観察している。

時折、ちらちらと周囲を窺うその男の横顔には見覚えがあった。以前、中岡が噂話の中で語っていた、潰れた酒屋の長男。確か名前は沖田《おきた》と言ったか。一年ほど前、町内会の祭りに夫と一緒に参加した時、私は沖田酒店の出店の手伝いをさせられた。当時、すでに自宅に引きこもっていたらしい沖田も、この時は出店の店番を交代でこなしていた。

町内の催しとはいえ、赤の他人に店の在庫を任せる気にはなれなかったのだろう。私と夫が交代で店番をする時は、必ず酒店の人間もテントの中で店番をすることになっていた。そして沖田は私と共に店番をしながら、何を勘違いしているのかと問いたくなるような馴れ馴れしい口調で話しかけてきては、私の神経を逆なでした。曰く、自分が一流大学を出て、日本でも有数のIT会社に就職し、バリバリ仕事をしていたこと。上司の覚えがよく、異例の若さでチームリーダーに抜擢されたこと。激務のせいで体調を崩したのも、周りが無能で自分にばかり負担がかかった結果だったこと。そして、自分は潰れかけた酒屋などを継ぐよりも、大きな世界で責任ある仕事を任されるべき逸材なのであるといった戯言《たわごと》を、恥ずかしげもなく語った。

この場限りのことだからと波風を立てないよう、作り笑いで愛想よく話を聞いていた私の対応に気をよくしたのだろう。沖田は夫の見ていないところで私の肩に手をまわし、二人で会えないかと誘ってきた。必要以上に接近した彼の汗の臭いや加齢臭、黄ばんだ歯と無精ひげだらけの口元から漂ってくるすえた臭いに、背筋がぞわりと粟立ったことをよく覚えている。

ただ気味が悪いだけではなく、あの男にはよからぬ噂がある。中岡が言っていたように、沖田は帰宅途中の女子中学生や小学生に声をかけ、写真を撮らせてくれないかなどと言い寄ったことが何度もあるらしく、一時は警察が出動するような騒ぎになったこともあった。

どれも未遂で済んでおり、大事には至っていないようだが、いずれ事件を起こすであろうことは目に見えている。現に、今もあんな風に物陰から一人でいる女子中学生をスマホで盗撮しているところを見ると、いつ穢れた衝動のままに少女に襲い掛かるか、わかったものではない。

そのことを考えた時、すでに私は決断していた。

「こんばんは、沖田さん」

そっと後ろから近づいて、沖田に声をかける。

「ひっ！　だ、誰だ！」

道端でクマにでも遭遇したかのような顔で振り返った沖田は、今にも泣き出しそうなか弱い声で誰何《すいか》した。

「な、なんだ。あんたか……」

ところが相手が私だと気づくと、すぐに安心したように軽薄そうな笑みをその顔に浮かべ、祭りの時と同じ、値踏みするような視線を私に向ける。そうやって、散々人を無遠慮に眺めた後、沖田は何事もなかったような顔でスマホをポケットに押し込んだ。

「何か用か？」

「ええ、その……何をされていたのかと思って」

「べ、別に何もしてない。ただここで、その……」

ちらちらと、視線はコンビニ前の少女と私との間を行き来する。愚かにも、己の歪んだ性癖がゆえにまだ幼さの残る少女を性犯罪者そのものといった表情で盗み撮りしていたことを、隠し通せると思っているのだろう。

そうこうしているうちに、一台の車がコンビニの前にやってきて、少女を乗せて走り去っていく。どうやら、家族の迎えを待っていたようだ。

英断だ、と思った。もしこの場に私が現れず、少女が一人で夜道を歩いて帰宅していたら、まんまと沖田の毒牙にかかっていたかもしれない。こういう手合いは、いつか必ず一線を越えるものだ。私がまだ学生の頃にも、近所の中年男性に襲われ、危うく命を落としかけた同級生がいた。

力が弱く、ろくに抵抗もできぬまま、身勝手な大人のおぞましい性衝動のはけ口にされる少女は、きっと世の中にたくさんいる。どんなに注意していても、こういう変人が本気で危害を加えようと襲い掛かってきたら、きっと勝ち目はないだろう。

考えているだけで胸がむかむかしてきた。そして、多くの名もなき性犯罪者に対する怒りや苛立ちが、目の前の犯罪者予備軍たる男へと集結していく。

「あんたこそ、こんなところで何してるんだ。早く家に帰らないと、旦那が心配するんじゃないか」

「……いいえ、夫はもういませんので。心配してくれる人なんて誰もいないんです」

私に言われて、夫が亡くなったことを思い出したのだろう。沖田はばつが悪そうな顔をして、ああ、とかうう、とか意味不明なうめき声を上げながら、脂で湿った髪の毛をぼりぼりと掻いた。

「それで、実はちょっと困っていて、沖田さんに助けていただきたいんです」

「助ける？　俺が？」

沖田は驚いたように繰り返した。自分なんかに何ができるのかとでも言いたげな、卑屈で自嘲的なその声に、思わず吹き出しそうになってしまう。

「最近、雨が続いていたせいか、うちで雨漏りがするんです。夫がいた頃は、簡単に直してくれていたんですけど、今は私一人で、どうしたらいいのかわからなくて……」

「俺に、直してほしいのか？」

沖田は窺うような視線を向けてくる。ねばりつくようなその視線にさらされ、なんとも言えぬ不快さが肌の下を這い回っていく。

きっと沖田は頭の中で、こんな見え透いた誘い方をする私を怪しんでいることだろう。それでも、下劣な欲求には抗えないのか、こちらを品定めする沖田の眼力は今まで以上に強く、ぎらぎらと怪しい色を帯びていた。

私は昔から童顔と言われ、不名誉にも体形は中学生の頃からほとんど変わっていない。背も高くスタイルのいい妹とは真逆で、年の割に幼く見られることがよくあった。そういった要因が沖田の汚らわしい性癖にマッチするのかもしれない。

「いいだろう。ちょうど暇だったところだし、見てやるよ。それが終わったら、お茶くらいは出してくれるんだろう？」

「ええ、もちろん」

二つ返事で了承した沖田を伴い、私は自宅に彼を連れ帰ることに成功した。

前回の高杉と同様に、黒い血にまみれたリビングで苦しそうに呻いている夫を発見した沖田は、何事かと目を丸くした。そして、新鮮な餌の匂いに反応し顔を上げた夫の惨たらしく崩れた顔を見て腰を抜かす。

「く、来るな……助けてくれ！　嫌だああああ！」

あっという間だった。

夫は飢えた獣のような唸り声を上げ、沖田に襲い掛かった。

足首を掴まれ、床に引き倒された沖田は、飢えた夫に腹を裂かれ、生きたまま内臓を貪り食われた。大量の生き血を迸らせ、身体を食い荒らされながら、それでもなかなか死を迎えられず、耐えがたい恐怖に身も心もからめとられた沖田は、しきりに助けを求めていたが、私が聞き入れるはずはなかった。

遅かれ早かれ罪のない少女に危害を加えるであろう変態が一人いなくなったところで、世界は困らない。酒屋を廃業した両親だって、仕事もせずに寄生する不甲斐ない息子がいなくなってくれた方が、余生を平和に過ごせるというものだろう。

そう自分に言い聞かせながら、私はキッチン台の陰にしゃがみ込み、沖田の肉体が食い尽くされていく音を聞くともなしに聞いていた。

数時間の後に、『生気の補給』を終えた夫は、さっきまでの凄惨めいたおぞましい姿が嘘のように、元の姿を取り戻した。

私は沖田の残骸を集め、ビニールシートでくるみ、庭の梅の木の下に埋めた。前回、高杉を埋めたばかりだったせいもあってか、土は柔らかく、半分の時間で埋めることができた。

それよりも、大量の血液や体液が飛び散り、悲惨な状態になったリビングの清掃をし、夫の身体を洗い清める方が、よほど時間がかかった。

すべてを終えたのは朝方だった。シャワーを浴びて身体にこびりついた血や泥を洗い流しても、死臭がなかなか落ちてくれず、疲れも相まってか、熱病にかかった時のように意識が朦朧としたまま、私はベッドにもぐり込んだ。夫の発作が起きたのが週末だったことは、不幸中の幸いと言えた。

日曜日になると、体調が回復し、昨日までの気分の悪さも嘘のように消え去っていた。

外はあいにくの曇り空だったので、外出することなく、日がな一日、夫と並んでソファに座り、録り溜めたドラマを見て過ごした。

夫の表情はとても柔和で、顔色もよく、醜く崩れていたことなど全く感じさせなかった。死を連想させるような要素は何もない。代償を支払ったおかげで、また穏やかに過ごせる。

そのことに安堵する一方で、私は、またいずれやってくるであろう発作の危機を思った。

これで終わりじゃない。きっとまた同じことが起きて、私は犠牲者を探してここへ連れてこなくてはならなくなる。

そうなった時、今度はいったい誰を連れてくればいいのだろう。

——高杉や沖田のような人間が、都合よく見つかればいいんだけど……。

内心で呟きながら、私は隣に座る夫の横顔を見る。彼は私の不安になど気づく様子もなく、何の悩みもないような微笑みを浮かべるばかりだった。

その顔を見ていると、なんだか悩むのが無駄な気がしてくる。今はこの時間を——二人でいられるこの時間を大切にしなければと、強く自分に言い聞かせた。

ところが、そんな私の夢見心地な時間を邪魔するようなタイミングで電話が鳴った。表示を見ると案の定、妹からだった。

「もしもし、何か用？」

『何よ。せっかく電話してあげたのにまたそういう言い方して』

「悪いけど、今ちょっと忙しいの。用がないなら今度にしてくれる？」

あからさまに拒否するような言葉を向けられたことに驚いたのか、妹は電話口で戸惑いをあらわにした。けれど、すぐに何かを察したように、含みのある口調で問いかけてくる。

『もしかして、誰か来てるの？』

「違うわ。一人よ」

『まさか男？　ねえ、そうなんでしょ？』

「人の話、聞いてる？　誰もいないったら」

目をらんらんと輝かせる妹の無邪気な顔を脳内に描き、ふつふつと湧き上がるような苛立ちを覚えた私は、乱暴な口調で否定する。

それでも妹は私が嘘をついていることを確信しているかのように聞く耳を持たず、しきりに誰と一緒にいるのかを問いただし続けた。

『隠さなくてもいいじゃない。お姉ちゃんはもう独り身なんだから、自由に恋愛する資格があるんだよ。そのまま一人で年を取って孤独死なんて嫌でしょ？』

「大きなお世話よ。ねえ、もう切るからね」

『待ってったら。それじゃあ、これだけ教えて。その人は征爾さんに似てる？』

唐突な質問に、私はつい押し黙っていた。口元を真横に引き結んだままで、夫の顔を一瞥する。

「なんでそんなこと訊くの」

『だって興味あるじゃない。お姉ちゃんの好みって偏ってるからさ。きっと次に好きになる人も、征爾さんによく似た人なんだろうなって思っただけ』

勝手な憶測も甚だしい。あえて否定する気にもなれず、私は電話口に向けてわざと聞こえるような溜息をついた。

『それで、どうなの？　教えてよ』

「……少しだけね」

『やっぱりね。そうじゃないかと思ったんだ。ねえ今度――」

喋り終えるのを待たず、電話を切った。

――いい加減にしてよ。いつもいつも、勝手なことばかり。

声に出さず、心の中に苛立ちを叫び、スマホをソファに放り投げた。

けれど私はそこで、この胸に渦を巻くイライラが、いつも妹に対して抱く鬱屈とした重々しい怒りとは違っていることに気づく。

終始無言を貫いたまま、ぼんやりとした視線をテレビに向けている夫に視線をやり、私は頬を緩める。

その理由はきっと、この人が隣にいてくれるからだろうなと、少しだけ温かい気持ちになった。


週明けになると、沖田が家に帰らぬ日が続き、両親は彼の捜索を警察に申し出たようだが、事件性が認められない以上、積極的な捜索はされないらしいという話を中岡から聞いた。

いくら怪しい行動が目立っていたとはいえ、沖田は実際に性犯罪を犯したわけではなかったし、高杉のように如何わしい連中との間にトラブルを抱えていたわけでもなかった。そういった背景もあってか、警察もトラブルに巻き込まれたという可能性は考慮していないらしく、今回は私の家に聞き込みにやってくることはなかった。

そもそも私と沖田の間にはっきりとしたかかわりがあるわけではないから、彼がいなくなろうが、死体が発見されようが、私が疑われることは万に一つもないはずであった。

とはいえ、高杉、沖田と町内で立て続けに人が消えたとなれば、噂好きの中岡を中心とした物見高い連中が放っておくはずもない。彼らはあれこれと勝手な妄想を繰り広げ、彼らの失踪に納得できるようなストーリーを作ることに忙しくしている様子だった。

なかでも興味深いと感じたのは、この町のどこかに殺人鬼が潜んでいて、連れ去られた彼らは殺人鬼の家に監禁されているという、当てずっぽうもいいところの三流ストーリーだ。熱心にその説を唱える中岡を前に、私は笑いをこらえるのに必死だった。

的外れもいいところだ。少なくとも私は殺人鬼などではないし、彼らを監禁し、時間をかけていたぶるような趣味を持っているわけでもない。もちろん、彼らを殺したいほど憎んでいたというわけでも、快楽目的の殺人を行いたかったわけでもない。

必要に迫られただけ。ただそれだけだった。

そのような形で失踪した――厳密にはとっくに死亡しているが――二人の噂話を他人事のように聞き流しながら平穏な日々を送っていた私はしかし、さほどの時間を置くこともなく、再び夫の発作という難題に直面することになった。

その日、精神的なものからか、体調不良を理由に会社を早退した私は、まだ陽の高いうちに帰宅した。玄関を開けた瞬間、家の中に漂う腐った血の臭いを嗅ぎ取り、明かりのついていないリビングで何が起きているのかを悟った。そして同時に、あり得ないという疑心がこの胸にあふれ返った。この日は火曜日で、前回の発作からたったの四日しか経っていない。いくらなんでもスパンが短すぎる。

何かの間違いではないのか。いや、そうあってほしいという願望が強く脳内に広がっていった。はやる気持ちを抑えつつ、慎重な足取りでリビングに踏み入ると、果たしてそこには、もはや見慣れてしまった光景が広がっていた。

黒く濁った血にまみれた床。すでにカーペットは処分しているため、むき出しのフローリングに大量の血が飛び散っている。

これまでと同様に、夫は崩れた顔を悲痛に歪め、死に際の慟哭を放っていた。全身を激しく痙攣させ、新鮮な血肉を求めてはリビングをぐるぐると這いずり回っている。

夫は私の姿を認めるなり、まだ無事な左目にすがるような光をたたえ、早くどうにかしてくれとばかりに、嘆きの声を上げる。

「……無理……もう無理よ……」

人知れず呟きながら、私は床に膝をついてがっくりとうなだれた。

不本意とはいえ、すでに二人の人間を夫の食糧として捧げている。それだって楽なことではなかった。にもかかわらず、たった数日しか経っていないこのタイミングで、また誰かを連れてこいというのか。

いくら大切な人のためとはいえ、死んでもいいような人間を見つけるのは簡単なことじゃない。それに、今再び誰かを犠牲にしたとしても、またすぐに同じことになるのは明らかだった。ともすれば、今回よりもさらに短い期間で夫の身体が急速に崩れ始めることすら、容易に想像がつく。

――これ以上、どうしろっていうの……。

誰にぶつけたらいいのかわからない、やり場のない怒りが胸中で渦を巻いた。

「どうしろっていうのよ！」

下唇を噛み締め、握り締めたこぶしで床を叩く。喉を震わせ、冷え切った嘆きの声をリビングに響かせた時、まだ陽の高い時間にもかかわらず、周囲が深淵の闇に包まれた。

はっとして辺りを見回すと、まばゆくきらめく真っ赤な光が突如として目を刺した。咄嗟に目を細めた私のすぐそばに、何か異様な気配が迫る。

薄目を開いて様子を窺うと、床に這いつくばったままの夫の隣に、赤く熱したような骨格を持つ異形の存在が突如として現れた。

「あ……ああ……」

意思とは無関係に、呆けたような声が洩れる。

髑髏だ。漆黒の外套をまとった赤黒い髑髏人間が、まばゆい光を背負うようにして佇んでいる。髑髏は暗く澱んだ眼窩の奥に怪しい光をたたえ、頭が天井にぶつかりそうなほどの巨躯を折り曲げ、じっと私を凝視した。

――代償を支払え。

低くしゃがれた複数の声が、同時に頭の中に響く。

何度聞いても慣れることのない怖気を誘う声が、私を心底から震え上がらせた。

「……人を殺せってこと？　それならもう支払ったじゃない」

身体の芯が凍り付いたような激しい震えに身もだえしながら、私はそう訴えかけた。ところが髑髏は私の主張など歯牙にもかけぬように、同じ言葉を脳内に送り込んでくる。

――代償を支払え。

こちらの都合などそっちのけで、一方的な要求を通そうとする髑髏。その身勝手ともいえる独善的な態度に対し、恐怖の色に染め上げられていた私の心に一抹の怒りの火が宿る。

「何よ。こっちの話も聞かないで……。そもそも、そっちが願いを言えって言うから、私は夫を戻してと願ったのよ。それなのにこれは何？　こんなの、話が違うじゃない！」

怒りに任せて叫んだ瞬間、髑髏の両目に浮かぶ怪しげな光が、わずかにその輝きを増した気がした。

――足りない。

――もっと生き血を。

――生気に満ちた、若く穢れのない血肉と魂を。

矢継ぎ早に放たれる髑髏の声が、頭の中で暴れ回る。

穢れのない血肉。その表現は、まるで何かの啓示であるかのように、私の思考を釘付けにした。

「彼らじゃダメだったってこと？」

生贄にする相手を間違えた。そんな考えが唐突に脳裏をよぎった。

高杉や沖田のような穢れた人間の血肉を摂取させてしまったために、夫の再生が不十分なものだったというのだろうか。

だとしたら、若く穢れのない魂というのは、もしかして……。

「まさか、子供……？」

ふと口を突いて出た自分の言葉に、私は自ら戦慄を覚えた。

「子供を犠牲にしろっていうの……？　あの人を救うために？」

――決断しろ。

有無を言わせぬ勢いで放たれた髑髏の声が、ひときわ大きく脳内を駆け巡り、脊髄に突き刺さって稲妻のような衝撃が全身を駆け巡る。

私は小刻みにかぶりを振りながら、左右の手で頭を抱えた。

できない。そんな恐ろしいこと、できるはずがない。

高杉や沖田のように、生きているだけで他人を不快にさせるようなクズならともかく、何の罪もない子供を夫に差し出し、生きたまま食われる様を見届けることなんて、できるはずがない。まともな人間なら、想像するのもおぞましいと感じるような狂気の沙汰を平然と要求してくる髑髏に対し、私は耐えがたいほどの恐怖を抱いた。

そして気づく。彼は最初から、そういうつもりで私に願いを告げるよう迫ってきたのだと。

いや、願いなどではない。これは取引だ。私が求めるものを与えておいて、自分はそれ以上のものを私から奪っていく。しかも、与えられたものはひどく不完全で、維持するためには、更に多くのものを差し出さなくてはならない。つまりそういう、理不尽で不公平な取引を、髑髏は私に強いている。

そして、要求の通りに必要なものを差し出さなければ、夫は再び命を落とす。今度こそ、永久に私の前から消えてしまう。

そうなったら、何が残る？

激しい葛藤に悩まされながらも、私は自問する。

二人で過ごしたこの家に、また一人ぼっちで取り残される哀れな自分を想像し、私は固く両目を閉じた。もうあんな思いをするのは嫌だと、心の声が叫んでいる。

たとえ他人を犠牲にしても、心が耐え切れないほどのおぞましい所業に手を染めてでも、守り通したい。失いたくない。そんな強い思いが、私の理性や倫理観といったものに食らいつき、跡形もなく引き裂いてゆく。

生唾を飲み下し、深く息を吸い込んで、私は改めて髑髏を見すえた。

「やるしか、ないのね……」

問いかけた私の声に無言の肯定を示した髑髏が、わずかに身じろぎしてゆっくりと上体を起こす。そして、気味の悪い粘液を滴らせる口元をぱっくりと開いた。

皮膚も筋組織も存在しないその顔に、奇怪な笑みを刻んだ髑髏は、瞬き一つの間に跡形もなく姿を消していた。

3

夫を家に残し、私は大急ぎで近所の公園に走った。

平日の午後だ。学校を終えた子供ならいくらでも見つけられるはずだと自分を励ましながら、息を切らして住宅街を駆け抜ける。そして、少し前に動物の死骸が発見されて騒ぎになった小さな噴水のある公園に辿り着くと、私はつい無意識のうちに安堵の息をついていた。

公園内では、小学生と思しき多くの子供たちが駆け回っている。近所の子供はもちろん、同じ学区内に住む多くの子供たちが集まってくるのだろう。数台のパトカーがやってきて、野次馬がたくさんいた騒ぎなど、とっくに忘れ去られてしまったかのように、そこには平和でほほえましい光景が広がっていた。

そのまま突っ立っていると怪しまれるため、意識して呼吸を整えながら、ブランコのそばのベンチにそっと腰を下ろして様子を窺う。

近くには大きな遊具が二つと、ブランコが二つ。それらに挟まれるような形で砂場があり、まだ就学前の幼児と思しき子たちが仲良く砂遊びに興じていた。その周辺には母親らしき大人たちが輪になって談笑しているが、彼女たちの誰一人として、この私が子供を連れ去り、夫の餌にしようと考えているなどとは夢にも思っていないだろう。

とはいえ、小さい子供は親と一緒に来ているはずだから、ターゲットにはできない。となると、小学校の低学年くらいで友達の輪の中に入れず、一人で遊んでいるような子が狙い目だ。

そこまで考えて、私ははっとする。

自分がこれから何をしようとしているのか。そのために、どれほど姑息で卑劣な手段を使うべきかと思案している事実そのものに、強い嫌悪感を覚えた。

本当に子供を犠牲にするつもりなのか。あどけない笑みを浮かべ、無邪気に走り回る子供たちの中から一人を選び、生ける屍《しかばね》と化した夫の餌にする。そんなことを本当に実行しようとしているのかと、わずかに残った良心が叫んでいた。

——やらなきゃ……でないとあの人は……。

胸の内で渦を巻く葛藤を拭い去るようにして再び決心を固め、私は立ち上がった。

公園内を目まぐるしく駆け回り、鬼ごっこやサッカー、ドッジボール、その他、木のそばで虫取りなど、思い思いの時間を過ごす子供たちに対し、身勝手な悪意を向ける私はきっと、はた目にはかなり危ない目をした大人に見えたことだろう。

やがて私は、一人の少女に狙いを定めた。滑り台の奥、道路と公園とを隔てるフェンスの手前にしゃがみ込み、何をするでもなくぼんやりと園内の様子を眺めている女の子。七歳か八歳くらいだろうか。まだ友達付き合いに慣れていないらしく、遊びに参加したいのに勇気が出ないといった風情で、誰かに声をかけてもらえるのをじっと待っている。そんな感じの少女に、私は気配を消してそっと近づいていった。

「お友達と一緒に遊ばないの？」

すぐそばまで近づいて声をかけると、少女は驚いたように顔を上げる。視力矯正用の眼鏡をかけているせいで、両目が大きく見えた。

私を見上げたその目は、見知った人間ではないことに少々恐れを抱いた様子で揺れていた。不安を絵にかいたような表情を浮かべ、ふるふると首を横に振る。その拍子に、つややかな黒髪が風になびいてさらりと揺れた。

「よかったら、私と遊ばない？」

少女の前にしゃがみ込み、目線の高さをなるべく合わせる。そして、精いっぱい優しそうに聞こえるであろう声を心がけて提案した。

「おばさん、だれ？」

「私は富美加。あなたは？」

「……れみ」

少女は口を尖らせ、少し不貞腐れたような顔で名乗った。

「れみちゃんか。ねえ、私のおうちにお菓子とジュースがあるの。面白い動画だって見られるし、お人形のおもちゃもあるわ。よかったら、遊びに来ない？」

少女の目に、わずかながら迷いの色が浮かんだように見えた。だが、すぐにそれを取り払い、少女はさっきよりも強く首を横に振った。

普段、知らない大人についていってはいけないと親に言われているのだろう。このくらいの年の子供なら、その程度の誘い文句で引っかからないのは当然だ。何か、餌になるようなお菓子でも持ってくればよかったと、今更ながらに私は後悔した。

周囲を見回し、私たちに注目している者がいないかを確かめる。幸いと言うかなんと言うか、子供たちも母親たちの中にも、疑惑のまなざしを向けてくる者はいなかった。

少女はうつむきがちに、自らの膝を抱えながらも、ちらちらと私の顔を窺っている。突如として現れた私に対して戸惑いを感じつつも、危険と判断している様子はなかった。遊びに来ることを拒んだのも、親に言われていることを思い出しただけで、私を拒否し、遠ざけようという意思ゆえではなさそうに見える。

いっそのこと、強引に手を引いて連れ出してしまおうか。四の五の言わず黙ってついてきなさいと言い含めれば、気の弱そうなこの子なら言うことを聞いてくれるかもしれない。夫にはもうあまり時間がない。ここで悠長に子供を説得している間にも、身体はどんどん崩れていってしまう。もはや一刻の猶予もなかった。私は意を決して手を伸ばす。うつむいた少女の腕を掴み、少し力を込めて立ち上がらせると、少女は思いのほか素直に従った。

——いける。

心臓がバクバクと早鐘を打った。乾いた喉で生唾を飲み下しつつ、周囲の様子を窺う。

公園内の誰一人として、こちらに注目している者はいない。

――大丈夫。大丈夫。

心の中で自分を励ましながら、少女を連れて歩き出す。フェンスはすぐそこだ。外に出たら、この子を連れてまっすぐ家に戻る。途中で誰かに見咎められても、何か適当な理由をつけて切り抜ければいい。

――きっと大丈夫。大丈夫だから……。

戸惑いながらも私に従ってついてくる少女と共に、公園の敷地を踏み越えた時――

「ちょっと！」

背後で鋭い声がした。

びく、と肩が震え、凍り付いたように全身が硬直する。

ゆっくりと、首を巡らせて後方を振り返ると、砂場の辺りにいた母親集団の一人が駆け出し、大きなドングリの形をした遊具のそばにいる少年に駆け寄って、何事かまくし立てている。少年が泣きべそをかき始めたのを見て、何か怒られるような悪戯をしたのだと察しがついた。

自分の行為が見咎められたのではないとわかり、私はほっと安堵の息をつく。全身を覆っていた緊張が一気にほぐれ、わきの下を汗が伝った。

——危なかった……。

震える息を吐き出しながら内心で呟いた時、私は猛烈な違和感に囚われる。

危なかった。何が？　罪のない少女の命を奪うため、こっそりと連れ去ろうとしていることを咎められなかったことが？

自らの犯罪行為がバレずに成功しかけていることに、私は安心している……？

そのことを自覚すると共に、私は自分のしようとしていたこと、そのおぞましさを改めて自覚し、そして戦慄する。

なりふり構わず、手段を選ばず、願いを叶えるために悪魔に命を売り渡そうとしている自分の姿を客観的に見せつけられたような気がして、全身から血の気が引いていった。

人知れず衝撃を受けて立ちすくんでいると、小さな手が私の右腕を引いた。視線をやると、こちらを見上げる少女と目が合う。

少女のつぶらな瞳が何の疑いも持たずに私を見上げている。その目が不思議そうに瞬いた瞬間、少女がバラバラに引き裂かれ、血にまみれたリビングの床に散らばる光景を幻視して、私は短い悲鳴を上げた。

少女の手を離し、一歩、二歩と後ずさる。そして、ほどかれた手を宙ぶらりんにさせた少女から逃げるように、私は駆け出した。

無我夢中で来た道を引き返し、息を切らして走り続け、自宅のそばにまでやってきた私は、近所の石塀にもたれ掛かるようにして立ち止まった。

荒い呼吸を繰り返し、苦しさに激しくせき込む。流れ落ちた汗が、焼けたアスファルトの上に黒いシミを作る。

「やっぱりできない……私には……」

目を閉じると、黒い血を吐き散らしながらもだえ苦しむ夫の姿がまざまざと浮かぶ。早く助けてあげないとと思うその一方で、肝心なところで決断が鈍ってしまった弱い自分に対し、強い落胆を覚えた。

それでも、やるべきではないという選択が勝った。その結果、あの人を失うことになるとしても、罪もない小さな命を奪い取るなんてことは、絶対に間違っている。

石塀に手を突き、運動不足のせいで力の入らない両足に鞭打って、私は歩き出す。家はすぐそこだ。

——早く帰らないと……あの人が……。

夫の身体が今にも崩れ落ち、ドロドロに溶けて形を失ってしまう様を想像して、私の心臓は更に鼓動を速めた。

はやる気持ちが余計に足をもつれさせ、うまく進めない。それでもやっとのことで自宅の門の前に辿り着き、門扉を開いて玄関へ向かおうとした時、隣家の敷地内からなにやら笑い声がした。

私は咄嗟に身を低くして、隣家——高杉家の方を見る。すると、互いの家を隔てるコンクリートの塀越しに、高杉家の周りをうろつく人影があることに気づいた。

おかしい。高杉がいなくなってからは、隣家には誰も住んでいないはずだ。警察か市の職員、あるいは借金取りが、高杉が戻ってきているのではないかと思い様子を見に来たのか。

私は気配を気取られぬよう息をひそめ、青々と葉をつけた梅の木の陰からそっと様子を窺った。

「おい、やばいって。もう帰ろう」

「大丈夫だって。ほら、こっち。中に入れるかも」

話し込む二つの声は、いずれも若く、まだ幼さが残っていた。そっと首を伸ばして確認すると、近くの中学校の制服を着た二人の少年の姿があった。一人は眼鏡をかけた神経質そうなタイプ。もう一人は頭髪を金色に染め、シャツの胸元を必要以上に開いた、見るからに『ワルを気取った』タイプ。彼らは家主不在の高杉家の敷地に堂々と踏み入り、リビングの窓から中の様子を覗き込んでいた。

「この家のオヤジ、行方不明なんだってさ。誰もいないなら入ってもバレないだろ」

「でも、誰かに見られたらどうするんだよ」

「構うもんか。そういう時はコレ見せりゃ一発だし」

金髪の少年が、ベルトに通したホルダーから、手のひらサイズの折りたたみナイフを取り出した。慣れた手つきで刃を起こし、顔の横にちらつかせる。

「それに、俺らまだ十三だろ。ショクホー何とかって言って、見つかっても逮捕されるわけじゃないんだから大丈夫だよ」

不敵に笑う金髪の少年に気圧されてか、眼鏡の少年は引きつった笑みを浮かべ、断り切れないといった様子でうなずく。

「よし、それじゃあ行くぞ……」

金髪の少年が、近くにあった石を拾い上げる。それで窓を割って侵入するつもりなのだろう。

あまりにも浅はかで、あまりにも低俗。空き家に忍び込む探検好きの子供たちなど比べ物にならないほどの愚かなその二人を前にして、私はこらえ切れずに笑い声を上げた。

「誰だ！」

思いのほか響いてしまった笑い声に反応した金髪の少年が、石をその場に放り投げて振り返り、手にしたナイフを突き出した。

こそこそと隠れる必要なんてないことを自覚し、私は梅の木の陰からひょいと身を乗り出して彼らの前に姿を現した。

「やば……だから言ったのに……」

眼鏡の少年が、おろおろと視線を泳がせながら嘆くように言った。

金髪の方は、相手が女であることを知って安心したのか、人を食ったような態度で挑発的な表情を浮かべ、まっすぐに私を見据えている。ふてぶてしくも堂々としたその態度に、再び乾いた笑いがこみ上げてきた。

「何がおかしいんだよ。おばさん」

「別に。あなたたちこそ、ここで何してるの？」

「カンケーないだろ。怪我したくなかったら引っ込んでろよ」

金髪が大股で塀のそばにやってきて、ナイフを私に向けた。すごんでいるつもりだろうけど、切っ先は細かく震えている。暑くもないのに額には玉の汗が浮かび、喉ぼとけがしきりに上下していた。

彼がここまで感情的になるのは、舐められるのが嫌で去勢を張っているか、あるいは本当は怖くてたまらないのを必死に隠そうとしているかのどちらかだろう。

いずれにしても、今の私にとっては、どうでもいいことだった。

「そんなもの見せびらかして、誰かに怪我でもさせたらどうするつもり？」

「はあ？　そんなんでビビると思ってんの？　言っとくけど、使い方なら知ってるぜ」

「そうなの。カラスでも捕まえて練習してるとか？」

「ちげえし。野良猫捕まえて『処分』してやったんだよ。こないだ、にゃあにゃあうるせえ親子がいたから、切り刻んで遊具にぶら下げておいたら、警察が来て大騒ぎしてやんの」

野良猫。親子。それらの単語を頭に浮かべた瞬間、かちりと何かがハマったような感覚があった。

どうやら目の前の少年が、先日の猫の親子殺しの犯人であるらしい。

聞いてもいないことを勝手にべらべらと語る辺り、他人に注目されたくてたまらない、思春期特有のイタくて愚かなガキであることは間違いなさそうである。

「そう、あなたが猫殺しの犯人だったのね」

「だったらどうするつもりだよ、おばさん？」

「だったら……そうね……」

私は顎に手をやり、考える仕草を見せる。だが、その時点ですでに、どうするつもりかなんて決まっていた。

――こいつでいいじゃない。

自分のものとは思えぬような、ひどく冷めた声が心の中に響き、思わず苦笑がこぼれた。僥倖という言葉はきっと、こういう時のためにあるのだろう。

「だから、何一人で笑ってんだよ。警察にチクるつもりか？　言っとくけど、俺らはまだショクホー……」

「触法少年でしょ。それくらい知ってる」

少年を遮って告げると、私はわざと愛想のいい笑顔を作り、肩をすくめて見せた。

「ねえ、良かったらうちに寄っていかない？」

「はぁ？　おばさんの家に？」

なんで、と素朴な疑問を口にして、少年が鼻を鳴らす。

「うちにも、うるさい野良猫が住みついちゃったのよ。あなたの言う『処分』がどんなものか、ぜひ見てみたいなぁと思って」

私の申し出に、少年は目を丸くする。眼鏡の方は落ち着かない様子でしきりに汗をぬぐい、「なあ、もう帰ろうよ」と金髪の少年の腕を引いていた。

「いいぜ。見せてやるよ」

金髪の方が、受けて立つとばかりに顎を突き上げた。それから眼鏡の方に「お前は先に帰れ」と命令口調で言い放ち、胸くらいの位置にある塀を軽々と飛び越えて私の家の敷地に乗り込んできた。

私は金髪の少年を引き連れ、玄関のドアを開いて彼を中に誘う。ドアが閉まる瞬間、高杉の敷地から脱兎のごとく逃げ出していく眼鏡の少年の後姿が見えた。命拾いした彼が、余計なことを口走らないかが気になったけれど、今は考えないでおく。

口元に不敵な笑みを浮かべ、意気揚々と私の後について家に入ると、少年はきょろきょろと物珍しそうに玄関内を見回し、乱暴に靴を脱ぎ捨てて廊下に上がった。

「こっちよ。遠慮なくどうぞ」

私の言葉に素直に応じ、少年は少しばかり緊張した面持ちで、しかしそれを気取られぬよう肩で風を切るようにしてリビングへと足を踏み入れていく。

私が本当に猫の解体シーンを見たがっていると思っているのか、それとも、大人の女性に誘われ、家にやってくるというシチュエーションに、性的なアクシデントを期待して胸を高鳴らせてでもいるのかもしれない。

全くもって哀れなことだけれど、マセたクソガキの抱く妄想なんて、百パーセント裏切られるものと相場が決まっている。

「な、なんだこれ……！　うわあああああ！」

リビングに足を踏み入れ、そこで中の様子を目にした瞬間、少年は壁に背中を押し当てて甲高い悲鳴を上げた。

　彼の視線の先で、血だまりの中に沈んでいた夫がのそりと顔を上げる。顔の右半分が崩れ落ち、半ばドロドロに溶解したおぞましい形相の夫は、少年の姿を見つけるなり、歯をむき出して痩せた野犬のような唸り声を上げた。

　すぐにでも少年に飛び掛かろうとしたのだろうが、意外にも夫はのそのそと緩慢な動きで、顔と同様に、潰れて皮膚がべろりと剥がれ落ちた両腕を交互に動かし、血だまりの中を這い進んできた。

　餌の調達に、いつもよりずっと長く時間がかかったせいで、身体の崩壊が進んでしまったのだろうか。だが、そのゆっくりとした動作がかえって恐怖を誘うらしく、少年はなにやら訳のわからないことをわめきたてて床に座り込み、捕まったカブトムシみたいに足をじたばたさせて、ズボンに黒いシミを作った。周囲に充満する血の臭いに交じり、つんとした尿の臭いが鼻を突く。

　つい数秒前まで、あれほどイキがっていた少年の顔はすでに恐怖の色に塗りつぶされていた。涙や鼻水、よだれで顔をぐしゃぐしゃにして、哀れにしゃくりあげながら、溺れ死ぬ間際の子犬のように必死に助けを求めてくる。

　その姿から、さっきまでの威勢のよさは完全に消え失せていた。

「ごめんなさい……ごめんなさい！　いやだ……来ないで……うぁあああ！」

じりじりと這い迫る夫の手が——潰れた指先が、少年のつま先を何度もかすめる。少年は訳もわからずに謝罪の言葉を繰り返しながら、しきりに足をばたつかせ、どうにか立ち上がろうとする。けれどパニックを起こしているせいで、身体が言うことを聞かない様子だった。

そして夫の手が、今まさに少年の足首を捕まえようとしたその瞬間、私は見た。まだ形を保っている夫の左半分の顔。その目尻から伝って落ちる一滴の涙を。

気づけば私は、少年の腕を掴み、強く引き寄せていた。私と大して背丈の変わらない金髪の少年は、床の上をすべるように移動し、間一髪で夫の手を逃れ、リビングの壁にへばりついた。

「さっさと出ていって！」

呆けたように私の顔を見上げた少年は、ようやく我に返って立ち上がり、何度も転びそうになりながら廊下を駆け、靴を履くのももどかしいといった様子で玄関から転がり出ていった。

「……これで、いいんでしょ？」

夫は私の問いかけに応える様子もなく、肉がこそげて枯れ枝のようになった二本の腕を弱々しくさまよわせていた。

「あなたはこんなこと、望んじゃいなかった。そうなんでしょ？」

再び、応じる声はない。それでも夫は何かに迷い、葛藤しているかのように眉尻を下げ、苦しそうにえずいては黒い血を小刻みに吐き出している。全身を激しく痙攣させているのは、今も襲い来る猛烈な食欲に、必死に抗っているからだろうか。

何かの呪いか、それとも私の願い方が悪かったせいか、この世に戻ってきた夫は自分では制御の利かない飢え——血の渇望に突き動かされて、高杉と沖田を食い尽くした。

夫は決して、望んでそんなことをしたわけじゃない。生きていた頃の彼は、見ているこっちが心配になるほど優しい人間だった。街を歩いていて、向こうからぶつかられても先に謝ってしまったり、車の運転中に歩行者に道を譲りすぎて後ろがつかえ、クラクションを鳴らされたりすることがよくあった。列に並べば横入りをされ、食事に行けばオーダーを間違えられ、残り一つしかない特売品が目の前でかっさらわれていく。そんな状況でも嫌な顔一つしないで笑っている。彼はそういう人なのだ。

三年前、二人で旅行に出かけた時だってそうだった。不注意だったとはいえ、思わぬ事故に遭遇し、パニックを起こして咄嗟にその場から逃げ出そうとした私を引き留め、強く説得して現場に引き返させたのも夫だった。幸いにも救助が間に合い、事故の相手が一命をとりとめたこともあって、刑事事件には発展しなかった。私が誤った選択をすることなく、罪の意識に苛まれることにもならずに済んだのは、すべてこの人のおかげだった。

そんな彼が、自分が生きるために誰かの命を犠牲にするなんてことを望むはずがない。たとえそれが、生きるに値しないクズだったとしても、誰かを殺して生きるくらいなら自分が飢えて死ぬ方を選ぶ。

それが私の夫だ。

わかっていたはずなのに、私は自分の寂しさを埋めるために、彼の意思を汲むことなく、身勝手な振る舞いを続けてきた。自分本位に他人を犠牲にして、正しいことだと信じ込もうとしていた。

やっとわかった。

彼をここまで苦しめていたのは、他でもない私自身だったんだ。

「征爾、ごめんね。私が間違っていたみたい。もう終わりにしましょう」

私の声が届いたのか、夫ははっとしたように動きを止めた。

「ずっと一緒にいたかった。でもこれ以上、あなたの苦しむ姿を見るなんて、私にはできないもの」

胸の内から溢れ出すような激しい感情の波が、涙となって目尻からこぼれた。頬を伝い落ちたその雫は、うつむいたままの夫の無残に変わり果てた左手に音もなく滴った。

その瞬間、夫は驚いたように目を剥き、白濁した目で私を見上げた。

この家に戻ってきて以来初めて、彼の表情らしい表情が見られたことが嬉しくて、私の顔にも笑みが浮かんだ。

「愛しているわ征爾。心から……」

私は手を伸ばし、まだ崩れていない夫の左頬にそっと触れる。まるで氷を触っているみたいな冷たさに、思わず心臓が縮み上がった。けれどその冷たさすらも、今は愛おしくてたまらない。

わずかに残る涙の痕を、そっと指先で撫でながら、私は一つの確信を抱いていた。

さっき、少年を捕まえようと手を伸ばしていた時、夫は涙を流していた。これまで気づかなかったけれど、二人の犠牲者を貪り食う際にも、同じように涙を流していたのだと思う。

彼は人を食らいながら、激しい悲しみに打ちひしがれていた。それはつまり、まだ彼に意思の光が残されているということ。その意思とは無関係に、身体が勝手に人を貪り食ってしまうことが、どうしようもなくつらくてたまらなかった。この涙はきっと、そのことを証明するものなのだろう。

そして、そんな状況に陥りながらも、一度として私のことを襲おうとしなかったのは、愛する私を傷つけまいとして、必死に飢えの衝動を抑えてくれていたからだったのではないのか。

その証拠に、こうして私の手が頬に触れていても、夫はその手を噛みちぎろうとはしない。すでに下半身は溶解《ようかい》し、液状化した組織が黒い血液と溶け合い、あらわになった白い骨が風化までしかけているにもかかわらず、決して私に襲い掛かろうとはしないのだ。

その事実に、死してなお私を思う彼の深い愛情を感じ、私はとめどなく涙を流してむせび泣いた。

「ああ、征爾……！」

こみ上げる感情のままに夫を抱き締める。ぐにゃりとした冷たい肉と、むき出しの骨の硬い感触を確かめるようにして、崩れゆく夫の頭を胸に抱き、頬を寄せた。粘度のある黒い血液にまみれ、立ち込める死臭をものともせず、私はただただ夫の存在を手放さぬように、崩れゆく彼の身体を掻き抱いた。

「ずっと一緒だよ。今までもこれからも、私たちはずっと……」

彼を一人ではいかせない。この世で一緒にいられないのなら、私が彼についていけばいい。

彼と一緒にいられるなら、どこでも……。

「――き」

「え？　何か言った？」

ひどくかすれた、枯草がそよぐようなかすかな声で、夫が何か言った。

「聞こえないわ。もう一度言って？」

優しく語りかけながら、彼の口元に耳を近づける。

「……き」

まだ聞き取れない。もう一度、と再び繰り返した私は、三度目にしてようやく彼が口にした言葉の意味を理解する。

「……き……早希《さき》……あいして……早希……」

早希、早希、と。夫はその名を何度も繰り返した。

「そんな……やめてよ……やめて」

私の腕に抱かれ、私の体温で死にかけた肉体を温められておきながら、夫は虚ろな目を中空へと向けながら、しきりにその名を呼び続ける。

何度も何度も。まるで、一番そばにいるはずの私の存在にすら気が付かないとでも言いたげに、あの女の名前を……。

「やめてったら……ねえ！」

「……早希ぃ……早希ぃぃ……」

「いい加減にして！」

私は夫を突き放し、勢いよく立ち上がった。あちこち黒い血にまみれたせいで、踏ん張りがきかず、ちゃんと立ち上がるのに随分とてこずりながらも、忌々しい気分で夫を見下ろした。

そして、湧き上がる激しい情動のままに彼を睨みつけて、呪詛のように恨み言を吐き出す。

「もう沢山よ。どうしてあなたはそうなの。死んでまであの女の方がいいって言うの？　ねえ、答えなさいよ！」

上ずった声で叫び、まくし立てた私は、握り締めたこぶしをぶんぶん振り回して激しい怒りの炎に身をゆだねた。

その醜くもおぞましい嫉妬という名の炎が、固く封じられていた記憶の扉の閂《かんぬき》を外す。大きく開かれたその扉の奥から噴出するのは、あの日、この家を出ていった彼の姿。そして、声。

――約束したんだ。早希と一緒になると。

――君には本当に悪いと思っている。でも、彼女のことを愛しているんだ。

――早希も同じ気持ちだよ。きっと僕と君は、出会う順番を間違えてしまったんだ。

――君と違って、彼女は純粋な人だから。僕がついていてあげなきゃダメなんだ。君は一人でも大丈夫だろ？

――さよなら。許してくれ、富美加。


あの日、彼が私に告げた言葉の数々が、矢継ぎ早に脳裏をかすめていく。

突然、浮気相手との関係を打ち明けられ、戸惑う私が引き留める間もなく、夫はこの家を出て行った。勝手な言葉と、数え切れないくらいの思い出を残したまま。

そして、一緒になる約束をした女との待ち合わせ場所に向かう途中、交通事故に遭いそのまま帰らぬ人となった。

彼に裏切られた怒りと、その怒りをぶつける間もなく彼を失った喪失感とがないまぜになり、私は現実を正しく受け入れることができなかった。

あの日、彼と交わした会話のすべてをなかったことにして、彼との思い出を美しく清らかなものとして記憶にとどめた。

彼を愛しく思い、失った悲しみに身をやつすことで、真実から目をそらすことができた。

すべては過酷で残酷な現実から目をそらすための暗示だった。

髑髏に願いをかけて彼を戻してもらい、彼が言葉を喋ることができないとわかった時は、ほっと胸をなでおろした。

これで、まだ現実を直視せずに済む。夢を見ていられる。そう思ったのに……。

「どうして私じゃダメなの？　私とあの子の何が違うっていうの？」

「……てくれ……もう……殺して……」

私を見上げる夫の目が絶望に打ち震え、自らの死を私に懇願する。それは高杉を餌にした時、身体の崩壊を免れた夫が途切れがちに何度も繰り返した言葉。あの時、私はてっきり彼が『愛している』と言ってくれたものと思い込んでいた。けれどそうじゃなかった。生者と死者の狭間に堕ち、他人を貪り食うことで生きながらえることに苦痛を感じた彼は、私に『殺してくれ』と懇願していただけだった。愛の言葉など、欠片も口にしてなどいなかった。彼が愛情を抱く相手は、最初から私ではなかったのだから。

「うるさい！　うるさいうるさい！　あなたは私といるのよ。ずっとずっと、私だけを見て、私だけを愛してくれなきゃ駄目なのに……！」

「……早希ぃ……あいし……」

「黙れ！　あなたもあの女も最低よ！　もう全部――」

言いかけた言葉はしかし、最後まで音になることはなかった。

無我夢中で声を荒らげていた私は、気づけば窓の外が一面の深い闇に覆われ、リビングもまた黒い霧のような暗闇によって押し包まれていることに気づく。

どこからともなく照りつける赤い光と、ぬるりと湿った床の感触、そして壁紙の下を、無数の生き物が這い回るような、奇妙な脈動を感じ、息を呑む。

そして、地獄がやってきた。

嵐に見舞われた時のように家全体が激しく揺れ、リビングの壁の一部が、すさまじい勢いで引き裂かれると、そこから噴き出した血膿のようなどろりとした液体が床を伝い、黒い血液とまじり合っていく。その壁の穴から、ぬるりと這い出すようにして現れたのは、やはりあの髑髏人間だった。

黒い外套、赤いしゃれこうべ。後頭部からはみ出した灰色の脳味噌と、そこから無数に伸びた触手めいた肉の管。食いしばるように噛み合わせた歯の隙間からは、凍えた吐息がしゅるしゅると音を立てていた。

私は息をするのも忘れて、そのおぞましくも神秘的な姿をした髑髏が悠然と迫ってくる様子を眺めていた。彼――あるいは彼女？　いや、性別なんてどうでもいい。とにかくその怪物は私の前で立ち止まり、前回と同じように、見上げるほどの体躯をゆっくりと折り曲げ、鼻先すれすれのところに顔を持ってくる。そして、噛み合わせた歯と歯をゆっくりと開いては、血錆と硫黄の入り混じった吐息を私に吹きかけた。

「……何よ。私のことを笑いに来たの？」

気づけばそう、問いかけていた。目の前に迫る髑髏の顔に表情などない。皮膚のないその口をただ半端に開いているだけだ。にもかかわらず、私はこの怪物が笑っていることが理解できた。それもただ笑っているのではなく、私を小ばかにして嘲りの笑みを浮かべているのだと。

夫に裏切られ、捨てられた女が、悪魔に願って夫を取り戻そうとしたことがそんなにおかしいのだろうか。それとも、そんな夫をこの世に繋ぎ留めるために他人の命を犠牲にしてまで献身してきたというのに、再び死を迎えようとしている夫に必要とされず、以前と同じようにプライドから尊厳まで、何もかもを踏みにじられるような辱めを受けている姿が、滑稽でたまらないのかもしれない。

――代償を、支払え。

相変わらず、同じフレーズの声が脳内に響く。

「もう無理よ。代償は払えない」

諦めたような口調で返すと、突然足元がぐにゃりと奇妙な動きで波打った。そして、髑髏が現れた時と同じように、這いつくばる夫の周りの床が、びりびりと何か所も引き裂け、そこから異様に長く、焼け焦げたように黒いいくつもの腕が這い出し、苦しみに呻く夫の身体を容赦なく絡め取った。

「この人を、連れていくつもり？」

――代償を払えば、その必要はない。

初めて、質問に対してまともな答えらしい答えが返ってきた気がして、私は素直な驚きを抱く。

もちろんというか何というか、そんなことは言われなくてもわかっていた。けれど、夫の本心を改めて思い知らされたこの状況で、私にもう一度犠牲者を集めてくるような気力は残されていなかった。つい先ほどまでとはまるで別種の、怒りや嫉妬、落胆。そういった感情にこの胸は埋めつくされ、何もかもどうでもいいという、投げやりな気分が思考を鈍らせてもいた。

だがそれでも、無数の手に掴まれ、力ずくで肉の床に引きずり込まれようとしている夫が、苦しみからの解放を求めるように潰れた腕で宙を掻く様を目の当たりにすると、一抹の迷いを抱えずにはいられなかった。

「……やめて。連れていかないで」

これ以上の代償を支払うことはできない。けれど、だからといってこの人を手放してしまって良いのか。

姿がどうあれ、その本心がどうあれ、一度は私の元に戻ってきてくれたこの人をまた失うことに、本当に耐えられるのだろうか？

彼の気持ちなんてどうでもいい。自分が一緒にいてほしいと思うから手元に置いておく。そう割り切ることで、私の苦しみは軽減されるのではないだろうか。

そうすれば、たとえどんな形であっても、私たちが一緒にいることに変わりはない。それに夫をこの家に——私のすぐそばにつなぎとめておけば、もう二度と彼の心があの女に奪われることもない。

そうだ。そして彼の魂は私のものになる。きっと永遠に、いつまでも……。

「……いいわ。私が『代償』になる。この命が欲しいなら持っていけばいい。だからせめて、私の寿命が尽きるまでは彼と一緒にいさせて」

悪い条件ではないはずだ。それなのに、髑髏は真っ暗な二つの眼窩の奥に灯した怪しげな光をわずかに陰らせ、ゆっくりと、だが確かにかぶりを振って見せた。

——お前の魂は、すでに支払われている。

すっと持ち上げられた髑髏の指先が鼻先に突きつけられた。錐《きり》の先端のように研ぎ澄まされた先端が、ギラリと鋭い光を放つ。

「支払われたって……どういう……」

困惑する私をじっと見つめたまま、髑髏はその指先をゆっくりと下にずらし、私の胸元へと突きつける。あっと声を上げるまもなく、その鋭い刃のような指先がブラウスを突き破り、皮膚を割いて、身体の中に侵入してきた。

私は絶叫した。信じられないような驚きと、耐えがたい恐怖にさらされ、精神はまともな判断がきかずパニックに陥っている。体内にずるずると入り込んでくる、氷のように冷たく石のように硬い髑髏の手はさらに臓器の隙間に分け入って、熱い鼓動を繰り返していた心臓をわし掴んだ。

視界がちかちかして、頭がぼーっとする。何が起きたのかと状況を理解するより先に、髑髏の手が勢いよく引き抜かれ、私の胸元には真っ赤な花が咲いた。

大量の血液が引きちぎられた血管から噴水のように迸り、髑髏の顔を汚す。私はその光景を夢でも見ているかのような気分で凝視していた。

突如として訪れた凄惨な状況に驚く一方で、私はそれ以上に不可解な事実に気づく。生きたまま心臓を抜き取られたはずの自分が、倒れることもなく平然とその場に立っているという、ありえないような事実に……。

「どういう……こと……？」

痛みはある。胸にぽっかりと大きな穴が開き、引き裂かれた皮と肉がべろりと垂れ下がって、ねじ切られた肋骨が突き出している。その奥から、今も大量の血があふれ出し、辺りを赤々と染め上げていた。すでに意識をなくしてもおかしくない量の血を失っているのに、どういうわけか、はっきりと覚醒している。

身もだえするような苦痛を味わいながらも、しかし死ぬことを許されない。そんな異常な状況に立たされた私は、それでもなお、髑髏との対話を続けた。そうすることが苦痛から解放される唯一の方法であると、盲目的に信じ込まされているかのように。

——すでに、こちらのものとなっている。

髑髏は、食いしばっていた歯をがばりと大きく開き、採れたてのリンゴにかじりつくかのような仕草で、取り出した私の心臓に赤とも黒ともつかぬ薄汚れた歯を突き立てた。にちゃりと湿った音を響かせ、髑髏は噛みちぎった心臓の一部を咀嚼する。その瞬間、私は全身に電気を流されたような鋭い衝撃と、身体の芯を貫くような、得も言われぬ快感めいた刺激を受けた。

言葉を発することもできず、五体をバラバラに引き裂かれるような、それでいてこれまで味わったことのない、壮絶な快楽を甘受する。

それは、注ぎ込まれた毒々しい何かが、じわじわと無数の血管を介して爪の先まで広がっていき、細胞の一つ一つを作り変えられるかのような感覚。心臓をくりぬかれ、死ぬことを許されぬこの身体が、見る間に全く別の何かに置き換えられていくかのような、おぞましい体験だった。

——更なる願いを求めるなら、もう一つ支払え。

宙に浮いているかのような、奇妙な浮遊感を味わいながら、私は驚くほどクリアな思考で髑髏の言葉を聞いた。そして、その意味を徐々に理解していく。

夫を戻してほしいという願いは、すでに叶えられた。それがたとえ、完全な人間の姿としてではなく、存在を維持するために他の人間の魂を必要とする怪物であったとしても、夫が戻ってきたことには変わりない。そして、その願いの代償に、私の魂は髑髏の手に落ちた。

戻された夫をこの世界に留まらせるためには、生贄を捧げ続ける必要があった。その制限を解除するためには、もう一つ、髑髏が求める代償を支払わなくてはならない。彼が言っているのは、そういうことなのだ。

すべてを理解した私をどことなく満足そうに見下ろした後で、髑髏は視線を脇へとそらす。そして、私の心臓を握るのとは別の手で、無造作に床に投げ出された私のスマートフォンを指さした。

――新たな代償を、支払え。

ただそれだけでいいのだと、説き伏せるような声だった。穏やかで温かい、それでいて有無を言わせぬ強引な声色が、頭蓋の裏にこすりつけられる。

そして私はこの時、髑髏の示すその代償が誰を指しているのかということに、遅まきながら気が付いた。

おそらくこの怪物は、最初から私にそれをやらせるつもりだった。夫が心を奪われ、愛していた人物を、帰ってきた夫自らが血祭りにあげるという、誰にとっても残酷かつおぞましい鬼畜の所業を。

断るという選択肢はない。というよりむしろ、私自身がその甘く誘うような要求に対し、強い魅力を感じてすらいた。

無理だ。そんなこと絶対にできないと、良心が断じようとする一方で、「やってしまえ」という悪魔の囁きが耳朶を打つ。

夫の身体はもう半分以上が肉の床に飲み込まれ、海で溺れて力尽きそうになっている哀れな水難被害者のように、声にならない悲鳴をしきりに響かせていた。

夫の顔や身体に巻きついた黒く焼け焦げた無数の腕、そのうちの一本が、不意に私の方に向けて数回、おいでおいでとばかりにゆらゆらと手招きをする。

彼がすんだら、次はお前だ。そう言われているような気がして、ぞわぞわと背筋が凍った。

髑髏に視線を戻すと、折りたたんでいた上体を戻し、天井付近からじっと私を見下ろしていた。暗闇に赤黒く浮かぶ不気味なしゃれこうべ。その周囲から漏れ光る真っ赤な光。

——決断しろ。

決断。その二文字を頭に浮かべた瞬間、すでに失われたはずの心臓が大きく跳ね上がった。

蠢く肉の床に首の辺りまで飲み込まれつつあった夫と、無数の黒い腕の動きが、ぴたりと止まる。彼を飲み込もうとしていた肉の床までもが、凍り固まったみたいに動きを止めていた。

髑髏の最後通告と同時に、より強く溢れ出す地獄の熱気と悪臭が辺りに充満し、瞬く間に私を押し包んでいく。さらに一歩、地獄がこちら側に這い出してきたかのような迫力に、強烈な畏怖の感情が押し寄せ、私は震え上がった。だがその一方で、おぞましい地獄の到来に対し、身体の内側がどうしようもなく疼くような快感を覚え、私は熱く震える吐息を、がちがちと音を立てる歯の隙間から漏らした。

すでに私の一部は地獄の住人と化している。その事実を理解すると共に、脳内を覆っていた靄のようなものが焼き払われ、自分でも驚くほど簡単に、答えを導き出すことができた。

髑髏に向きなおり、私は静かに告げる。

「決断、するわ」

4

「ここに来るのも久しぶりだなぁ。お姉ちゃんたちの結婚式以来だっけ？」

リビングに足を踏み入れるなり、妹は白々しい口調で言いながら室内を眺め回す。

何か面白いものはないか。可愛いものはないか。そうやって熱心におもちゃを探す子供のような無邪気な妹の姿に、心がささくれ立つような気がした。

「わあ、このソファいい感じ。やっぱりお姉ちゃん、センスがいいよね。うちみたいに、安い家具屋のセール品なんて買わない人だもんね」

革張りのソファに深く腰かけ、身体をゆすって座り心地を確かめながら、妹は心にもないようなお世辞を口にする。確かにこのソファはイタリアの有名な家具メーカーから取り寄せた品だけれど、妹は本当の意味でいいなんて思ってはいない。他に目につくようなものが見当たらないから、手近なもので心にもないお世辞を言って取り繕っただけだ。

「お姉ちゃん、相変わらず暗い顔してるかと思ったけど、案外顔色いいじゃん。ていうか、少し感じが変わったね」

無遠慮に人の顔をしげしげと見つめながら、妹は感心したように一人でうなずく。だしぬけにそんなことを言われ、私は戸惑いがちに首をひねった。

「そう、どんなふうに？」

「なんていうか、明るくなった。ていうより、なんか吹っ切れた感じかな。いい人が見つかって、気持ちが上向きになったとか？」

「さあ、どうかな。紅茶でいい？」

「うん。ありがとう」

探りを入れるような妹の視線から逃れるように、私はキッチンに移動した。

湯を沸かしたやかんからポットに湯を注ぐ。たったそれだけの行為に、ひどく時間がかかった。少し前から、身体がどこかぎこちない。まるで、何年も寝たきりだったかのように言うことを聞かず、動くたびに節々が意味もなく痛んだ。物を掴もうとしても力が入らず、手足の冷えが治まらない。まるで身体に血が通っていないのではないかと疑いたくなるような奇妙な感覚。身体の一部が――それも重要な部分が欠損し、その影響で正常な機能を失ってしまったかのような重々しさが、常について回っていた。

それが溢れ出した地獄に触れ、幻とはいえ髑髏に心臓を抉り取られた結果だと言われれば納得ができる。傍目には何の変化もないように思えるが、私の身体は確実に以前とは違っている。妹の目には普通に映っているようだけれど、私はすでにこの世のものではなくなっているのかもしれない。そう思うと怖くてたまらない。

けれど、不思議と気分は良かった。

いつもより余計に時間をかけて淹れた紅茶をトレイに載せてリビングに戻ると、妹は窓辺に置かれた観葉植物を見るともなしに眺めていた。

レースのカーテンの隙間からこぼれた陽光を受け、元気よく葉を広げた植物たち。ものを喋らず、ただじっと佇んでいる彼らだけが、この場所で起きたことのすべてを目撃している。もし彼らに口があって、声帯が備わっていたなら、新たにやってきた『客』に待ち受ける運命を予見し、哀れみの言葉を投げかけていたことだろう。

「それで、あたしはいつ、お姉ちゃんの『いいひと』に会えるの？」

「え？」

思わず声を上げて、私は両目を瞬いた。妹がたまに見せる勘の良さには、たびたび驚かされる。

「だって、急に家に来てだなんて言って呼び出すんだもん。具合でも悪いのかと思って急いで来てみたけど、何ともなさそうでしょ。他にあたしを呼びつける理由があるとしたら、そういうことかなって思うじゃない。もしかして、もうすぐここに来るとか？」

「それは、どうかな……」

作り笑いを浮かべ、私は曖昧に肩をすくめた。何でもない風を装ったつもりでも、視線はおのずと隣室に続くドアに引き寄せられてしまう。

「でも、意外とすぐ会えるかもしれないね」

ごまかすように告げた私の言葉に「やった」と嬉しそうに笑顔を作る妹の顔を、じっと見つめる。

昔から変わらない、整った顔立ちに人懐っこい笑顔。それらを武器に、妹はいつでも欲しいものを手に入れてきた。馬鹿な男は、この子の屈託のない性格や「あなたがいなきゃ生きていけない」とでも言いたげなか弱い態度、そしてあらゆる人間にもれなく媚びを売る笑顔に、コロッと騙されてしまうのだ。

生まれ持った容姿と人を手玉に取る性格を武器に、妹は高校や大学時代、散々遊んでいた。そのくせ、結婚相手に選んだのは役所勤めの堅実な男だった。酒やギャンブルはもちろん、これといった趣味もなく、女遊びなど一生縁がない人畜無害で退屈な男。

彼はいい人だけれど、あまりにも毒がなさすぎる。そのせいで人を疑うことを知らず、結婚後も妹が男遊びをやめようとせず、隙を見つけては昔の男と逢瀬を重ねていたことを、いまだに知らないはずだ。二人の子供だって、本当にその夫の子であるか怪しいものである。

「あー、やっぱり一軒家って落ち着くね。うちみたいにマンション住まいだと、隣とか上の階の物音がうるさくて駄目。そのくせ、子供が走り回る音がうるさいなんてクレームばかりつけてくるんだよ。子供なんだから、走り回るのが仕事だよねぇ」

子供、の部分を強調し、ここぞとばかりに愚痴を垂れる妹に対し、私は適当に相槌を打ちながら、こみ上げてくる嫌悪感に顔をしかめた。

子供が家の中で走り回るのは、昼間ちゃんと公園に連れていかないからだ。家に籠り、日がな一日テレビドラマやスマホばかりいじって遊び相手になってやらない。そのくせ家事は分担するものと言ってそのほとんどを仕事帰りの夫に任せ、主婦にもリフレッシュが必要だとのたまい、頻繁に家を空けているような人間が愚痴など吐いていいはずがない。

食事にしたって、実家の母が週に四日は出向いて作り置きをしているらしい。そのことすらも、彼女の夫は気づいていないというのだから、もはや笑う気にもなれなかった。

「そういえば、ここに敷いてあったカーペットって捨てちゃったの？」

「あれは、ちょっと汚しちゃって……」

どす黒い腐った血液のシミが取れず、廃棄したカーペットを頭に思い浮かべながら、私は苦笑する。

「もったいなーい。あれ結構素敵だったのに。お姉ちゃんって、変なところでそそっかしいんだから」

くすくすと上品に笑い、しかしすぐに興味を失ったように背もたれに身体を預け、妹は左手を顔の前に掲げる。そして薬指の結婚指輪ではなく、小指にはめられた真新しいピンキーリングをさも大切そうに撫でた。

夫ではない、どこぞの男にもらったものなのだろう。私が「それどうしたの？」と訊くのを今か今かと待ちわびるように、ちらちらと向けてくる視線が鬱陶しくて、あえて気づかないふりをする。

妹のしたたかさを見抜いていたのは、私と母だけだった。教育に厳しく、嫌がる私を市内でも指折りの進学塾に無理やり通わせ、模試の成績が少しでもお眼鏡にかなわなければ唾を飛ばして怒鳴り散らしていた父ですらも、妹に甘えられるとコロッと騙された。

制服が可愛いというだけの馬鹿みたいな理由で、同級生の誰もが滑り止めにすら選ばないような程度の低い私立高校を志望した時も、金さえ払えば誰でも入れるような大学に進んだ時も、遊び歩くのに夢中で単位を落とし留年した時も、ただ面倒くさくなったという理由で中退した時ですらも、父は一度だって妹を叱りはしなかった。

これまでに付き合ってきた数多の男たちや、出会って二か月で結婚を決めた今の夫もまた、父と同じように妹の手のひらの上でいいように転がされてきたのだろう。

聡明で人を見る目があったはずのあの人でさえ、この子の本性を見抜けなかった。

私はそのことが、どうにも気に入らない。

もっと気に入らないのは、そうやって他人に甘え、嫌なことから逃げ続けてきた己の生き方を、妹は誇らしく感じているであろうこと。人生楽したもん勝ちだと豪語し、お姉ちゃんも私みたいに生きればいいのにと、私を見下していること。

どんなに努力しても、私が手に入れられなかったものを、平気な顔で手に入れてしまう妹のことが、昔から本当に大嫌いだった。

「あれ、今何か聞こえなかった？」

ふいに表情を固めた妹が、何か得体の知れないものに怯えるような顔で言った。

「そう？　気のせいだと思うけど」

私は、努めて平静を装い、ぬるくなった紅茶を口に含む。

ドアを一枚隔てた隣の部屋からは、いつまで待たせるのかと催促するような気配と共に、何かを引きずるような物音がしている。

「換気のために窓を開けているから、何か倒れたのかもしれないわ」

「そう、ならいいんだけど……」

さほど気にした様子もなく、妹は肩をすくめて、紅茶に口をつける。その様子をじっと見つめながらも、私の意識は隣室に向いたままだった。

これ以上、待たせるのは酷というものかもしれない。そんな考えが脳裏をよぎる。

カップをソーサーに戻し、さりげない動作で立ち上がった私は、ソファの後ろを通り、隣室のドアの前に立つ。その時、キッチンカウンターの上に置いたままの、くすんだ金色をした懐中時計が私の視界に飛び込んできた。

おぞましい髑髏の姿を宿した上蓋は開かれ、真っ白な文字盤の上では、奇妙にうねった四本の針がでたらめに時を刻んでいる。髑髏に選択を迫られ、私が決断したあの日からずっと、時計の蓋は開いたままだった。

そうだ。『窓』は開き続けている。

この世ならざる恐ろしい場所へと続く小さな窓。それを開く鍵こそが、この時計の役割だ。

窓が開いている限り、あの人は私のそばに居続ける。そして時が来たら、一緒に向こうへ行く。そこでも私たちは寄り添い続けるのだ。

そう、きっと永遠に。

これはそのために必要な犠牲。あの人が求める最も穢れのない純粋な代償。

夫が私を餌にしなかった理由は、まさしくそこにある。あの人は最も執着を残した相手の犠牲を求めていた。それさえ与えれば、たとえ愛していない私とでも一緒にいることを受け入れる。それほどまでに、あの人は彼女を求めていたのだ。

だったら、その願いを叶えてやるしか、私があの人を独占する方法はない。

「ねえ、早希」

妹の方を振り返り、ソファに座る華奢な後姿に語りかける。

「あなたは昔から、ひとの男にちょっかいを出していたよね」

「え、急に何言ってるの？」

振り返った早希の顔には、明らかな動揺の色が浮かんでいる。

「教えてほしいの。あの人とのことは本気だった？」

「あの人って、誰のことよ……」

「征爾に決まってるでしょう。私の夫よ。もちろん、生きていた頃の話だけれど」

早希は何も言わない。大きくてくりくりとした少女のような瞳は不安そうに揺れ、視線が意味もなく行き来する。

「それとも、遊びだったの？　他のたくさんの男たちと同じように、私の夫もただつまみ食いしたかっただけ？」

「だから、何の話か……」

「ねえ教えて。あの人のこと、愛してなかったの？　愛していなかったから、あの人のお葬式で少しも涙を流そうとしなかったの？　今もこうして、何事もなかったように過ごしているの？」

矢継ぎ早に問いただしても、早希は何も答えようとせず、じっとうつむいて下唇を噛み締めていた。

ここまではっきりと問いかけられてもなお事実を認めようとはせず、どうにかして逃れる方法を探している。その往生際の悪さに耐えがたい怒りがこみ上げた。

そんな私の気持ちに気づく様子もなく、ひょいと持ち上げられた早希の顔には、罪悪感の欠片もないような、あっけらかんとした微笑が浮かんでいた。

「変なお姉ちゃん。何の話してるか、全然わかんないんだけど」

「……そう、わからないの」

わからないんじゃない。認める気がないのだ。

ここまで話しても、どれだけ事実を突きつけても、この子は己の非を、犯した過ちを絶対に認めない。

あの日、この家を出ていこうとする夫は、土壇場になって本心を私に打ち明けた。三年前の事故の時、現場から逃げ出そうとした私を見て心変わりしたのだと言った。事故で苦しんでいる人を見捨てて逃げるような身勝手な人間だと私を責め、そんな君に比べて早希は心のキレイな人だなどとのたまった。

それもこれも全部、早希の入れ知恵だったことに、私は気づいていた。気づいていながら、ずっと黙っていたのだ。いつか、早希が自分でそのことを認めて私に謝罪してくれると信じていた。でも、ついぞそんな日はやってこなかった。

その結果が、今この瞬間なのだ。

「そうだよ。ぜーんぜんわかんない」

おかしなことを口走っているのはそちらだとでも言いたげに、形の整った眉をひそめて非難するような視線をよこし、早希はソファから立ち上がった。窓辺に作りつけられた棚の前に立ち、いくつか並んだ観葉植物の中で、最も長く蔓を伸ばし、青々と広げられた葉にうずもれるようにして花弁を開く黄色い花にそっと手を伸ばす。

「わあ、可愛い。これ、すごく綺麗だね。なんて花？」

向き合う気持ちなんて欠片もない。悪いことなど何もしていない。そう、本気で考えているであろう口ぶりで、ぬけぬけとそんなことを言う早希をじっと見つめながら、私の中で、最後の命綱が音を立てて引き裂かれた。

わずかな良心によって繋ぎ止められていた迷いが、跡形もなく消え去った瞬間だった。

「アイビーよ。生命力が強くてとても丈夫だから、育てやすいの」

「へええ、あたしでも育てられるかなぁ」

また心にもないことを口にして、早希は花びらに鼻を近づけて匂いを嗅ぐ。

花を育てたいんじゃない。あの人がプレゼントしてくれて、私が育てた花が欲しいだけ。

早希の横顔は、はっきりとそう物語っていた。

「ねえ、アイビーの花言葉ってなんだっけ？」

「ああ、それはね——」

私は取っ手にかけた手に軽く力を加える。がちゃりと音がしてドアが開いた瞬間、仄暗い隣室に充満していた濃厚な血の臭いが一斉に溢れ出した。

窓辺に立つ早希ですらも、すぐに気が付くほどの異様な臭気がリビングに満ちていく。植木鉢に伸ばしていた手で鼻と口を覆った早希が、何事かとばかりに振り返った。そのつぶらな瞳が、隣室から這い出してきた征爾の、見るも無残に崩れ果てた姿を目の当たりにする。

左右の手で顔を挟み込み、金切り声を上げて喚き散らす早希の顔に、耐えがたい恐怖と嫌悪、そして絶望めいた感情がまざまざと浮かぶのを笑顔で眺めながら、私は質問の答えを口にした。

「――死んでも離れない」

復讐と再生の夢

寝室のドアを開けると、規則的な機械音と共に室内に立ち込める鼻を突くような臭いが彼を迎えた。

床や壁、そして天井に至るまで、すべてが白く塗られ、家具や調度品がオフホワイトで統一された寝室。中央には、天蓋付きのダブルベッドが置かれ、その天蓋から垂れたレースのカーテンが中に横たわる人物の覚醒を妨げるかのように、隙間なく閉ざされていた。

ベッドの脇には約一秒おきに電子音を響かせる医療機器が設置され、そこから出る数本のチューブがカーテンの奥へと伸びている。約三年間、眠り続けている妻の命を支えてくれた大切な機材だ。メンテナンスはこまめに行っているし、専属の看護師が日々管理していることもあって、これらの機材が不調を訴えたことはない。

誤ってチューブを引っ張ってしまわないよう注意しながら、井崎正伸《いざきまさのぶ》はカーテンを開けて中を覗き込む。

意識もなく、全身を包帯で巻かれた妻の姿は、何度見ても胸を締めつけられるものだった。

「真里亜《まりあ》」

愛する妻の名を口にして、井崎はベッドの隅に腰かける。そっと手を伸ばし、胸の辺りに組まれた包帯まみれの手を握ると、わずかながら彼女の体温が感じられた。

三年前の事故によって身体の六割以上を三度の熱傷に見舞われた妻は、医師の懸命な措置によって奇跡的に一命をとりとめた。だが、事故当時に強く頭を打っていたせいもあり、昏睡状態に陥ったまま今も目を覚まさない。

いや、この先ずっと、目を覚ますことはないだろう。

医者が言うには、命があるだけでも奇跡であるらしい。その点に関しては井崎も同感だった。こうして機器に繋がれ、会話すらできずとも、真里亜が生きているという事実は、悲しみに暮れる井崎を励まし、生きていくための活力を奮い起こすものであった。

だが悲しいかな。神は真里亜の命を救ってはくれたが、その精神を救い出してはくれなかった。両親共にクリスチャンの家系に生まれ、幼い頃から週に一度の礼拝を欠かさず、隣人を愛し、両親を敬い、友を大切にし、たとえつらいことや悲しいことがあっても、主を慈しむことを忘れなかった真里亜は、日本人の典型的な無神論者と言える井崎の目から見ても敬虔なクリスチャンであった。

だからこそ彼女は神に命を救われたのだろうか。あるいは、そこまでしていてもなお、神の寵愛を得るには信仰心が足りなかったために、いずこかへ精神を置き去りにされてしまったのだろうか。

井崎は、この問いかけを毎日のように繰り返していた。

何度換えても血膿で汚れてしまう包帯を、数え切れないほど交換し、食事を与え、排泄物を処理しながら、来る日も来る日も考え続けた。そして、事故が起きてからちょうど三年が経ったある日のこと、井崎は唐突に一つの考えを抱いた。

最初から、神などいなかったのだと。

彼女は救われたわけではない。まだあの世に行く準備が整っていないために、たまたま命を失わずに済んだだけなのだ。神の寵愛を受けたわけでも、死神が魂を奪いに来るのを失念していたわけでもない。ただ、その時ではないという理由だけで、生き残ることができたのだと。

だからこそ、真里亜は目を覚まさないのではないか。救われるべき精神が彼女の身体から抜け出し、抜け殻のようになった彼女を哀れみ、慈悲を与えてくれるはずの神は、とっくに人類を見限り、いずことも知れぬ彼方へ行方をくらましてしまったのではないか。

だとしたら、どれだけ祈りを捧げたところで真里亜は目を覚ますことはないだろう。生命維持装置が停止し、見るも無残な火傷の痕に覆われた身体が朽ち果てるまで、彼女も自分も、安らぎを得ることはできない。

——だったら、どうする？

井崎は自問した。何度も何度も、同じ質問を繰り返した。

——どうするんだ……？

神が自分たちを救ってくれないのなら、待っていても仕方がない。自らの足で救いを探しに行くしかなかった。

井崎は探した。稼ぎのいい弁護士の仕事を捨て、家財を投げ売ってあらゆる伝手を頼り、世界中を飛び回った。そうやって、ようやく探し出したものは『希望』とは決して呼べぬような恐ろしい代物であった。

井崎は上着のポケットに手を入れ、硬く、冷たい感触を確かめた。それからそっと摘まみ上げるようにしてその時計を引っ張り出す。

それは古い懐中時計だった。かつてはまばゆい黄金の光を放っていたであろうその時計は、長い時間を経て多くの人間の手を渡ってきた結果ゆえか、すっかりその輝きを失っていた。上蓋には髑髏のモチーフがあしらわれており、その後頭部から広がった触手のような無数の管が茨のように縁を覆っている。大きく開いた毒々しい口腔からは、先の尖った杭のようなものが立体的な造形で飛び出していて、うっかり手を触れようものなら、たちまち皮膚に食い込み傷を負いかねない。

時計の上部にあるステム、リューズ、そしてボウにかけては、人間の背骨を模したようなごつごつとした形をしており、これまた人間の脊椎を無理やり引っこ抜いてくっつけたような形の鎖が、そこから垂れ下がっている。

何もかもが、神をも冒涜するかのような造形をしたその懐中時計を、井崎は慎重に手のひらの上に乗せた。

この時計を所持するうえで、一つだけ守らなくてはならないことがある。絶対にこの時計に血を吸わせてはならないということだ。

それは、十九世紀の頃にこの時計を作った時計職人《ウォッチメイカー》が、何の前触れもなく家族全員を惨殺し、自らも首をかき切って死亡した凄惨な事件の折に、この時計が血だまりの中で、世にも美しい輝きを放っていたという逸話に由来するのだという。

この時計を井崎に売りつけた行商人は言った。この決まりを破れば、持ち主はたちまち悪魔に心臓を奪われ、生きながらにして地獄の住人となる。死後、魂は地獄に繋がれ、終わりのない苦痛に苛まれながら、永劫の時を過ごすことになる。だが、その一点を守りさえすれば、この時計は必ずや、持ち主が求めるままに願いを叶えてくれるだろうと。

素性も知らぬ異国の行商人が言ったことに、どこまで信憑性があるのかは井崎にはわからない。だが実際に時計を手にした時、井崎はそれがまんざらデタラメでもないという妙な確信を抱いた。

手のひらに触れる冷ややかな金属の感触。それと同時に、皮膚に吸いついてくるかのような奇妙な手触りと、チクタクと時を刻むかすかな音が、まるで心臓の鼓動のように伝わってくる。時計が生きているなどと、夢見がちなことを言うつもりはない。だが、この時計がどこかに――あるいは人ではない『何か』に繋がっていて、持ち主とその『何か』との間を橋渡しする役目を負っているであろうことは明白だった。

これは『窓』であり『門』であると、行商人は何かに憑かれたような虚ろな表情で井崎に説明した。

時計が開けば『窓』が開く。そして願いを叶えるための使者がやってくる。うまく使えば、神に祈ることが馬鹿らしく思えるような幸福が得られるだろう。

だが、『門』を開いてはならない。『門』は一度開いてしまったら、こちら側から閉じることはできない。閉じるかどうかを決めるのは使者だけだ。そしてその使者を出し抜くことは、人間には絶対に不可能であると。

それらのことを一方的にまくし立てた行商人は、話を終えるなり、そそくさと井崎のもとを去っていった。その、何かに怯えるように見開かれた行商人の目。そこに宿った恐怖の光が、今も井崎の瞼の裏をちらついている。

彼の言うことを、頭から信じているわけではない。だがこの三年間、井崎は毎日祈り続けた。真里亜の目が覚めるように、来る日も来る日も神に祈りを捧げ、それが叶うなら何を失っても構わないと思った。

だが、彼女は目を覚ましはしなかった。ただの一度も、ほんのりと温もりを放つか弱いその手が、握り締めた井崎の手を握り返してくれることもなかった。

真里亜は生きながらにして死んでいる。そんな考えが何度も脳裏をよぎった。ただ隣にいてくれさえすればいい。結婚を誓った時、井崎は彼女に対して、そんな言葉を囁いたことがあった。けれどもそれは間違いだと気づかされた。

立ち上がれなくてもいい。両手が動かなくたって構わないから、目を覚ましてほしい。以前のように語り合い、冗談を言って笑い、そして愛の言葉を囁き合いたかった。優しい声で井崎の名を呼び微笑んでほしかった。

だが、たったそれだけの願いを、神は頑なに拒んだ。だからこそ、これから井崎がしようとしていることは、薄情で慈悲の欠片も持たぬ神への反逆だった。

この時計がそれを可能にしてくれる。行商人の言いつけを守り、正しい使い方をすれば、井崎の願いは叶えられる。

そう、大切なのはそこだ。使い方さえ間違えなければいい。

自らに言い聞かせるようにして、井崎はそっと、まだ首の座らない赤子に触れる時のような慎重さでリューズをつまみ、行商人から教わった『時計を開く方法』を実践した。

難しくはなかった。金庫のダイヤルを回す時のように、一定の間隔で引っかかりのあるリューズを右、左、右の順に、定められた回数分だけ回転させ、最後に押し込む。それだけで、時計の上蓋は開くのだという。

実際に、井崎がその工程を行ったところ、カチンと甲高い音を響かせて、時計の上蓋は勢いよく開いた。あまりに簡単に開きすぎて、あっけなくさえ感じられるほどに。

そしてあらわになったのは、一切の文字も、十二の数字に該当する模様や印すらもない、まっさらな文字盤だった。その上では体内に巣くう細長い寄生虫がのたくったような四本の針がそれぞれのリズムで、回転する方向さえもバラバラに時を刻んでいた。見ているだけでめまいを起こしそうなそれらの針が、やがて時計の頂点を指し示し、ぴたりと重なった。

その瞬間、目を焼くようなまばゆい光が白い文字盤から放たれ、井崎は咄嗟に目を瞑る。

光が落ち着くのを見計らいながら少しずつその目を開いた井崎は、室内の明かりが消え、辺りが漆黒の闇に包まれていることに気づく。

手の中の時計は全体が白く浮かび上がるような、奇妙な光に包まれており、その光を頼りに、井崎は室内の様子を窺う。

突然の出来事に動揺し、暗く沈んだ闇の中で井崎が息を潜めていると、部屋の床や壁、天井といった箇所にいくつかの亀裂が走り、赤く燃え盛るような光が漏れ出してきた。

それらはあっという間に寝室を赤く染め上げ、熱気とも冷気ともつかぬ不快な空気と、濃厚な血の臭いに硫黄を混ぜ込んだような悪臭を運んでくる。

異様な光景、異様な空気。だがそんな状況に気づく様子もなく、真里亜はじっと眠り続けていた。そして彼女が横たわっているベッドの向こう、その枕元には、いつの間に現れたのか、一つの大きな影が佇んでいた。

「誰だ……!」

誰何する井崎の声に反応してか、その影はゆっくりとこちらを向いた。目が合った瞬間に、井崎はそれが何者であるかを悟った。

黒い外套をまとったその影は見上げるほどの体躯で、優に二メートルを越えており、首から上に赤黒いしゃれこうべを乗せていた。後頭部の骨は砕けたように欠損し、そこからはみ出した脳の一部から、無数の生々しい管が伸びている。それらは一つ一つが意思を持ったかのように不気味に脈打ち、うねうねと鎌首をもたげていた。

その異様な風貌に井崎が恐れおののいている間も、唐突に現れた髑髏の怪物は、じっと黙したまま井崎を見つめていた。眼球の失われた眼窩の奥にはそれぞれ、怪しげな輝きを放つ小さな光が鬼火のように揺れていた。

「お前が、『使者』なんだな……？」

見つめ合っているだけで、背中の皮膚を少しずつ爪で剥がされていくかのような疼痛を覚え、井崎は黙っていられなくなった。だが髑髏はその問いに応えようとはしない。

気詰まりな沈黙からどうにか抜け出したいと思う一方で、井崎は余計なことを口走ったら、すぐさまこの怪物に襲い掛かられ、バラバラに引き裂かれるのではないかという恐怖を抱えてもいた。

「……ね、願いを、叶えてほしいんだ」

ゆっくりと真綿で首を絞められるような重苦しい沈黙に耐え切れなくなり、井崎はそう切り出した。

「妻を治してほしい。こんな姿になる前の、美しかった彼女に帰ってきてほしいんだ。医者にはもう意識が戻ることはないと言われた。俺にはもう、この方法しか残されていない。だから、どうか願いを聞き入れてくれ」

すがるような井崎の要求に対し、髑髏はうんともすんとも言わず、首を縦に振ろうともしない。

「わかっている。ただでとは言わない。何かを捧げればいいんだろ？」

問いかけた声に対しても、目を引くような反応はなかった。こちらの声が届いていないのか、そもそも言葉を理解していないのか。そんな不安が頭をよぎるほどの長い沈黙。

あたかも、髑髏が満足するような何かを捧げることなど不可能だとでも言いたげな静寂を前に、井崎は胸を締めつけられるような緊張を覚える。

「……妻がこんな姿になったのは、ある連中のせいで事故に巻き込まれたことが原因なんだ」

だがそれでも、引き下がるつもりはなかった。半信半疑ではあったが、こうして『使者』を呼び出すことができたのだ。正しい方法を使えば願いを叶えることができるという行商人の言葉を信じ、井崎は話し続けた。この三年の間に抱え続けた不安と苦悩、そしてある人物たちに対する深い恨みの感情をぶつけるようにして。

「三年前、私と真里亜は結婚五年目の記念旅行に出かけた。N高原のスキー場近くにあるリゾートホテルに宿泊して、スノートレッキングやウインタースポーツに興じた。普段、仕事ばかりで寂しい思いをさせてきた妻との時間を取り戻そうとするかのように、私たちは幸せなひとときを過ごした。そして最終日、近くの湖で行われる氷上イベントに参加するため、私たちは峠道を車で走っていた。その日はひどく吹雪《ふぶ》いていて視界が悪く、数十メートル先が見通せないホワイトアウト状態だった。ハンドルを握る手にも自然と汗がにじみ、私はハザードランプを点灯させながら、慎重に車を走らせた。あと十分も走れば目的地に到着するというところで、緩やかな下り坂の直線道路に差し掛かった時、突然白い闇の向こうからまばゆいフロントライトの光が現れた。踏みならされたアイスバーンの路面の上に新雪が降り積もり、ちょっとでも油断したらタイヤを取られてスリップしそうだった。そんな危険な路面状況にもかかわらず、猛スピードで向かってきた対向車を回避しようと、私は咄嗟にハンドルを切った。完全に制御を失った軽自動車と思しき黒い車が、私たちの車の横っ腹を擦り、私たちの車もまた制御を失って坂道をスリップしながら下っていった。坂道の突き当たりはやや急な右カーブで、どれだけブレーキペダルを踏んでも速度は収まらず、右へ左へと蛇行した挙句に、車はガードレールに激突した。大きくひしゃげたガードレールの先は崖になっていて、あと少し速度が出ていたら道路からはずれ、高さはさほどではないが急な斜面を滑落し、無数の木々が立ち並ぶ森林地帯へと突っ込むところだった。命を落とすような高さではないが、無事で済むとも思えなかった。妻の様子を窺うと、彼女はひどくおびえた顔で、しかし二人とも無事だったことに安堵したためか、ほっと胸をなでおろすようなしぐさをして笑みを浮かべた。だが次の瞬間、私はバックミラー越しに猛然と迫ってくる別の車のフロントライトを目にした。声を上げる暇もなく、激しい衝撃に見舞われた私たちの車は、今度こそガードレールを突き破り、斜面を滑り落ちるようにして数メートル下の大木に激突した」

井崎は息継ぎもせず、まくし立てるように喋り続けた。当時、井崎が目にした光景、肌に感じた凍てついた空気、そして命を落としかけたことの激しい恐怖。それらがないまぜになって井崎の精神を苛み、更に深い、記憶の渦の中へと引きずり込んでいく。

斜面の下の大木に激突し、フロント部分が大きくひしゃげた車内で目を覚ました井崎は、フロントガラスを突き破った鋭い枝の先がすぐ目の前にまで迫っていることに気づき、肝を冷やした。あと数センチ枝が長ければ、井崎の頭部は刺し貫かれていたはずだった。助手席の真里亜は意識を失っていて、何度呼びかけても応じる気配はなかった。よく見ると、真里亜は左のこめかみの辺りから出血していた。サイドウインドウには蜘蛛の巣のようなヒビが入っており、彼女がそこに頭をぶつけたであろうことが窺えた。井崎は首から下のあちこちに痺れるような痛みを覚えながら、震える指でシートベルトを外した。車体が下向きに傾いているせいで、身体を固定していたシートベルトが外れると、危うくフロントガラスの向こうに転げ落ちそうになった。

運転席のドアを開けて外に出ると、深い雪の中に膝まで沈んだ。前後に激しい衝撃があったせいで、車体は見るも無残な状態だった。運転席後方のドアには前方からやってきた軽自動車がこすりつけていったであろう黒い塗装の跡があり、トランクから後部座席にかけては、踏みつぶされた粘土細工のような状態だった。もし、後部座席に人が乗っていたらと考えただけで、井崎は激しい戦慄を覚えた。同時に、こうして無事でいられたことが奇跡のように思えた。

斜面を見上げると八メートルほど先に突き破られたガードレールがあり、追突してきたであろうSUVのバンパーが見えた。井崎は声をかけようとしたが、SUVはすぐにバックし始め、道路に戻ってしまい、井崎の視界から消え失せた。自力で斜面を上がるしかないと思い、雪で覆われた斜面を登ろうとしたが、事故の衝撃のせいか、だんだんと激しいめまいや頭痛に襲われ、手足に力が入らなくなり、うまく登ることができなかった。

それでも、五分か、十分ほど斜面を相手に格闘していた時、井崎はふと鼻先につんとした臭気を感じた。

まずい。そう思った瞬間に、激しい轟音がし、井崎は見えない衝撃に襲われて斜面に倒れ込んだ。強い熱気を感じて顔を上げると、車が炎上していた。

「私は慌てて車に駆け寄り、車中に残された妻を連れ出そうとした。火の手は主に潰れた後部座席とエンジン回りに上がっていたため、妻は無事だった。助手席のドアを開けようとしたが、衝突の影響からかびくともしなかった。仕方なく運転席に回り込み、引火したシートから濛々と煙を上げる車内に入って妻を救出しようとした。ところがフロントガラスから飛び出した太い枝が助手席のシートを圧迫したせいでシートベルトが外れず、妻を連れ出すことができなかった。頬を叩き、何度も呼びかけたが、妻は苦しそうな顔で呻くばかりで一向に目を覚まさない。私は焦った。どうにかして妻を連れ出そうとしたが、やはりシートベルトが外れない。そうこうしているうちに火の勢いはどんどん強まっていき、車内にも炎の舌が伸びてきた。私は無我夢中でシートベルトを外そうと試みた。だがその時、突然背後から呼びかけるような声が聞こえ、伸びてきた腕に身体を掴まれた。驚く私を車内から無理やり引きずり出したのは、見も知らぬ三十過ぎと思しき男だった」

その男は、妻を助け出そうとする井崎を強引に引き留め、危険だから救助を待つようにと言った。

馬鹿な話だった。そんなものを待っている間にも、妻は炎で炙られてしまう。直接焼かれることがなくとも、煙を吸うだけで危険なのだ。今すぐ連れ出さなくては命に係わる。

そう訴えた井崎を、しかし男は解放しようとはしなかった。危険だ。救助を待つべきだの一点張りで、車内に戻ろうとする井崎をひたすら引き留めた。こちらが何度それを振り払おうとしても決して許さず、まるでそれが正しい行いであるかのように、強い意思を秘めたまっすぐなまなざしで井崎に訴えかけてくるのだ。

はた迷惑もいい所だった。事故現場に駆けつけ、負傷者を救い出すヒーローにでもなったつもりなのだろうか。そうだとしたら、自分よりもまず真里亜を助けてくれと、井崎は半ば絶叫するように訴えた。

井崎の悲痛な叫びを聞きながらも、正義感に突き動かされた男には届かず、一向に聞き入れようとしない。事故の衝撃のせいで身体を思うように動かせず、男を振りほどくことができない井崎は、ごうごうと燃え盛る炎の中に取り残された真里亜が、徐々にその身を焼かれていくさまを、最前席で見物させられる形になった。

辺りを見渡せば、斜面の上から自分たちを見下ろす二人の男女の姿があり、井崎は藁にも縋るような想いで彼らに助けを求めた。ところがその男女のどちらともが、こわごわとこちらを見下ろすばかりで、手を差し伸べようとはしなかった。せめて、井崎と一緒にこの男を説得し、真里亜を助けに行く手助けでもしてくれていたら、結果は違っていたかもしれない。

結局、それからすぐに現場を通りかかったホテルの送迎バスの運転手や、乗り合わせていた麓《ふもと》の町の消防団員たちが事態を知り、バスに積み込んであった消火器を手に駆けつけてくれた。車に残っていた燃料が少なかったこともあってどうにか火は消し止められ、そのおかげで真里亜を救い出すこともできた。だが彼女はその時点でかなり危険な状態に陥っており、医者も命をつなぎとめるのがやっとだった。以来、真里亜は一度も目を覚ましていない。

「その後の警察の調べで、最初に衝突してきた軽自動車に乗っていたのが若いカップルであったこと、追突してきたSUVを運転していたのは、三十代の夫婦であったことがわかった。そして、妻を救い出そうとする私を無理やり車から引きずり下ろした男が、当時あの近くのリゾートホテルで警備の仕事をしていた人物であることもわかっている。現場検証の結果、軽自動車の二人にも、SUVに乗っていた二人にも、刑事責任を問うことはできず、彼らは実質的に無罪放免となった。故意に私たちの車にぶつかってきたという証拠はないし、現場がひどい雪道だったことも考慮された。だが、私は納得がいかなかった！」

井崎は声を荒らげ、強く歯を食いしばるようにして、こみ上げる怒りに身を震わせた。その先を喋り続ける間にも、胸中には当時の無念が蘇り、黒々とした恨みを募《つの》らせる。

「だから私は、人を雇って彼らのことを調べた。弁護士だった頃に世話になった調査会社は、同情から親身になって協力してくれたよ。そして知ったんだ。あの事故が起きたのは天候のせいでも、不安定な道路状況のせいでもなかったとね」

一つ、重々しい呼吸を挟んでから、井崎は更に続けた。

「まず軽自動車に乗っていた若いカップルのうち、運転をしていた二十代の男は滞在先のホテルで直前まで酒を飲んでいたことがわかっている。警察が駆けつけた時、運転していたのは女の方だと名乗り出たため、男の飲酒運転がバレることはなかった。だが事件の後、男は趣味のパチンコ屋で顔なじみになった友人に自分が飲酒運転をした結果、三台の車が絡む大事故に発展したその事実を、まるで面白い話でもするみたいに語っていた。罪悪感の欠片もなく、へらへらと笑いながらだ」

その話を知った時のことを思い返し、井崎は暗澹たる気持ちに包まれる。腰に手を当て、こみ上げる怒りをこらえるように溜息をついてから、井崎は話を戻した。

「次に、SUVに乗っていた夫婦。彼らは手前の道路で路肩の雪山に衝突している軽自動車に気を取られた。そのせいで運転していた女はガードレールに突っ込み停車していた私たちの車を発見するのが遅れ、ほとんどノーブレーキで突っ込んできた。通常であれば、カーブ地点ということもあり、問題なくやり過ごせたはずの私たちの車に突っ込んでしまったのは、悪天候がゆえの視界の悪さや、アイスバーンのせいなどではなく、運転していた女の不注意が原因だったのだ。彼らの車に追突され、私たちが斜面の下に落下したのを目の当たりにしたその夫婦は、そこですぐに通報することも、私たちを救助することもせずに現場を離れようとした。私の車は無残にも大破してしまったが、彼らの車の破損具合はかろうじて走行が可能な状態だった。その時点では私たちの車も炎上してはいなかったから、一刻を争う状況ではないと判断したのだろう。怖くなって逃げ出そうとしたのか、それとも事故の事実自体を隠蔽できると考えたのかはわからない。だが、もし彼らがあの場ですぐ私たちを救出してくれていたら、車が炎上する前に妻は脱出できていたかもしれない」

井崎たちを救助することなく、現場を離れたその夫婦は、しかし走り出してすぐに対向車線を走っていたあの警備員の男とすれ違った。その際、破損したバンパーやライト部分を目撃されたと思い込んだ夫婦は、すぐさま現場に引き返し消防に通報したのだという。

言うまでもなく、彼らはこの事実を素直に打ち明けようとはしなかった。彼らが一度現場を離れようとしたことを、警備員の男がさして気にも留めていなかったことが、彼らにとって幸いした。それをいいことに事実を隠蔽したというわけだ。

事故後、彼らはこの事実をひた隠しにしていたが、夫は妻の妹と男女の関係を持ち、この一件を打ち明けてしまった。その妹は匿名のアカウントを作り、ＳＮＳ上でこの事実を暴露したが、幸か不幸か、信憑性の乏しいでたらめとして誰にも相手にされなかった。素性も明かさず、何の証拠もなく呟かれた言葉を鵜呑みにするほど、現代人は馬鹿ではなかったということだろう。

ただ一人、井崎を除いては。

「そして最後に私を車から引きずり出した警備員の男だ。奴は私の思った通り、正義感に突き動かされて事故現場で負傷者を救出したヒーローとして、マスコミのインタビューを受けていた。その中で、事故の事実を知り、危険を顧みずに炎上する車内から私を救出したことを誇らしげに語り、困っている人を放っておけなかっただの、人として当然のことをしただの、誰かの役に立ちたくてこの仕事をしているだのと、どこかで聞いたような安い台詞を並べ立てていた」

この件はテレビのニュースでも報じられ、そこそこの反響を呼んだ。それにより、男の承認欲求はさぞ満たされたことだろう。

「だが私は、あの男に一言も助けてくれなどとは言わなかった。邪魔をするな。私じゃなくて妻を救ってくれと何度も頼んだのに、聞き入れてはくれなかった。あの男は私のためだと言って譲らなかったが、あれは嘘だ。燃え上がる車を前にして、妻を救出しに行くことが恐ろしかっただけだ。私を車中に戻らせなかったのも、私を行かせてしまったら自分がヒーローになれないことがわかっていたからだ。人ひとりの命を救ったという行為の生き証人を残すために、あの男は私を力ずくで引き留めた。その結果として、真里亜はこんな状態になったんだ」

その警備員の男は当時、非正規職員だったが、この功績を会社に認められ、正社員に採用された。そしてリゾートホテルではなく、市内の有名大学の警備員として働き始めた。会社としては勇敢な彼の行動を評価し、より良い待遇で迎え入れたということだろう。だがそれは、人の不幸を餌にして自分の評価を持ち上げただけに過ぎない。井崎にしてみれば、その代償として真里亜が犠牲になったとしか思えなかった。

「すべて、奴らのせいだったんだ。妻はこんな状態になってしまったというのに、誰一人何の咎めも受けず、今ものうのうと暮らしている。己の非を認めず、我々の不幸を笑い話にする者。保身のために救助を怠り、逃げ出そうとした事実を隠蔽する者。そして、事件を利用して、ヒーローになりたいという子供じみた承認欲求を満たす者。どいつもこいつも、生きるに値しないクズばかりだ。こんな連中が人生を楽しんでいるというのに、私の妻がすべてを奪われた状態で死んだように生きている。そんな矛盾を、私は絶対に許せない」

握り締めたこぶしががたがたと震える。異形の怪物を前にした恐怖でも、怯えでもない。それはこの三年間、井崎の心を灰になるまで焼き尽くし、それでもなおくすぶり続けている激しい怒り故だった。

奴らには、己のしたことの償いをしてもらわなくてはならない。髑髏を呼び出した理由の一つが、まさにそれだった。

「だから、こいつらの命をあんたに捧げる。代償……そうさ。代償だ。あいつらの命と引き換えに、妻を元に戻してくれ」

井崎は強く訴えかける。それはまぎれもない、この時計の存在を知った時から彼が胸に抱き続けた正真正銘の願いだった。

真里亜の身に起きた悲劇を嘆き、井崎は奴らを呪った。それぞれの身勝手な行動に加え、誰一人として、一度たりとも井崎や真里亜に謝罪せず、見舞いに足を運ぶ者すらいなかった。

奴らにとって、真里亜がこんな状態になったことなど、何の関係もない他人事に過ぎないのだ。

そんな彼らの本心が透けて見えた時に、井崎は復讐を誓った。真里亜が味わったよりもずっと恐ろしい思いを奴らに味わわせてやると。

奴らの後をつけ、行動を監視し、生活パターンを掴んで、ありとあらゆる復讐の方法を考えた。実行に移そうとしたことも、数え切れないほどある。

だが、仮にそうしたとして、真里亜はどうなるのか。奴らに裁きの鉄槌を下した後、間違いなく井崎は逮捕されるだろう。首尾よく五人の命を奪うことに成功した場合、無期懲役など望めない。裁判官は死刑が妥当だと判断するに決まっている。そうしたら、真里亜は一人きりになってしまう。互いに両親を早くに亡くし、兄弟とは疎遠。子供もいない。金はあっても、それを正しく管理し、彼女を世話してくれる人間がいない以上、彼女がこの先穏やかな人生を送れるという保証はどこにもなかった。

万が一にも目を覚ました時、井崎が死刑判決を受けこの世からいなくなったと知ったら、それこそ真里亜は生きる希望を失ってしまうだろう。

だがこの時計を使えば、そういった問題を解決しつつ、目的を達成できる。たとえ相手が地獄の悪魔だろうが関係ない。奴らに復讐し、そのうえで真里亜を元に戻し、共に幸せな人生を歩む。そんな夢みたいな願いが叶うのだ。

たとえ願いをかける相手が、世にもおぞましい髑髏の怪物だったとしても、それこそが神に祈り疲れ、絶望の淵に立たされた井崎が唯一見出した最良の解決策だった。

——いいだろう。

突然、声がした。目の前の髑髏がようやく声を発したのかと思い、井崎ははっとして正視するのもはばかられるようなおぞましい怪物をまじまじと見上げる。

だが、むき出しの歯を食いしばるように、髑髏の口元はきつく閉ざされたままだった。異様な臭気を放つ冷たい吐息が、しゅるしゅる、と蛇が舌を出し入れする時のような音と共に吐き出されるばかりで、そこから声が発せられた様子はなかった。

では、この声はどこからしたのか。髑髏の他に誰かが――いや、何かが室内に潜んでいるのだろうか。そう思って周囲を見回してみても、それらしいものは見当たらない。

――願いを、聞き入れよう。

再び、声がした。今度はさっきよりもさらに明瞭に、男か女か、若いのか年老いているのかもわからぬような、ひどくしゃがれてくぐもったいくつもの声が一斉に、井崎の頭の中に響いたのだった。

間違いない。これは髑髏が語りかけてくる声なのだと、即座に理解した。

ベッドを挟んだ対面に佇むこの異形の怪物は、言葉を発することなく、しかしその意思を井崎に伝えてきている。その異様な対話の方法に驚きを覚えたのは確かだったが、それよりも彼の心を強く揺さぶっていたのは、髑髏が願いを聞き入れることを承諾してくれたことだった。

うまくいく、と。強い確信が胸の内に芽生えた。

「本当か……？　本当に私の願いを聞き入れてくれるんだな？」

髑髏はわずかに身じろぎして、顎を引くような動作をする。ぎこちない動きではあったが、うなずいてくれたのだとわかる。

期待と興奮、そしてさっきからずっと胸の内に澱のようにこびりついている、たとえようのない嫌悪感を一緒くたにして、井崎は髑髏に対し執着めいた強いまなざしを向ける。

洞穴のような眼窩の奥にある二つの光。腐った血で染め上げたような赤黒い頭蓋と、前の開いた外套からのぞく毒々しい骨格。あばら骨に覆われた身体の内部では、土気色の臓器と思しきものがぬらぬらと照り光り、不気味に蠢いている。普段なら目にするのもはばかられるような外観をしたその怪物と、こうしてコミュニケーションをとっているという事実があまりに現実離れし過ぎていて、喜びを感じる余裕などなかった。それでも、妻が戻ってきてくれるという大きな希望が、終わりのない絶望の淵に立たされた井崎に手を差し伸べてくれていた。

――ひとつ、為《な》すべきことがある。

髑髏が、もののついでのように言った。

井崎はごくりと喉を鳴らして身構える。いったい、どんな要求をされるのかという怯えと、やはり一筋縄ではいかないのかという落胆めいた感情が同時に押し寄せ、心が落ち着かなかった。

「……何をすればいい？」

髑髏は言葉ではなく、仕草でその答えを示した。

赤い骨格に煤《すす》を塗りたくったような黒ずんだ指先がゆっくりと持ち上がり、井崎の左手、そこに乗せられた懐中時計を指す。

「これを使うのか？　どうやって……？」

——必要な儀式を……代償として……。

断片的な言葉。それらの意味することを想像し、補完していく。

そして井崎の脳裏に浮かぶのは、またしても異国の行商人に告げられた言葉。

『決して、この時計に血を吸わせてはならない』

髑髏の言葉と、その禁止事項が組み合わさった時、井崎は閃いた。髑髏が求めていることが何なのか。その答えが、天啓のように降りてくる。

「奴らの血を、この時計に吸わせればいいのか？　そうなんだな？」

髑髏は何も言わない。うなずきもしない。だが、表情など浮かべられないはずのその顔に、かすかな笑みが浮かんだ気がした。

やはりそうなのだ。奴らの血をこの時計に注ぎ込む。それが、髑髏の提示した井崎の為すべきこと。そうすれば、あとは髑髏がやってくれる。奴らに裁きを与え、その命を代償に、真里亜は甦る。

「わかった。任せてくれ」

その代わり、と井崎は念押しするように髑髏に詰め寄った。

「それが終わったら、妻を戻してくれるんだな？　本当に彼女を元通りにしてくれるんだな？」

——願いは、聞き入れた。

その一言だけを残し、髑髏は滑るように後退して、深い闇の中に溶けるように姿を消した。驚くほどあっけなく、今の今までそこにいたことが嘘であったかのように、何の痕跡を残すこともなく去っていったのだった。

その後、周囲を照らしていた赤い光がすうっと音もなくかき消え、一瞬の暗転の後、ぱっと部屋の明かりが灯った。後に残ったのは、いつもと変わらぬ寝室の風景。壁や床、天井に生じていたはずの亀裂も綺麗に消えている。

井崎はキツネにつままれたような気分で室内を見回し、それから、妻を見下ろす。

頭と言わず顔と言わず、白い包帯に覆われ、わずかな隙間の奥にある二つの目は、穏やかに閉じられている。

そこに秘められた美しい光をたたえる瞳を脳内に思い浮かべ、井崎はそっと微笑んだ。

「待っていてくれ、必ず君を取り戻すから」

井崎の視線は、物言わず眠り続ける真里亜から、自らが手にした金の懐中時計へと移動する。怪しげな光を失い、再びでたらめなリズムでそれぞれの時を刻む時計の不規則な音を聞きながら思考を巡らせて、忘れもしない五人の顔を思い浮かべる。

まずは、井崎の車に追突し、通報もせずに現場から逃げようとした夫婦からだ。

少し前に、夫の方は交通事故で死亡したらしい。井崎としては復讐の機会が失われてしまい残念なことだが、悲しみに暮れる妻が残っている。あの女に、二人分の苦痛を味わってもらえばいい。

髑髏の要求通りに彼女の血を時計に吸わせるためには、二つの方法がある。一つは井崎が女の血を手に入れるやり方。だが、それはあまりにもパフォーマンスが悪いし、そもそも彼女を傷つけてしまったら、それだけで罪に問われてしまう。後に彼女の身に何かが起きた場合も同様に井崎が疑われることになる。それでは本末転倒だ。

だから、二つ目のやり方を実践するしかない。あの女が懐中時計を所持し、自分で時計に血を注ぐように仕向けるのだ。

この時計には髑髏のモチーフの口から突き出た鋭い突起があり、知らない者が持てば、うっかり指を傷つけてしまうことは十分に起こり得る。そうでなくても、正しいやり方を知らずに時計を開こうとする者は、あれこれいじくり回しているうちに、やっぱり指を傷つけて血を流すだろう。

そもそもこの時計は、所持する者に幸福をもたらすために作られたものではない。これを製作した時計職人《ウォッチメイカー》が家族を惨殺し、自らも死を選んだように、歴代の所持者たちはかなりの確率で不可解な死を遂げているという不気味な言い伝えがある。つまりこの時計は、そういうものなのだ。一度でも手にした者は時計の魔力によって願いをかけずにはいられなくなる。たとえ本人にその気がなくても、時計はまるで運命を捻じ曲げるかのように持ち主の血を吸い、髑髏を呼び出すようになっている。それを回避できるのは、正しい使用法で髑髏を呼び出した者だけだ。

奴らにその知識はない。言い換えるなら、奴らに『時計を所持させる』だけで、井崎の思惑は八割がた成功と言えるのだ。

問題は、どうやってあの女に近づくかだが、そのことについても、井崎は入念な下調べの末に、その手段を見出していた。彼女がよく出入りする取引先のビルの警備会社には伝手がある。以前、その会社の役員を務める男が刑事事件を起こした際に弁護を務め、無罪判決に持ち込んだことがあった。その男はよからぬ連中とつながりがあり、警備会社自体も暴力団のフロント企業だ。その他にもいくつもグレーな弁護を請け負ってきた恩があるから、その人物は井崎の頼みとあらば喜んで引き受けてくれるだろう。そうしてビルの守衛室に潜入し、接触するタイミングを待てばいい。

時計を手にした女は、それを手放そうとするだろう。だが、時計は決して彼女のそばを離れない。何度捨てようとしても絶対に。

そうこうしている間に、女は時計の魔力に当てられ、逃れられぬ運命に手繰り寄せられるようにして傷を負い、時計はその血を吸う。そして現れた髑髏は女の魂を手に入れるだろう。

女が終わったら、次は軽自動車に乗っていた若いカップルだ。調査によってわかっているのは、男の方が酒に酔った勢いで、しばしば女に暴力をふるっているということだった。

仕事柄、井崎はそういう手合いをよく見かけるが、そいつらに共通しているのは、自分の境遇を他人のせいにしたり、社会的に認められない鬱屈とした劣等感を、より弱い者を痛めつけることで紛らわし、慢性的なストレスを緩和しているということだ。要するに、自分がこんな状況にあるのはすべて他人のせい、社会のせいだと嘆き、哀れな自分が見捨てられないよう、暴力を用いて女を従わせ、執着している。女は女で、そんな男に依存し、自分がどうにかしてあげなくてはこの人は駄目になる、といったくだらない使命感と、彼には私しかいないという根拠のない思い込みを抱いている。その一方で、別の男に優しくされると、ホイホイついていくような尻軽女なのだから、つける薬がないというのはまさにこのことだ。

これらのことから察するに、あの二人は典型的な共依存関係にあると言えた。

時計の所持者にするのは男がいいだろう。髑髏を呼び出し、願いをかけるよう求められた時、ああいう奴は思いのほか警戒心が強く、何か裏があると疑ってかかってくるはずだ。そして、さも他人を思いやる聖人であるかのように、女のことを幸せにしたいだとか、二度と傷つけないだとか、口当たりのいい願いをかけて自己正当性を示し、何かすごい人間になった気分を味わおうとするに違いない。その願いに巻き込まれる形で、女の方にも少なくない影響があるはずだ。

時計を渡す方法だが、あの男はいつも金に困っているし、少々、手癖の悪い所があるから、落とし物のふりをしてちらつかせてやれば、すぐに飛びつくだろう。その後は、やはり回避不可能な運命に従って、男が髑髏を呼び出す。

誤った方法で呼び出した髑髏が、男の願いをまともに叶えるとも思えない。奴らはきっと揃って破滅の道を辿る。その結果を知るのが、今から楽しみだ。

そして最後に時計の所持者となるのがあの警備員だ。

奴は大学の警備員になってから、ある女子学生に懸想し、あろうことかストーカーまがいの行為を働いて部屋にまで侵入している。その事実を知った時、すぐに通報すべきかどうかを悩んだが、そんなことをしても、ほんの数年で塀の中から出てくるだけだ。それは復讐としてはあまりにも手ぬるい。

まずは人を雇い、井崎が数人に襲われているような状況を作る。そういう現場を奴に見せれば、正義感が強い――と思い込んでいる――あの男なら、きっと餌に食いついてくる。何度も言うが、私はただ、時計を奴の手に握らせればそれでいい。そうすれば奴が所持者となり、時計の魔力が奴の血を必ず確保するだろう。

髑髏が、奴の願いをどのように捻じ曲げ、破滅へと導いてくれるのかを想像しただけで、井崎はゾクゾクと震え上がるような快感に身悶えせずにはいられなかった。

そうして奴らの魂を捧げることに成功した暁には、真里亜が自分のもとに帰ってくる。

そう自らに言い聞かせながら、井崎はそっとほくそ笑んだ。

彼らの身にどんな出来事が起ころうとも、自分は何の関与も疑われない。安全な場所から奴らが地獄に囚われるさまを見物していればいい。

そして最後に、この場所でもう一度髑髏を呼び出す。それですべてが終わる。

いや、違う。始まるのだ。すべて元通りに、以前と変わらぬ姿で目を覚ました真里亜と二人で、奴らに奪われた人生を再開できる。

今度こそ幸せな家庭を築き、子供を作ろう。そしていつの日か、愛する家族に見守られ天寿を全うした二人は天に召される。苦しみも、悲しみもない温かい世界で、真里亜と一緒にいつまでも過ごすのだ。

そう、永遠に離れることなく、ふたりで。

井崎は、そっと時計の蓋を閉じる。
その時、瞬き一つのわずかな瞬間に、こちらを見上げる髑髏の眼窩の奥に、何もかもを見通すかのような怪しい光が浮かんだ気がした。

了

参考文献

◎『神曲 地獄』（アリギエリ・ダンテ、山川丙三郎 訳、青空文庫）
◎『神曲 地獄篇』（ダンテ、平川祐弘 訳、河出文庫）

阿泉来堂　Raidou Azumi

北海道在住。第40回横溝正史ミステリ&ホラー大賞読者賞を受賞した『ナキメサマ』でデビュー。著書に『ぬばたまの黒女』『忌木のマジナイ 作家・那々木悠志郎、最初の事件』『邪宗館の惨劇』『贋物霊媒師』『バベルの古書 猟奇犯罪プロファイル』『死人の口入れ屋』『逆行探偵 鳥間壮吾の憂鬱な使命』など。

骸《むくろ》ノ時計《とけい》

2025年3月13日　第一刷発行

著者　阿泉来堂

カバー絵　ギギギガガガ

ブックデザイン　bookwall

編集　福永恵子（産業編集センター）

発行　株式会社産業編集センター
〒112-0011
東京都文京区千石4-39-17

印刷・製本　株式会社シナノパブリッシングプレス

ISBN978-4-86311-435-7　C0093